臆病な僕らが恋する確率

榛名　悠

幻冬舎ルチル文庫

CONTENTS ✦目次✦

✦臆病な僕らが恋する確率

✦カバーデザイン＝久保宏夏（omochi design）
✦ブックデザイン＝まるか工房

イラスト・駒城ミチヲ✦

臆病な僕らが恋する確率

□■□

十八歳になる直前の二月十四日、人生に失望した。

「……うっ、ひっく、うう……っ」

駆け込んだ路地裏のポリバケツを開けて、掲げた両腕を思いっきり振り下ろす。紙袋ごと投げ込んだそれがドサッと鈍い音を立てた。

ぱたぱたと目から零《こぼ》れ落ちる涙がゴミ袋の上で小さく跳ねて滑る。

「バカ、何やってんだ！」

ふいに体を押し退《の》けられて、背後から駆けつけた友人がいきなりポリバケツの中身をあさり始めた。

「せっかく作ったモンを何で捨てんだよ」

「だ、だって、もういらないだろ…うっく、渡す相手も、いなくなっちゃったし……ううっ」

「……だからって、食いモンを捨てるんじゃねェよ」

低い声で吐き捨てるように言ったかと思うと、彼は拾い上げた袋を路上で堂々と広げだした。すでに夜も遅く、辺りに人通りはなかったが、こんなところで広げるようなものではない。涙や何やらでぐしゃぐしゃになった顔を手で拭《ぬぐ》いながら、嗚咽《おえつ》混じりに訊《たず》ねる。

「な、何、やってんだよ」

「食うんだよ」と彼は素《そ》っ気《け》無く言った。「どうせ捨てるつもりなら、俺《おれ》が食べたって構わないだろ」言いながら、箱を開ける。細い月明かりに、心を込めて作ったチョコレートケーキが照らし出されて、また涙腺《るいせん》を刺激された。一体、何の嫌がらせだろう。失恋の証拠品なんか見たくもない。ますます惨《みじ》めになるだけだ。

が、彼はそれを乱暴にむしって、手掴《てづか》みで頬張《ほおば》った。一瞬、呆気《あっけ》に取られる。

「……まずくはない。素人が作ったにしちゃ上出来なんじゃねェの？」

「――――！」

ぶっきら棒なその言葉に、わけもわからず突然涙腺が決壊した。みるみるうちに視界が水没し、痛いくらいの熱の塊《かたまり》が喉元《のどもと》まで一気に迫り上がってくる。

嗚咽を漏《も》らしながら、彼の隣にしゃがみ込んだ。手を伸ばして、ケーキをむしる。

「おい？」

「俺も、食べる……っく、俺が作ったんだから、別に、いいだろ」

胸を刺すようなほろ苦い甘さがじわりと染み入って、また涙が溢《あふ》れる。甘さを感じたのは最初だけで、後はもう涙や鼻水と一緒にただひたすらイタイ思い出を口の中に詰め込んだ。

おかげで、八年経《た》った今でもチョコレート色のケーキを見ると、無条件に吐き気が込み上げてくる。

■1■

佐久間春馬《さくまはるま》には、できればもう二度と会いたくないと願う人物が何人かいる。

予期せずそのうちの一人に会ってしまったこの日、自分の運の悪さを呪《のろ》うしかなかった。


ちゃりんちゃりーん。


受け取り損ねたおつりがカウンターの上で跳ね、床に落ちて転がった。

目の前に立っていたコックコート姿の彼が「あ」と、思わずといったふうに口を開く。

「申し訳ありません」

カウンターを迂回《うかい》しようとする動きにハッと反応して、春馬は瞬時に我に返った。

「——い、いえ！　大丈夫ですから」

慌ててその場にしゃがみ、急いで数枚の硬貨を拾い集める。動揺のせいか、指先が小刻みに震えだす。

本気で心臓が口から飛び出るのではないかと焦《あせ》った。

どうして、奴《やつ》がこんなところにいるのだ！

冗談じゃない――春馬は咄嗟《とっさ》に胸元を押さえた。早鐘《はやがね》を突くように鳴っているそこを服の上からぐっと鷲摑《わしづか》んで、何度も自分に言い聞かせる。落ち着け、落ち着け。おそらく、気づかれてはいないはず。気づいていたら、もっと別の反応を取るだろう。相手は春馬を前にしても特に変わった様子はなく、客の一人として応対していた。だからバレていない。

バレるとも思えなかった。目元が隠れるまで放っておいた頭髪のおかげで、顔の半分はほぼわからない状態なのだ。服装も着古しただるだるのスウェット。素足にサンダル。客というより不審者に近い。

大体、さっきまで接客をしてくれていた女性スタッフはどこに行ってしまったのだろう。急に山のように現れて、ドスのきいた声で「七百円になります」と言われたら、逃げる暇もなかった。

とにかく、長居は無用だ。

拾ったつり銭《せん》を財布に入れると、春馬は彼に背を向けてすっくと立ち上がった。一心不乱に出口を目指す。

「お客様」と低い声に呼び止められたのはその時だ。

ぎくりとした。びくっと背筋を伸ばし、金縛りにあったみたいに全身が硬直する。ごくりと生唾《なまつば》を飲み込むと、背後から接客にはまったくむかない無愛想な声が言った。

「商品をお忘れです」

「……あ」その瞬間、金縛りが解けた春馬は、ぎこちなく振り返った。「す、すみません」

慌てて引き返す。なるべく彼と顔を合わせないように細心の注意を払って、差し出されたビニールの袋を受け取った。高校当時と変わっていなければ、二十センチ以上の身長差をこれほどありがたいと思ったことはない。

「ありがとうございました」

彼の言葉におざなりに会釈《えしゃく》を返し、すぐさま背を向けると今度こそ戸口を目指す。あと一歩というところで、外側からドアが開いた。

「あれ、雛田《ひなた》さん？」

びくっとした。

まさかこんなところでその名前を呼ばれるとは思わなかったので、春馬は咄嗟にどうしていいのかわからず狼狽《うろた》える。目の前に笑顔で立っていたのは、以前仕事で世話になった知人の女性だった。

「ご無沙汰《ぶさた》してます」彼女がにっこりと笑いながら、どこか珍しいイキモノでも見るような目で春馬を観察してくる。「お元気でした？　そういえば、雛田さんのご自宅ってここから近いですもんね。このお店の常連なんですか？」

「……あ、いえ。たまたま、寄ってみただけで」

ここは住宅地の中にある、パティスリーだ。

半年ほど前、今日みたいな気紛《きまぐ》れの散歩中に偶然見つけた店だったが、なかなか中に入れずにいたのだ。イートインスペースも併設されていて、時間帯によっては満席の時もある人気店。女性客が多く、被害妄想《ひがいもうそう》だとわかっていてもやはり気後《きおく》れしてしまう。ようやく今日になり、たまたま運良く客の影が見えなかったので、思い切って足を踏み入れてみたのだ。

しかし、これが大きな落とし穴だった。

春馬はチラチラと目線だけで背後を振り返る。この会話も当然カウンターの彼まで聞こえているに違いない。それくらい今日に限って店内は静まり返っていた。

「ま、丸井《まるい》さんも、お元気そうで」

「元気ですよー」と年上の彼女は相変わらずハキハキとした口調で言う。「それだけがとりえみたいなもんですから。あ、そうだ。実は私、以前の会社を退職しまして、今は別の出版社に勤めているんですよ。といっても、仕事内容はあまり変わらないんですけどね」

「そう、なんですか」

「今から、原稿を取りに行くところなんです。差し入れにここのケーキを買っていこうと思って。このお店って、雛田さんと一緒にお仕事していた時はまだありませんでしたよね。二年ぐらい前にオープンしたんですっけ？　そっか、雛田さんと知り合ってからもう五年も経つんですねえ。早いなあ。雛田さんも甘い物好きだったでしょ。ここのケーキ、すごく美味《おい》しいですよ。特にお勧めはガトーショコラなんですけど……あ、雛田さんはチョコ系が苦手でしたっけ」

「はあ……」

曖昧《あいまい》に言葉を濁《にご》しながら、背後が気になって仕方ない。それでも、偶然やって来た丸井が春馬のことを『雛田』と呼んでくれて助かった。仕事上使用しているペンネームだったが、万が一彼に疑われていたとしても、これでまったくの別人だと思い直してくれるだろう。

まだ丸井は喋《しゃべ》りたそうにしていたが、春馬は仕事を理由にそそくさと店を出る。

ドアを開けようとして、ガラスに映り込んだ像にぎょっとした。

カウンターの向こう側、目つきの悪い男が威圧感剝《む》き出《だ》しでドンと立ち、じっとこちらを凝視していたからだ。

——ひいっ！

思わず声を上げそうになって、慌てて悲鳴を飲み込んだ。急いで飛び出て、近くの電信柱の陰に駆け込む。

「はあ、はあ……何なんだよ。何でアイツが、あんな場所にあんな恰好《かっこう》して立ってるんだよ。場違いにもほどがあるだろ」

びくびくと電信柱から覗《のぞ》くと、もうそこに彼の姿はなかった。最初に応対してくれていた女性スタッフが戻っている。また入れ替わったのだろうか。そもそも入れ替わる必要なんてなかったのでは？　ずっとあの女の人でよかったのに、何でアイツが出てきたのだろう。

ぞくっと、なぜだかその時、春馬の中に正体不明の悪寒《おかん》が走った。

「……まさかな。大丈夫、大丈夫だ。もうあの店に行かなきゃいいんだから」

むこうだって、今更春馬になんか会いたくもないに決まっていた。大体、あれから八年も経っているのだ。忘れていてもおかしくない。自分は昔から印象の薄い人間だと自覚している。当時の面影《おもかげ》もほとんど残っていない。

だが、彼は違う。春馬がすぐに気づいたくらいだ。長身でガタイのいい体軀《たいく》と凶悪な目つきをした怖い顔。もともと低かった声は、成人してますますドスがきいている。

それに比べたら、春馬は高校時代とは別人のように変化しているといってよかった。実年齢よりも三つか四つは幼く見られた十代の頃《ころ》と違って、丸かった頰は青年らしく削《そ》げたし、身長もいくらか伸びた。その分、ひょろっとした印象が強まり、あまり外出しない肌は血色が悪く不健康そのもの。昔から使い続けている古い眼鏡《めがね》に隠れた目も我ながら覇気がない。それらすべてを今はぼさぼさの長い前髪が覆ってしまっている。

しかし一番違和感があるのは、互いの職業だろう。

大学在学中にデビューして、細々と売れない漫画家をやっている春馬と――。

「あの顔で、もしかしてケーキを作ってるのか？　あんな怖い顔してるくせに、ケーキとか何考えてるんだよ――可乃《かの》のヤツ」

パティスリー【Primevere《プリムヴェール》】。

春馬は思わず振り返る。クリームとチョコレート色の不吉な建物が目に入った途端、

「うっ」

急激にすっぱい胃液が喉元まで込み上げてきた。

◯

昔から引っ込み思案《じあん》な子どもだった。

父親が転勤族だったから、小学校だけで六回は転校した。もともと人と話すことが苦手で友達作りの恐ろしく苦手な子どもだった。クラスに馴染《なじ》めないまま別の学校に転校し、またそこでも一人ぽつんと浮いて過ごして、気づくといなくなっている。おそらく当時の同級生に訊ねても、『佐久間春馬』という名前すら覚えていない者が大半だろう。

転校初日、毎回今度こそはと意気込んでみるのだけれど、いざ知らない教室に入った瞬間足がすくんだ。口が石にでもなってしまったかのように、なかなか思うように言葉が出てこない。子どもの好奇心は残酷なほど移ろいがちだ。もじもじしているうちに、あっさり興味を失って飽きられる。

何度か同じことを繰り返していると、がっかりと落ち込む自分が馬鹿《ばか》らしくなってきた。期待するだけ無駄に思えて、そうこうするうちに諦《あきら》めることを覚えてしまった。

小学校を卒業する頃、ようやく父の仕事も落ち着いて、春馬は当時暮らしていた地元の公立中学校に入学した。この時、正直言うと少しだけ期待したのだ。しかし入学式を目前に控えた春休み、運悪くおたふく風邪《かぜ》にかかってスタート早々出遅れる。

高校は男子校に進学した。小学生の頃から、女子とは事務的な要件以外で喋った記憶がほとんどなかった。ゆえに苦手で、男子校を選択したのもそんな理由だ。中学のような不幸に見舞われることはなく、入学式は無事出席を果たしたけれど、その数日後に一泊二日のスケジュールで行われた一年生全員参加のオリエンテーションは欠席した。季節外れのインフルエンザにかかったのだ。

とことんついてない。

きっとまた中学同様ぼんやりと一年が過ぎていって、気づくといつの間にか卒業式をむかえているのだろう。

そんなふうに半ば諦めて高校生活を地味に過ごしていた春馬を変えたのは、あるクラスメイトとの出会いだった。

今でもよく覚えている。あれは、高二の調理実習でのことだ。

当時通っていた男子校では、一、二年次は家庭科が必須科目となっていた。男だらけの教室でチクチクと針仕事をしたり、大騒ぎをしながら料理を作ったり。

調理実習のグループはいつもくじ引きで決めるので、あぶれることはない。班員とのコミユニケーションはぎこちなかったが、春馬は気にせず黙々と自分の分担をこなしていた。

「何だこれ、すっげーウマいんだけど！」

春馬が作った料理を食べて、そんな感想を大袈裟《おおげさ》に叫んだのは、同じグループで作業をしていた深瀬《ふかせ》というクラスメイトだった。

「これ、佐久間が一人で作ったの？」

普段は喋る機会のないクラスの中心的人物に話しかけられて、春馬は固まってしまった。

爽《さわ》やかで背の高い彼は、この学校に女子がいれば間違いなく取り囲まれる人気者だろう、女好きのする甘い顔立ちをしていた。加えて、誰《だれ》とでも分け隔てなく接する明るく朗《ほが》らかな性格は男連中の間でも人気が高く、教師からも信頼されている。

そんな深瀬が、クラスでもいるかいないかわからないほど存在感のない自分に喋りかけていることが、すでにちょっとした事件だった。

「すごいな。いやホント、マジでウマいよ！」

春馬はおたまを持ったまま、どうしていいのかわからず狼狽えた。

もともと料理は嫌いじゃない。実を言うと、小学生の頃から包丁を握っていた。父は仕事で忙しく、母と年の離れた兄は春馬と違って社交的で、引っ越す先々でその土地の人たちと交流を図っていた。特に母はツテで働き口を紹介してもらっては、パート職員として出向き留守《るす》がちだったので、幼心ながらに少しでも忙しい両親の助けになればと思ったのだ。

一緒に遊ぶ友達もいなかったし、学校から帰った後、時間は有り余っていた。

普段は人見知りで引っ込み思案の次男を心配する両親が、春馬の料理をにこにこと喜んで食べてくれるのは嬉《うれ》しかったし、様々な食材や調味料を組み合わせて試行錯誤しながら調理する過程は理科の実験と似ていて楽しかった。

だがまさかこんなことでクラスメイトから注目されるとは、春馬も考えたことがなかったのである。

深瀬の一声で、その場にいた男子全員が春馬の手料理に押し寄せてきた。

「佐久間にこんな特技があったなんてな」

深瀬が物足りなさそうに箸《はし》を銜《くわ》えながら、茫然《ぼうぜん》とする春馬にむけて言った。「そうだ、俺バスケ部なんだけどさ。佐久間、今度よかったら何か作って差し入れしてよ。練習後にウマいもんが待ってると思うと、スゲーやる気が出るし」

ニカッと笑いかけられた瞬間、自分でも驚くほどの衝撃が心臓に走った。こんな体験は生まれて初めてのことで、ドキドキと胸が高鳴り、息をするのも苦しいくらいで、カアッと顔が火を噴《ふ》いたみたいに熱くなった。

その日を境に、春馬に対する周囲の評価が一変した。人気者の深瀬の影響が大きかったのは明らかで、同じ教室で半年以上も過ごしながら一度も喋ったことのなかったクラスメイトたちと接する機会が増えた。

友達ができなくてもそんなの別にたいしたことじゃない。そうずっと思い続けてきたけれど、実際はただの強がりだったのだと、この時初めて気がついた。

友達が欲しい。みんなとわいわい騒いで、冗談を言って、腹の底から大笑いしてみたい。

そのためには、どうにかしてこの今の自分を変える必要があった。そのきっかけを、深瀬が与えてくれたのだ。

時間に比例して、どんどん深瀬にのめりこんでいく自分をコントロールするのは難しかった。とはいっても、当時の春馬は彼に対して特別な感情を抱《いだ》いていることすらはっきり自覚していない状態で、無意識の行動を自制しろというのも無理な話だ。

意を決して、初めて部活後の深瀬に差し入れを持って行った時、彼は大喜びしてくれた。それがとても嬉しくて、浮かれた春馬はそれから定期的に差し入れをするようになる。もっと深瀬に喜んでもらいたい。美味しいと言って笑いかけて欲しい。

そんな春馬の下心を知ってか知らないでか、深瀬はいつも笑顔で歓迎してくれて、時には次はあれが食べたいとリクエストするまでになっていた。その他意のない要望が春馬を益々《ますます》図に乗せた。放課後にも深瀬の顔が見たくて、会って少しでも話がしたくて、せっせと通い詰めた結果――一部の部員の反感を買ってしまったらしい。

その日も差し入れを届けようと、時間を見計らって部室にむかっていた春馬は、偶然彼らの会話を聞いてしまったのだ。

「今日もあのメガネくん、オベント持ってやって来るのかね」

「毎日ご苦労なこったな。花嫁修業のつもりかよ。しかもフツーにウマいし」

「メガネくん、暇そうだよな。ま、お前らもおこぼれに預かれるんだからラッキーか」

「でも、相手は男っスよ。これがかわいい女子だったらなー。女マネのいる学校が羨《うらや》ましいっス。男の手料理って正直どうなんスかね」

「ハハッ、やっぱムナシイよなあ」

その時になって初めて、自分が陰で笑い者にされていることを知った。

ショックだった。もしかして、深瀬もずっと心の中では彼らと同じことを思っていたのだろうか。男の手調理なんて、正直言ってキモイ。そんなふうに思われていたらどうしよう。

深瀬は優しい。人当たりが良くて人望も厚く、面倒見のいい性格を買われてバスケ部のキャプテンも務めている。心優しい彼は春馬を気遣って本当のことを言えず、我慢して付き合ってくれているのではないか。調子に乗って舞い上がる自分のせいで、深瀬を余計に苦しめているのではないか。

——俺が、深瀬のことを好きなばっかりに。

彼に友人以上の特別な情を寄せている自分に気づいたのは、この時だったと思う。

生まれて初めての恋心を自覚してしまうと、急に怖くなった。こんな邪《よこしま》な気持ちを知られてしまったら、人のいい深瀬をもっと苦しめることになる。

――これ以上、嫌われたくはない。

その日から、バスケ部への差し入れをやめた。すぐに春休みに入ったおかげで、深瀬も春馬が顔を出さなくても特におかしいとは思わなかったのだろう。

四月になると三年に上がり、クラス替えがあった。教室に幸いバスケ部員の顔はなく、肝心の深瀬とも離れた。新しいクラスメイトたちにはなかなか馴染めず、再び孤立する羽目になったけれど、内心ホッとしていた。今はできるだけ深瀬と顔を合わせたくなかった。

「おい、そこのメガネ」

来週からゴールデンウィークに突入だと世間が浮かれている頃、春馬は一人の男子生徒に口悪く呼び止められた。それが可乃だ。

顔は春馬も知っていた。同じクラスになったことはないが、深瀬と同じくバスケ部のレギュラーメンバーなので、自然と覚えてしまったのだ。

確か、名前は仁《じん》だったと思う。目つきの悪い強面《こわもて》と長身のがっしりとした体つきの彼に、ぴったりな名前だと思った記憶がある。同じ高校生のくせに、仁侠《にんきょう》映画にでも出てきそうな妙な迫力があった。深瀬とは正反対でとっつきにくく、はっきり言って、怖い。

「お前」可乃が春馬を睨《にら》みつけながら言った。「何で最近サボってんだよ」

それまで一度も喋ったことのない同級生にいきなりそんなことを訊《き》かれて、春馬は激しく狼狽《ろうばい》した。

その時の自分は、蛇《へび》に睨まれたカエルのようだったと思う。すっかり萎縮《いしゅく》してしまった春馬を彼は高い位置から見下ろして、低い声で「差し入れの話だよ」と続けた。

「去年までしょっちゅう部室に来てたくせに、急に春休み前から顔を見せなくなっただろ。何やってたんだ」

ぎくりとした。まさかその質問を深瀬ではなく可乃から受けるとは思ってもみなかったからだ。春馬のことなんか気にも留めていない様子で、いつも素通りしていたのに。なぜ関係のない彼がわざわざ自分にこんなことを言って寄越《よこ》すのだろうか。

「お前、深瀬を避けてるだろ」

「！」

びくっと視線を跳ね上げると、可乃が眼光鋭く見据えてきた。

「今日も、昼間に深瀬を見かけて、慌てて引き返すお前を見たぞ」

「そ、それは……」

「今日だけじゃない。新学期が始まってから、何回か似たような場面を見かけた。こそこそと逃げ回りやがって、感じの悪いことしてんじゃねェよ」

ドスのきいた声で言われて、恐怖に思わず悲鳴を上げそうになった。びくびくと怯《おび》えながら生唾を飲み込む。深瀬の話は本当なので反論もできない。まさかそんな場面を目撃されていたとは思わなかった。とすると、彼はそのことに対して難くせをつけにきたのだろうか。

可乃が苛々《いらいら》したように「まただんまりかよ」と吐き捨てた。

「お前、深瀬と何かあったのか」

「……別に、深瀬は、関係ない」

「だったら何で」

「……だって、気持ち悪いだろ？」

一瞬、沈黙が落ちた。可乃が眉《まゆ》をひそめて「は？」と訊き返してくる。

先日、偶然立ち聞きしてしまった部員たちの会話が脳裏《のうり》に蘇《よみがえ》った。もしかして、あの場に可乃もいたのではないか。春休み中ずっと一人で考えては憂鬱《ゆううつ》になっていたあれこれが、一気に胃の底からマグマのように噴き上げてきた。ぐっと太腿《ふともも》の横で両手を握り締める。

「よ」春馬は爪先《つまさき》を睨みつけたまま、気づけば叫んでいた。「よく考えたら、男の手料理なんか差し入れされても、ちっとも嬉しくないだろうと思ったんだ！　深瀬はああいう性格だから、自分からは絶対に断らないだろうし、だから俺からやめたんだよ。俺、そういう距離感とかよくわからないから。友達とか、まともにいたことないし！　鈍いから、加減ってものがよくわかんなくて、ただ美味しいって言ってもらえたのが嬉しかったんだ。だから、つい調子に乗ってしまったんだよ。すごく反省してるし、後悔もしてる。しつこく深瀬につきまとっていたせいで、は、花嫁修業とか揶揄《からか》われているのも知らなかったし、深瀬にも申し訳なくて……」

「お前、あの時やっぱり部室の外であいつらの話を聞いてたんだろ」

「え?」

春馬は思わず目を瞬《しばた》かせた。可乃が訳知り顔で「やっぱりな」と呟《つぶや》く。

「ドアの隙間《すきま》から人影が見えた気がしたんだ」彼は小さく息をついた。「もしかしたらそうじゃないかと思ったんだが——あれは、やっぱりお前だったんだな」

まさか気づかれていたとは予想外で、春馬は戸惑《とまど》った。やはりあの場に可乃もいたのだ。

「あ、あの時の話を聞いていたなら、何で俺が深瀬を避けてるのかわかるだろ」

「深瀬が迷惑してるって? だから自分から身を引いたのか」

「……そうだよ」

「だったら、気にすることねェよ」

可乃がぶっきら棒に言った。春馬は意味がわからず、怪訝《けげん》に彼を見つめる。

「あの日はOBが来てたんだ」

「OB?」

「そう」と頷《うなず》いた可乃が説明してくれたのはこんな話だった。

その日、部室には後輩の練習を見に来たバスケ部OBの姿も混ざっていたのだ。その中には先日卒業したばかりの者もいて、一つ上の彼らはちょくちょく顔を出していた春馬のことを知っていた。とはいえ、もう彼らが部活を引退した後のことなので、後輩から噂《うわさ》をきいたとか、そんな程度なのかもしれない。一方で、引退した後も部活に顔を出していた先輩の中には、実際に春馬の差し入れを喜んで食べた人もいたらしい。すでに春休み中で帰省していた大学生OBもいたせいか、後輩たち相手に下世話な話題で盛り上がっていたという。

「自分たちも男子校出身のくせして、大学に入った途端、女、女って騒いでさ。ようするに自慢したかったんだろ。実際、女の話しかしてなかったし。まあ、後輩としては、いちいちケチをつけるわけにもいかないし、こっちも本音で話してるわけじゃないしな」

可乃が軽いため息を挟んで「だいたい」と続けた。

「あの場に深瀬はいなかった。アイツはお前のことを迷惑だなんてこれっぽっちも思ってねェよ。毎度お前の差し入れをウマそうに食ってるだけだ。部室にいた奴らも、OBが帰った後は、今日はお前が来なかったって寂しがってたくらいだ。何だかんだで俺らもお前の差し入れを楽しみにしてる口だからな」

「え？」

「だから、お前が思い込んでいるのは全部誤解だ。さっさと忘れろ」

命令口調で言われて、春馬は面食らってしまった。しばし混乱する。確かに思い返してみると、自分は部室の外から漏《も》れ聞こえてくる会話を立ち聞きしただけで、実際にそこに誰がいたのかは確認していない。その時は、聞こえてきた内容がただただショックで、それどころじゃなかったのだ。

戸惑いながら可乃をじっと見つめていると、「ジロジロ見てんじゃねーよ」と凄《すご》まれた。居心地の悪そうに顔をしかめた彼は、乱暴にも春馬の頭をペシッとはたいてくる。

「痛っ」

「そういうわけだから、明日は来いよ。お前、深瀬のことが好きなんだろ？」

「――――！」

淡々と図星をつかれた春馬は、その瞬間、側頭部を思いっきり鈍器で殴《なぐ》られたような衝撃を受けた。絶句する春馬を可乃が一瞥《いちべつ》し、皮肉るように鼻を鳴らす。

「わかりやす過ぎるんだよ。アイツの前でだけ目をハートにしやがって。あからさまに嬉しそうな顔してたら、そりゃバレバレだろ」

ざあっと一気に青褪《あおざ》めた。

「お、俺、そんな顔を……ま、まさか――深瀬も、気づいてる……？」

「まあ、あんな顔されたらなあ」

ふっと意識が遠退きそうになる。終わった、と思った。

「おい、バカ。今にも死にそうな顔してんじゃねーよ。冗談だよ、冗談」

可乃がまたペシッと春馬の頭をはたく。「アイツは、そういうのはバカみたいに鈍いんだ。安心しろ、お前の気持ちなんかまったく伝わってないと思うぞ。ただ純粋に差し入れを喜んでいるだけだろ。けど、最近は悩んでたな。お前に避けられてる気がするってさ」

「深瀬が？　俺に？」

「実際、避けてただろ」と可乃に睨まれて、春馬はうっと押し黙る。

「まあ、理由は今のところはバレてないようだけど、それも時間の問題かもしれないな」

「ど」春馬は嫌な予感がして、恐る恐る訊ねた。「どういうこと？」

仏頂面《ぶっちょうづら》の可乃が、次の瞬間にやあっと、見ているこっちがぎょっとするほど唇を引き上げてみせる。そうして人の悪そうな笑みを浮かべると、さも楽しそうに言い放った。

「俺の口次第ってことだ」


——とりあえず、明日は朝から夕方まで練習してるから。いつでもいい、絶対に来いよ。

翌日、土曜。

春馬は半ば可乃に脅《おど》される形で、のろのろと休日の学校にやって来た。

——今度は逃げるなよ？　もし来なかったら、この口が何を喋るか責任持てないぞ。

スポーツマンのくせに全然爽やかじゃない彼を恨《うら》みながら、重たい足を引きずるようにして部室棟へ向かう。

バラされたくない。深瀬本人にこんな邪な気持ちを知られてしまったらお仕舞いだ。彼の鈍感さを祈るしかない。今は大丈夫だとしても、決定的な何かがあれば話は変わってくる。それが可乃の心無い一言かもしれないと考えると、ここで従わないわけにはいかなかった。

「……まだ、練習中だよな」

【バスケット部】とプレートが貼《は》ってあるドアの前に立ち、春馬は重苦しいため息をつく。

こっそり置いてくるだけじゃダメだろうか。可乃に見つかる前に深瀬が見つけてくれないだろうか。急に顔を見せなくなったと思えばまたひょっこりと現れて、深瀬に変に思われないだろうか。顔を合わせるのが気まずい。だいたい、何で可乃が口を出すのだろう。しかも偉そうで、威圧感たっぷりに。関係ないのだから、放っておいてくれればいいのに――。

カチャッとドアが内側から開いたのはその時だった。まさか中に人がいるとは考えてもみなかったので、ぎょっとした春馬は文字通り飛び上がって驚いた。

「――え?」中から出てきた部員が一瞬、奇妙な顔で春馬を凝視する。「佐久間先輩?」

「えっ⁉」

いきなり名前を言い当てられて、びっくりした。春馬を知っているということは、おそらく二年生。そういえば、どことなく見覚えのある気がする。かわいらしい顔をした彼は、くるんと大きな目でじっと春馬の顔を見つめながら、どこか戸惑うような仕草をしてみせた。

まずい。まさか後輩にまで変な噂がひろまっているんじゃ――。

「あの、ちょっと今アクシデントがあって、それで深瀬先輩も……」

「アイカワ」とその時、別の低い声が割って入ってきた。「ストップウォッチはあったか」

ぱっと弾《はじ》かれたように顔をむけた彼が、「可乃先輩!」と声を上げる。

嬉々《きき》とする彼とは反対に、春馬は咄嗟に体が逃げを打ちそうになった。魔王の登場だ。あたふたする春馬を、可乃の鋭い視線がとらえてしまう。目が合った瞬間、遠近法を無視した巨人の魔王が偉そうに鼻を鳴らした。「逃げずに来たか」

そこへ、「可乃！」とまた別の声が割り込んでくる。

途端に春馬はぎくりとした。彼の声を聞き違えるはずがなかった。

「サッカー部の奴らが、猫がストップウォッチを体に巻きつけて走っていくのを見かけたって。白猫らしいぞ。今みんな探しに行ったから……あれ、佐久間？」

ちょうど可乃が立っている四つ角に、左通路から深瀬が現れる。

春馬はひゅっと息を呑《の》んだ。咄嗟に呼びかけようとしたけれど、実際には極度の緊張から、口をパクパクさせるだけで声すらまともに出てこない。

そんな春馬を可乃がちらっと横目に窺《うかが》うのがわかった。

「深瀬。アイツがお前に用があるらしいぞ。アイカワ、俺たちは猫を探しに行くぞ」

「はい！」と、状況を察した後輩が深瀬と春馬に会釈して、可乃の後を追いかけて行く。

可乃の機転で、薄暗い廊下には春馬と深瀬だけが取り残されてしまった。

「えっと」深瀬が気恥ずかしそうに言った。「なんか、久しぶりだな。クラスが別々になってから初めて話すけど、元気か？」

暖かい太陽みたいな屈託のない笑顔をむけられて、春馬はどこか救われたような気持ちになった。同時に、心臓がきゅうっときつく締め付けられるみたいに苦しくなる。

「……う、うん。げ、元気、だよ」

「今日は土曜なのに」深瀬がふと春馬の手元に気づく。「もしかして、それ。また差し入れを持ってきてくれたのか？」

「あ、うん。今日も、練習だって聞いたから。久しぶりだけど、よかったらこれ」

春馬は慌てて抱《かか》えていた紙袋を差し出した。

「いいのか？　こんなにたくさんもらって」

「うん。み、みんなで食べて」

「ありがとうな。じゃあ、遠慮なくいただくよ」と深瀬が嬉しそうに袋の中を覗き込む。

「でもよかった、佐久間がまた来てくれて。ほら、俺らガサツだから、おとなしい佐久間にはこの雰囲気が合わなくて、嫌われたのかと心配してたんだ」

深瀬の言葉に、春馬は面食らった。慌てて否定する。

「そ、そんなことないよ。ちょっと、俺も忙しくて」

「そっか。できれば、また前みたいに顔を出してくれよ。佐久間が来ないと寂しいからさ」

この何気ない一言のせいで、春馬の勘違いは再び息を吹き返し、完全復活を遂げた。

それからはもう、健気《けなげ》に深瀬だけを追いかけて――十ヶ月後。

運命の二月十四日がやってくるのである。

「俺、バレンタインに告白しようと思う」

屋上で弁当を食べながら、心に決めたそれを口にした瞬間、隣でペットボトルのお茶を飲んでいた可乃がぶっと噴き出した。

「汚いよ、可乃。こっちにまで飛んできただろ」

「うるせェ、お前がどっかの女子みたいなことを言い出すからだろ」

呆《あき》れながら怒鳴りつけるという、すっかりお馴染みの技を披露しながら、可乃が心底嫌そうに言った。「まさかお前、俺にチョコを買いに行くのに付き合えとか言い出すんじゃないだろうな。蹴《け》り飛ばすぞ」

「言わないよ。チョコは俺が作る」

「……ハッ、えらい気合の入りようだな。まあ、思う存分頑張れ。生温かく見守っていてやるから」

可乃が意地悪く言って、バカにしたように笑う。「うん、頑張る」と答えると、なぜかペシッと頭をはたかれた。すぐに手が出るのが玉に瑕《きず》だが、これも彼なりのコミュニケーションだということはよく知っていた。今のは励ましの一発だろう。

例の一件以来、なんとなく可乃と話す機会が増えた。彼には春馬の秘密がすでにバレているせいか、余計な気を遣わずに話せる唯一の相手だった。何より、深瀬と仲がいい。

——深瀬の情報が欲しいなら、毎日俺に昼飯を用意しろ。弁当と引き替えだ。

魔王はいつも偉そうだったが、春馬が弁当を差し出すと、約束通り深瀬の情報を一つ教えてくれた。それをメモ帳に書き留めて、後からニヤニヤと読み返すのが春馬の日課となっていた。その他にも、可乃のはからいで何度か深瀬と遊びに行くこともできた。もちろん可乃も含めた数人のグループでだったが、春馬一人ではとてもそこまでの進展はありえなかっただろう。見た目は怖い可乃だが、意外と面倒見のいい性格なのだと知った。当然イベント参加には追加報酬が加算されることになるのだけれど、可乃限定の差し入れが増えたり休日に呼び出されたりするのと引き替えに深瀬と出かけるチャンスが増えるのならお安い御用だ。

「しかし、よく決心したな。もうこのまま卒業するんだと思ってたけど」

可乃がごろんとコンクリートの地面に寝転がる。その日は二月にしては珍しく暖かく、すっきりと晴れ渡っていた。三年生はもう自由登校に入っているが、今週末に私立大の入試を控えている可乃は学校で勉強をしていたらしい。家でやるより捗《はかど》るそうだ。春馬は滑り止めと合わせて一月からすでに三大学を受験していた。二つ合格して、あと一つは結果待ちだ。深瀬は早々と推薦での進学が決まっている。

「最後だから、きちんと伝えたいんだ。それに」

先日、深瀬と偶然外で会うという嬉しいハプニングがあった。春馬が受験結果を報告すると彼が言ったのだ。もうすぐバレンタインだな。佐久間、チョコとかは作れるの？　俺、その日はバスケ部に顔を出す予定なんだよね。暇なら待ってるから。

「もしかしたら、深瀬も期待してくれてるのかも」

「……受験勉強のしすぎでネジが外れたか？　前と比べてえらく前向きだなあ、おい」

こめかみを両側からゲンコツでぐりぐりやられた。「アイツの言うことに裏なんてねェよ。ただチョコが食いたいだけだろ。変な期待をするとバカを見るぞ」

「何だよ、応援してくれるって言ったじゃないか」

「言ってない。お前が勝手に何でもかんでも俺に話してくるんだろうが。まあ万が一、奇跡でも起きてあいつの恋人になれたとしたら盛大に祝ってやるよ。そうなれば俺もようやくお前の『恋愛相談役』から解放されるわけだ。しっかりやれよ、応援してるから」

バカにするみたいに手を振って、可乃は行ってしまった。

口は悪いが、きっとこれも彼なりのエールなのだろう。そう思うと、何だか背中を押された気分だった。可乃には感謝している。可乃がいなかったら、この一年間は深瀬と疎遠のまま終わっていたかもしれない。そういう意味でも、きちんとけじめをつけるべきだと思う。卒業したらもう会えなくなる。これが最後のチャンスなのだ。

バレンタイン当日。

春馬は深瀬を待っていた。何度か体育館を覗いてみたけれど、それらしい姿が見えない。そのうちバスケ部の練習が終わってしまった。部室から出てくる人影を物陰に隠れて一人一人チェックしたけれど、とうとう深瀬を見つけられないまま電気が消えてしまった。

どうしたのだろうか。部活に顔を出すと言っていたけれど、何か外せない用でもできたのだろうか。せっかく徹夜して作り上げたそれを大事に抱えながら、うろうろと自転車置き場まで回ってみる。すでに辺りは真っ暗で、ずっと外にいた春馬はかじかんだ手足の感覚がほとんどなくなっていた。がらんとした自転車置き場はしんと静まり返っている。

踵《きびす》を返そうとしたその時、キキーッとブレーキの音がした。

「おい！」

ハッと振り返ると、自転車に跨《また》がった人影が見えた。春馬は咄嗟に暗闇《くらやみ》に目を凝《こ》らす。顔ははっきりと見えなくても、声と言葉遣いで誰なのかすぐにわかった。

「まだこんなところにいたのかよ、このバカ！」

「……可乃？」

「深瀬は来ないぞ。さっき、アイツのことを見かけたってヤツに偶然会った。そいつの話だと、アイツは今塾にいるらしい」

「塾？　何で？　だって深瀬はもう大学は決まってるだろ」

「知らねェよ。とにかく、今からそこに行くぞ。さっさと後ろに乗れ！」

可乃が怒鳴るので、春馬はわけもわからず彼の後ろに跨った。驚くほどのスピードで自転車は夜道を駆け抜け、あっという間に進学塾の建物の前に到着する。可乃から携帯電話の電源を切っていたことを怒られた。更に、深瀬の連絡先を知らないと正直に告げると、何で肝心なことを訊いておかないんだと怒鳴られる。

しばらく出入り口の前で待っていたが、一向に深瀬の姿は見えない。可乃が電話をかけても出ないようで、春馬は「もういいよ」と半ば諦め気味だった。

怖い顔をした可乃に「ふざけんなよ」と一喝《いっかつ》されたのはその時だ。

「最後だから、ちゃんと伝えるんだろうが。そのためにお前はその袋の中身を一生懸命作って、この寒い中アイツのことをずっと待ってたんだろ。簡単に諦めるな」

パンと頬をぶたれたような気分だった。目が醒《さ》め、弱気になっていた自分を叱咤《しった》する。

どうやらこの建物は裏からも出入りができるらしい。自転車通学者はそちらを利用している可能性が高い。それに気づいた可乃が、通り抜けできそうな路地を見つける。「ここから裏に回ってみるか」

先に可乃がさっさと歩き出し、春馬は後を追いかける。薄暗い三叉路《さんさろ》でふいに可乃が立ち止まった。どうしたのだろう。行き止まりではないし、曲がり角に何かあるのだろうか。

「可乃、どうした……」

突然、可乃が引き返してきた。「やっぱり向こうから行くぞ」

「え?」春馬は困惑する。「何で? ここを真《ま》っ直《す》ぐ抜ければ、この建物の裏に出るのに」

「いいから、さっさと戻れ」

「ちょ、いきなり何でだよ」納得いかない春馬は、可乃の脇《わき》を素早くすり抜ける。

「おい、やめろバカ、そっちに行くな」

「？　何かあったの、か……」

可乃が止めた理由がようやくわかった。角を曲がったその先に視線が釘付《くぎづ》けになる。

深瀬が女の子とキスをしていた。


あの日、深瀬がわざわざ用のない塾にまで出向いたのは、勉強をするためではなく彼女に会いに行ったのだろうと、後になってから理解した。

二人を目撃した直後は、さすがにそんなことまで考える余裕はなく、ただただショックで涙が溢れてきて止まらなかった。何も知らずにウキウキと彼に渡すケーキを作っていた自分が途轍《とてつ》もなく恥ずかしいイキモノみたいに思えて、惨めで堪《たま》らなくなる。

――けしかけて、悪かったな。

捨てるつもりだったケーキを路上で一緒に食べながら、可乃がぽつりと言った。号泣する春馬の頭を撫《な》でて、「もう泣くなよ」といつになく優しい言葉をかけてくる。普段は春馬のことをけなしてばかりなのに、その日に限ってガラにもなく優しく接してくれるから、余計に涙が止まらなかった。

それで終わっていれば、きっとこの出来事は青春の苦い思い出の一ページとして記憶に残

るだけで済んだだろう。もしかすると、可乃との友情は今も続いていたかもしれない。

翌朝、目覚めた春馬は卒倒しそうになった。

まったく身に覚えの無いホテルの一室らしき場所で、しかも素っ裸で寝ていたからだ。

そして。

隣にはこちらも素っ裸の可乃が寝ていて、仰天《ぎょうてん》したのである。

必死に記憶を手繰《たぐ》り寄せようにも、途中から綺麗《きれい》さっぱり覚えていない。

慌ててベッドから下りた途端、「――痛っ！」下半身に覚えのない鈍痛が走り、咄嗟にその場に蹲《うずくま》った。尻《しり》を押さえて、春馬はぎょっと青褪める。

――まさか！

以前、教室で偶然耳にしたクラスメイトたちの会話がぐるぐると脳内を廻り出す。男同士でそういう行為をした場合、受け入れる側の負担が大きいのだと。思わずかぶりを振った春馬は急いで立ち上がろうとして、再びズキッと痛んだ尻の違和感に愕然《がくぜん》とする。

自分が、可乃と？　そんなバカな！

しかし状況証拠はしっかり揃《そろ》っていて、春馬は激しく混乱した。とりあえず慌てて部屋を見回し、自分の服を掻《か》き集めて身につけると、転がるようにして部屋を飛び出したのだ。

2

現在の春馬にとって、会いたくない人物を上から順に挙げていくとすれば、間違いなく一番にくるのは可乃だった。

過去の出来事は強烈で、忘れようと思ってもそう簡単に忘れられるものではない。大学生以降、仕事関係以外で出会った人たちとの付き合いは我ながら稀薄《きはく》すぎて、そのせいかいまだに可乃の存在が自分の中には大きいのだと、改めて気づかされたのが昨日の再会である。

まさかこんな近所で彼に出会うなんて、想像できるはずもない。

しかもこの町に越してきてからもう四年以上経っているのだ。自分の生活圏内にずっと彼がいたのかと思うと恐ろしい。地元と何のゆかりもないこの町で、よりによってあの可乃と八年ぶりの再会を果たすなんて、運が悪いにもほどがある。

といっても——春馬は自転車を漕《こ》ぎながら、ふと考え直した。

幸い、むこうはこちらの正体に気づいていないのだし、今後あの店を訪れなければいいだけの話だ。そんなに深刻になる必要はないよな？

往来の段差に乗り上げて、自転車がガタンと跳ねた。

サドルに跨った尻に反動で衝撃が走り、たちまち嫌な記憶を蘇らせる。

八年前のあの夜、春馬は本当に可乃とどうにかなってしまったのだろうか。せめて下着だけでも身につけていたのならば、文字通りただ一緒に寝ていただけだと納得もできたのだろうけれど。わざわざ真実を確かめるのも怖くて、結局、可乃とはそのまま疎遠になってしまった。彼がその後どうしていたのかは、昨日会うまでまったく知らなかったのだ。

まさかあの強面の可乃が将来ケーキ屋さんで働くことになるなんて、当時の同級生の誰が想像できただろう。世の中、何が起こるかわからない。

おおまかに近所といえど、春馬が暮らすアパートとパティスリー【プリムヴェール】は自転車で十分弱ほどの距離がある。間には駅につながる幹線道路が走っていて、そこを越えなければ向こう側には渡れない。嫌なたとえだが、言ってみれば天の川みたいなものだ。渡らないと会うことすら叶わない。しかも【プリムヴェール】は大通りから少し奥まった住宅地にあるので、たとえば昨日のように天気がいいから気分転換に少し散歩でもしようかと気紛れを起こしさえしなければ、基本的には用のない場所だった。

「こんにちは」と声をかけられたのは、横断歩道で信号待ちをしている時だった。

さっと隣に影が差す。誰だろうと顔を向けた瞬間、

「――――!」

春馬は危うく自転車ごとひっくり返りそうになった。

悪夢を見ているのではないかと、咄嗟に自分の目を疑った。

隣にぬっと立ち、いきなり「どうも」と愛想のない声で話しかけてきた男。それが、何を隠そう可乃本人だったからだ。

何でこいつがここにいるんだ——春馬は大いに焦った。

天の川は一方通行ではなかったのだ。相手が勝手に越えてきたらどうしようもない。

冷や汗を垂れ流しながら確認した信号はまだ赤だ。このまま進行方向を変えてペダルを一気に踏み込みたい衝動に駆られる。心臓が尋常じゃない音で鳴っていた。

「昨日は」と、可乃が低い声で言った。

それだけでびくっと春馬は身構えてしまう。ペダルにかけた足にぐっと力を溜《た》める。

「うちの店に来ていただいて、どうもありがとうございました」

「……え」

「ああ、すみません。突然失礼しました」可乃がなぜか淡々と自己紹介を始めた。「私、この先の【プリムヴェール】というパティスリーのオーナーシェフを務めております、可乃と申します。昨日、店でお会いしたのですが、覚えていらっしゃいますか？」

「……あ」

春馬は思わず拍子抜けしてしまった。咄嗟に口をついた声に、春馬が自分のことを思い出したと勘違いしたのだろう。可乃は軽く会釈をしてみせる。ああ——そういえば、そうだった。春馬は即座に状況を把握して、ホッと胸を撫で下ろした。可乃は目の前にいる相手が春馬だと気づいていないのだ。今の彼にとって、自分は単なる客の一人。それがわかると、一刻も早くここから逃げ出したい衝動が少しばかり落ち着いた。

「……あ、はい」春馬は念のため、俯《うつむ》きがちに応えた。「昨日は、お邪魔しました」

緊張が解けて、ようやく声が出た。ここで無視をすればかえって怪しまれてしまう。

「新規のお客様のようでしたから、印象に残っていたもので。よろしければまたいらっしゃって下さい。お待ちしておりますので」

「はあ……」

曖昧に頷きながら、春馬は心の中で「二度と行くものか」と誓った。幸い、今は正体がバレていなくても、先のことはわからない。みすみす危険を冒《おか》すようなマネはしたくない。せっかく購入したケーキも可乃の印象が強すぎて、何の味だかさっぱりわからなかった。

「これから」可乃が訊ねてきた。「どちらに行かれるんですか?」

「……コンビニに」

「そうですか」と彼が頷く。

何でそんなことを訊くのだろう。必死に平静を装っている裏側で、春馬はびくびくと怯えていた。早く青になれと信号に念を送る。無駄に背の高い体に完全に日の光を遮《さえぎ》られ、隣から感じられる圧が半端じゃない。高校時代と比べて話し方のギャップにも戸惑うし、コックコートを脱いだ私服姿の彼は、昨日よりも若く見えて、それも何だか落ち着かなかった。

「もしよければ、少しお時間をいただけませんか」

「――は？」

思わず春馬は隣を振り仰いだ。その拍子に長い前髪がぱっくりと真ん中で割れて、モーゼの十戒の如《ごと》く眼鏡をかけた顔が剥き出しになってしまう。ハッと急いで顔を伏せて、慌てて前髪を元に戻した。まずい、素顔を見られなかっただろうか。

「実は」と、可乃は特に気にするふうもなく、ぶっきら棒に口を開いた。言葉遣いこそ丁寧《ていねい》に気を遣っているようだが、口調は愛想の欠片《かけら》もない。バイトをクビになったばかりの自分に人のことをどうこう言えないが、これでよく接客をしているものだと思う。

「実は昨日、閉店後に掃除をしていたら百円玉が落ちていたんです。ヒナタさん、こちらの不注意でおつりを落とされましたよね。あの時に拾われたお金、三百円ありましたか？」

予想外の問いかけに、春馬は一瞬きょとんとしてしまった。

「……あ、お、おつり？　ええっと、ど、どうだったかな……」

「百円玉を二枚しか拾われてなかったんじゃないでしょうか」

「うっ、慌ててたから、ちゃんと確認してなくて……そういえば、そうだったかも」

「たぶんそうだと思います。心当たりがあるのはヒナタさんだけですから」

今気づいたが、可乃は春馬のことを『ヒナタ』とペンネームで呼んでいた。昨日の丸井との会話はやはり彼の耳まで届いていたのだろう。つくづくあの場に彼女がいてくれてよかったと思う。春馬が春馬でないことをさりげなく証明してくれたようなものだ。

がちがちに強張っていた肩の力がゆっくりと抜けていくのがわかった。

「……すみません、ご迷惑をおかけしました」

「いえ、こちらこそきちんと確認するべきでした。申し訳ありません」

腰の低い可乃は新鮮だった。昔ならここは『バーカ』と頭をはたかれている場面だ。

「それでは、これからヒナタさんもご一緒していただけませんか。ちょうど店に行くところだったんですよ。おつりと、あとレシートも落とされていたので一緒にお返しいたします」

「は？」と春馬が訊き返したところで、信号が青に変わった。


アルバイト情報誌を買いにコンビニへ行くはずだった。だのに偶然可乃に会ったのが運のつき、彼に連れられドナドナ状態で、気づけば【プリムヴェール】の前に立っていた。

クリーム色とチョコレート色の相変わらず不吉な建物だ。

今日は定休日だそうで、外から見える店内は昨日とは違ってがらんとしていた。

このまま自転車に跨ってシャーッと逃げてしまいたい気分になる。しかし、昔の記憶が蘇り、みるみるうちに春馬の気力を奪い去ってしまった。高校の頃、ジョギングをする可乃に付き合ったことがある。自転車を全力で漕ぐ春馬を可乃もまた全力疾走で追いかけてきたのだ。結局最後は捕まって、『調子に乗るな』と頭をはたかれたのだった。

現在の春馬の体力は、あの頃と比べたら明らかに落ちている。家に引きこもる生活をもう何年も続けているので、深刻な運動不足だ。それに比べて可乃はといえば、服の上からでも大体想像がつくほど、現役の頃とさほど変わらず筋骨隆々とした体軀を今も維持しているようだった。勝負する気は微塵《みじん》も起きない。

「すみません。裏から回りますので、自転車はそこに止めておいて下さい」

可乃に言われて、春馬はおとなしく従う。さっさとおつりを受け取って帰ろう。彼に変な疑いを持たれることなくここから上手く立ち去るには、そうするのが一番手っ取り早い。

案内されて裏口から中に入ると、すぐそこが厨房《ちゅうぼう》になっていた。

従業員のいない部屋はがらんとして静まり返っていて、作業台は綺麗に片付いている。

ここで毎日可乃はケーキを作っているのかと思うと、心の底から不気味だった。汗まみれになってバスケットボールを追いかける彼しか知らない自分には、どうにも甘い香りに包まれて繊細なケーキ作りに励んでいる彼の姿が想像できない。しかもオーナーシェフときた。

釈然としない気持ちでいると、可乃がレジカウンターから小袋を持って戻ってきた。

「これです。中に百円とレシートが入っているので」

「ああ、どうも。ありがとうございま……」

受け取ろうとした次の瞬間、なぜか袋がひょいっと頭上に逃げていった。

「おい、いつまでそのくだらない猿芝居を続けるつもりだ?」

「え」

一瞬、空耳かと思った。

明らかに口調が変化したからだ。それより何より、その言い草。

ひゅっと思わず息を飲む。まさか——春馬は嫌な予感がして、恐る恐る目線を上げた。

途端、待ち構えていたかのように可乃と視線がぶつかり、びくっと背筋を伸ばす。

にやりと浮かべてみせる人の悪そうな笑みには、物凄く見覚えがあった。

春馬はざあっと、自分の体内から一気に血の気が引いていく音を聞く。まさかまさかまさか。口をあんぐりと開けたまま、卒倒しそうになった。

「久しぶりだな。昨日の編集者さんに聞いたけど、お前、漫画家になったんだって？　ペンネームは『雛田マコト』か。ふうん、『ヒナタ』ねえ」

可乃が眇《すが》めた目で春馬を見下ろして、言った。「何だよ、そのマヌケ面。俺がお前に気づいてないとでも思ってたか？　そうだよな、だから安心してここまでのこのことついて来たんだもんな。でも残念だったなあ、佐久間」

「——！」

反射的に踵を返していた。逃げようとして、しかしすぐに腕を捕まえられる。そのまま引き摺《ず》られて、ドスッと可乃に肩を組まれてしまった。

「おい、また逃げるつもりか？」

ドスのきいた低音が耳元で言った。

「……な、何で、おお俺だって、わかって……」

「あ?」可乃がガラの悪い声を聞かせる。「そりゃわかるだろ、そのダサイ丸眼鏡。今時お前とのび太ぐらいしか掛けてねーよ」

ぎくりとする。前髪で隠していたはずの眼鏡を指摘されては、もう何も言い返せない。

慌てふためく春馬の様子を面白がるように眺めていた可乃が、「全然変わってねェな」と鼻を鳴らしながら言った。

そんなはずはないだろう——春馬はいよいよ気が動転する。高校の頃と比べたら、似ても似つかないほど悪い意味で変化している。益々身なりに気を遣わなくなった小汚い自分をバカにしているに違いなかった。

「八年ぶりか。最後に会ったのはいつだったっけ」可乃がわざとゆっくりとした物言いで、春馬の耳元で囁《ささや》く。「ああ、そうだ。高三のバレンタインデーだ」

背中からぞっとするほど冷たい手を一気に突き入れ、心臓をぐちゅっと握り潰されたみたいな気分だった。ドドドド、と聞いたことのないような音が自分の体内で鳴り響いている。

可乃が春馬の肩を組んだまま、「しかし、びっくりしたよなあ」と懐かしむように言った。

「目を覚ましたら、お前はすでにいなくなっていて、俺は一人でベッドに寝ててさ。さすがにショックだったぜ? あれだけワンワン泣いて、傍《そば》にいてくれって俺に抱きついて離さなかったくせに、スッキリしたらポイ捨てかよ」

「！」

抱きつく？　離さなかった？　まったく話が見えない。スッキリって、一体何のことだ!?　よからぬ想像が頭の中を駆け巡り、青褪めた春馬は咄嗟に違う違うと打ち消した。スッキリというのは、まさかそういう意味だろうか。当時の記憶が虫食いのようにそこだけすっぽり抜け落ちているせいで、はっきりと問《と》い質《ただ》すのも恐ろしい。先の彼のにやにやと含みのある物言いが脳裏をぐるぐると回っている。スッキリ……ポイ捨て……こそこそとホテルを飛び出した当時の自分が蘇る。春馬は頭を抱えた。やはり自分はあの時、本当に可乃と——？

「なあ」可乃がふいに声を低めて訊いてきた。「何であれから、急に俺を避け出したんだよ」

ぎくりとした。

「全然電話に出なくなっただろ。卒業式もお前を探し回ったけど、結局、捕まらなかった。意図的に避けているとしか思えないぐらい、どこにも見当たらなかった」

春馬はしきりに視線を宙に泳がせる。一気に時間が当時まで巻き戻ったような錯覚を起こした。心の整理がつかないまま、とうとう高校生活も最後を迎えてしまったあの日。

卒業式当日、可乃が春馬を探し回っていたのは知っていた。何人かの同級生がそう教えてくれたからだ。だから可乃も、春馬が『意図的に避けている』ことに勘付いたのだろう。

本当なら、高校の思い出に、何やかんやで一番付き合いのあった可乃と写真の一枚でも撮るつもりでいたのだ。しかし、気づけば卒業証書を手に一目散に学校を飛び出していた。

可乃と顔を合わせるのが恐かった。会って、何を聞かされるのかと想像すると恐くて、とてもではないがあの夜の真相を知る勇気は春馬にはなかった。万が一にも、友人の可乃と過《あやま》ちがあったとは考えたくない。だが、肝心の記憶がないから自分の行動に確信が持てない。臀部《でんぶ》の痛みはすっかり引いていたけれど、当時の春馬にはもしかしたらと想像を巡らせるには十分すぎる証拠だった。今も昔も圧倒的に経験不足の自分には処理できない事柄で、だったら最初からなかったことにしてしまえばいい。実際、そうすることで何とか混乱する気持ちを立て直してきたのだ。八年経った今も疑いは晴れないままだったが、ようやくあれも黒歴史の一ページとして収まり、心の奥底に鍵《かぎ》を掛けて封じ込めたはずだったのに——。

思わず奥歯を噛《か》み締めると、可乃が「おまけに」と、地を這《は》うような低い声で言った。

「ケータイの番号も、いつの間にか変わってたしな」

冷ややかな声に、びくっと背筋が凍りつく。

あの年の二月十五日から数日間、可乃は何度も何度も春馬に電話をかけてきた。一向に気持ちがまとまらず、おろおろする春馬を追い詰めるみたいに、どんどん可乃の着信やメールが山のように積み重なっていき、もうどうしていいのかわからなくなったのだ。パーンと春馬の頭の中で何かが弾けて、最終的にケータイの買い替えという極端な手段に走った。

どうしてと問われても、我ながら十八歳の頃の衝動に任せた行動なんか理解不能で、上手く説明できない。

「卒業後もお前の情報は全然回ってこないし、どうしているのかと思えば、漫画家？　料理関係ならまだ納得できるけど、漫画家になりたいだなんて話、聞いたこともなかったぞ」

責めるように言われて、春馬は咄嗟に一歩後退《あとじさ》りそうになった。が、肩を組まれたままなので、実際には身動きすらままならない。

「何で漫画家？」

「……め」緊張した声が掠《かす》れる。「目指そうって決めたのは、大学に入ってからだから」

「……え、絵を、上手いって褒めてもらったから」

「誰に」

「だ、大学のサークルの、先輩」

「サークルって何」

「ま、マンケン……漫画研究サークル」

「お前、漫画好きだったのか」

「……読むのは、小学校の頃からずっと。遊ぶ友達いなかったし……中学の時は、全員がどこかの部活に所属しなくちゃいけなくて、でもやりたいことないし、適当に文芸部に入ったら、そこの先輩たちが漫画好きで、いろいろ貸してもらって」

「その頃から漫画を描いてたのか」

「いや、イラストぐらいなら趣味で描いてたけど……本格的に漫画を描き始めたのは、大学に入ってから。先輩に、勧められて」

「その先輩ってのは？　そいつも漫画家か？　今でも付き合いが続いてるのかよ」

なぜか肩に乗った腕が脅すみたいに首に回り、春馬は慌ててかぶりを振った。「先輩は、まったく別の仕事についてるから。去年、結婚式に呼ばれて、それからは会ってない」

「……ふうん」と興味を失ったみたいに呟いた可乃は、春馬の首に触れた手を下ろすと、今度は下世話な質問を投げてくる。「儲《もう》かってるのかよ」

これは春馬にとって答えにくいものだった。大学在学中になんとかデビューを果たしたものの、上り調子だったのは最初の二年ほど。それからは年々仕事量も人気も下降の一途を辿《たど》り、現在はこのザマだ。

「バイトをしないと、食べていけないような状態で……」

「バイト？　何の」

「コンビニ。……クビになったばかりだけど」

可乃が一瞬押し黙る。「クビって、いったい何をやらかしたんだよ」

「何をってわけじゃ……原稿の締め切りが迫ってて、バイトを休んでいる間に、新しい子が入ってたんだ。それで、もう来なくてもいいからって言われて」

「何だそれ、無断欠勤したのか」

「いや、ちゃんと店長には話してシフトも代わってもらったんだけど」

「不当解雇じゃねェか。それでお前、黙って受け入れたのかよ」

「だって、もうシフトは埋まってるし、俺がいてもどうにもならないし」

耳元で呆れ返ったようなため息が聞こえてきた。そんなふうにされると、なんだか自分がどうしようもなくダメな人間だと言われているようだった。実際、その通りなのだけれど。

しばし沈黙が落ちた。

「そういえば、お前って」

可乃がふいに思い出したように口を開いた。「調理実習で深瀬に褒められたのが嬉しくて、せっせと差し入れをするようなヤツだもんな。漫画もだけど、昔から動機が単純」

春馬はぎょっとした。まさか深瀬の話題をこのタイミングでふられるとは思わなかったのだ。カアッと羞恥《しゅうち》に顔が熱くなる。

「か、可乃はどうなんだよ。そっちこそ、何でケーキ屋なんか始めたんだ」

全然イメージと合っていない——という一言は、心の中だけに留《とど》めておく。

にやにやとバカにしたような笑いを浮かべていた可乃が、一瞬ふっと真顔になった。そして、「受験ができなかったんだよ」と言った。

「志望大学の試験日に四十度近い高熱が出て、受験会場に行けなかった」

「え⁉」

初耳の話に、春馬は心底驚いた。てっきり彼も進学したものだとばかり思っていたのに。

「ちょっと待ってくれ。二月の半ばには、もう試験は終わったって言ってたじゃないか」

「滑り止めはな。本命は国立大だったから」

「国立？」春馬は更に驚く。「本命って、そうだったのか……俺、全然知らなかった」

待てよ？　ということは——春馬は今更ながらとんでもない事実に気づいてしまった。

国公立大学の前期日程試験が行われるのは毎年二月の下旬。だとすれば、二月十四日は、可乃はまだ受験生だったのではないか。

「覚えているか？　あの日のお前、風邪気味だって言ってたよな。それなのに寒い中、学校をうろついて。俺にむけてくしゃみを連発してただろ」

「え？　風邪？」

「まさかお前、忘れたなんて言わないよな」

春馬の肩から可乃がようやく腕を下ろす。体は軽くなったが、その分、真正面に回りこまれてギロッと凶悪な目つきで睨み据えられる。精神的に重苦しい。

「お前が泣きながらチョコレートケーキを口に詰め込んだ挙句、思いっきり吐いたことは？」

「え、ケーキは可乃も一緒に食べてくれたんじゃ……」

「ほとんどお前が食ったんだよ！　横から割り込んできて、最後はバツゲームみたいに自分から顔を突っ込んでたろ。かと思えば、気持ち悪いって言い出して全部吐き戻しやがった」

「そ、そんなこと、覚えてない」

「ああ？　だったら、ぐったりして動けなくなったお前を、俺が担いでホテルに運び込んでやったことは？　ゲロまみれのお前を介抱してやったのは誰だと思ってたんだ」

「ほ、ホテルに入ったのは、俺のせいだったのか？」

「半分意識が飛んでるようなヤツをどうやって家まで連れて帰るんだよ。仕方ないから近くのラブホに入ったんだ。気持ち悪い、動きたくないってダダこねたのは誰だ？　トイレで吐いてたかと思えば、急にふらふらとバスタブに足を引っ掛けて、勝手に転んでシャワーのコックを捻《ひね》ったのは誰だ？　おかげで俺は二月に水浴びする羽目になったんだぞ」

「……そういえば、俺の服もちょっと濡《ぬ》れてた気がする」

「俺の服はお前のせいでびしょ濡れだった。翌朝も仕方ないからそれを着て帰ったんだ。誰かさんは一銭も置いていかなかったから、ホテル代は全部俺持ち。踏んだり蹴ったりだ。二月のあの寒い中……雪もちらついてたな。濡れた服を着て、自転車を漕いで帰った」

「……あ」

突如、ぽっかりと穴の空《あ》いた記憶が断片的に蘇る。路地裏で泣きながらチョコレートケーキを貪《むさぼ》り食う自分。むせた春馬の背中を隣から可乃がさすって、何かを言っている。

——おいバカ、だから無理するなって言っただろ。

春馬は自分でも顔の色が抜けていくのがわかるほど青褪めた。

「翌日からどうにも熱っぽくて、勉強してても全然内容が頭に入ってこなくて参った。お前は電話に出ないわ、急に目が回ってぶっ倒れるわ」

「うっ……」

「次にお前に電話をかけたら、この番号は現在使われておりませんって、どういうことだ？わけわかんなくてイライラするし、なかなか熱が下がらないと思ったら、いつの間にかインフルエンザに感染してたとか、俺の人生こそ漫画みたいだろ？　笑えるよなあ。つーか、笑うしかないだろ。意識が朦朧《もうろう》として、気づいたら――三月になってた」

「………」

これが本当なら、可乃は春馬のせいで大事な入試を棒に振ったということになる。

猛烈な罪悪感に襲われた。

「ご、ごめん！　俺のせいで、まさか可乃がそんなことになっているとは、知らなくて」

「そうだろうなあ。だってお前はずっと俺を避けていたんだから。知らなくて当然だ」

尖《とが》った言葉の刃《やいば》がぐさぐさと胸に突き刺さる。

「しかも、まさか全部忘れているとはなあ。さすがに想定外だ。酒なんか一滴も飲んでないくせに自分で作ったケーキに酔っ払うなんて、さすが佐久間。たいした体質だよ」

可乃がトゲトゲと言いながら、ハンッとバカにしたように鼻を鳴らした。ため息を挟み、ぼそっと呟く。「失恋して一人でうじうじ落ち込んでるのかと思えば、心配して損した」

「え？」

「何でもねえよ。お前さ、何であの時、俺に声もかけずに勝手に一人でさっさと帰ったんだよ。薄情にもほどがあるだろ」

「うっ。それは、その……」

春馬はぎくりとした。八年もの長い間、ずっと蓋《ふた》をして忘れたフリを決め込んでいた事の真相。それは、まったく想像もしないものだった。しかも可乃は春馬を助けてくれた恩人で、むしろ害を与えたのはこちらの方だという。にもかかわらず、春馬は可乃に礼の一言も告げず、あろうことかよからぬ疑いをかけたまま逃げ出したのである。

「……びっくりしたんだ。目が覚めたら、素っ裸で、隣に寝ている可乃まで裸だったし」

「お前は勝手に全裸になるし、俺は誰かさんのせいで下着までびしょ濡れだったからな。介抱でくたくたに疲れ果てて、いつの間にか寝てしまったんだろ。俺もそのへんは曖昧だ」

「ご、ごめん。その、だから、起きたらそんな状況で、俺、まったく記憶がないし、腰とか……お、お尻も痛くて」

「おとなしくしろって言ったのに、ふらふら動き回るからだろ。壁にぶつかっては喚《わめ》くし、最後は派手にケツからバスタブに落ちやがって。そのせいで俺は水浸しだ」

「うっ、ご、ごめん。全然覚えてなくて、それで、その、もう俺、パニックになって……」

「パニック？」と繰り返した可乃が、何か考えるような仕草をしていきなり黙り込んでしまった。少しの間の後、「ああ、なるほど」と合点《がてん》がいったみたいに、にやりと唇を歪《ゆが》める。

「つまりお前は、俺が傷心のお前をホテルに連れこんで、無理やり何かしたんじゃないかって、そう思ったわけだ。ケツに身に覚えのない痛みがあったし？」

「！」

図星を指《さ》されて、春馬は思わず押し黙る。可乃が一歩近寄ってくる。

「ふうん、そうだったのか。ゲロゲロと胃の中のモンを容赦なくぶちまけるお前を、あれだけ必死に介抱してやったのに、お前はその俺を犯罪者扱いしていたわけだ」

反射的に一歩下がると、更に大股《おおまた》で一歩距離を詰められた。悪人面した可乃に至近距離から睨み据えられると、生きた心地がしない。今にも胸倉を摑まれて宙吊《ちゅうづ》りにされそうだ。

「ご、ごめん！　俺が悪かったです。あの時はその、迷惑をかけてすみませんでした」

「謝るだけか？」

「……じゅ、受験料は、きちんと全額弁償します」

「違ェよ！　そんなもん今更貰《もら》ってどうするんだよ」

可乃がすかさず怒鳴り返してくる。「ここはお礼の言葉だろうが」

「あ、そうか。ごめん……じゃない。ありがとう、ございました。お世話になりました」

深々と頭を下げると、ようやく可乃が「まったくな」と、満足したように言った。

「あの、それじゃあ、このお礼は後日また改めて……」

「後日？」と可乃が語尾をわざとらしく上げながら、不愉快そうに見下ろしてくる。

「そんなに待てない。借りを返すつもりなら今返せ」

「え、でも、そう言われても……返すって、どうやって返せば……」

「体で返せばいいだろ」

低い声で脅されて、反射的に尻を押さえた春馬は後退った。

「な、なな何を言ってるんだ、可乃！　ちょっと待って、俺、そういうつもりは……っ」

「明日からここで働けよ」

「――え？」

きょとんとする春馬に向けて、可乃が淡々と告げてくる。

「ちょうどよかった。大学生のアルバイトが一人辞めて、新たに販売員の募集をかけるところだったんだ。バイト、探してるんだって？　よかったなあ、さっそく見つかって」

「え……販売員？　ええっ⁉　ちょ、ちょっと、無理、待ってくれ」

「別にタダ働きさせようだなんて思ってねェよ。ちゃんと給料は払ってやるから」

「ム」春馬は咄嗟に首をぶんぶんと横に振った。「ムリムリ、俺なんか絶対にダメだ！」

「ああ？　何でだよ」

「だって、俺……ついこの前、コンビニのバイトをクビになって」

「だからうちで雇ってやるって言ってるんだろうが」

「違っ、そうじゃ、なくて……」

春馬はつい最近まで働いていたコンビニの店長の言葉を思い出した。

——キミ、愛想がまったくないよね。接客業って意味わかる？　ちょっとは笑えよ、まったく。キミみたいなコがいると陰気臭くて、客の評判も悪くなるんだよなー。

大学に進学した頃から、生来の内気な性格が再び顔を出すようになった。もともと人見知りが激しく、話そうともしないからコミュニケーション能力はどんどん退化する一方だ。最近では仕事関係以外の付き合いは皆無《かいむ》に等しい。以前のアルバイト先でも同僚たちからは尊敬とは違った意味で一目おかれていた。とにかく我ながら人受けが悪いのだと、重々自覚している。そんな自分に、きらきらふわふわしたパティスリーの販売員なんてとてもじゃないが務まるわけがないだろう。いくら可乃でも正気の沙汰じゃない。

「こんな、女性客ばっかりの店、俺みたいなのがいたら一番ダメな場所なんだよ。可乃の大事な店なんだろ？　だったらここで働く人間もちゃんと考えて決めろよ。そんな適当にやって、俺のせいで評判が悪くなったりしたらどうするんだ……」

「バカにしてんのか？」

低い声に凄まれて、春馬はびくっと押し黙った。前髪の隙間から恐る恐る見上げると、明らかに機嫌を損ねた可乃が目をつり上げて睨みつけている。

「お前のせいで俺の店がダメになるとでも思ってるのかよ。自惚《うぬぼ》れんな。客はうちの商品を買いに来てくれるんだ。お前の顔を見に来るわけじゃない」

「……ご、ごめん。そういうつもりじゃ、なかったんだけど」

彼の職人としてのプライドを傷つけてしまったのだろうか。どう言い訳していいのかわからず、春馬はおろおろと可乃の視線から逃げるように俯く。

頭上で、軽いため息がおちた。

「といっても、接客が大事なのは当たり前だ。一番客に近い場所で、店の顔として働いてもらうんだからな。自分の欠点がわかってるなら、卑屈になる前に改善する努力をしろ。今日はまだマシだが、昨日のお前は目が死んでたぞ。下を向くな、しゃんとしろ」

ピシャンッと両頬で小気味いい音が鳴った。びっくりして目をぱちくりさせる春馬の頬を巨大な両手が挟んでぎゅっと圧をかけてくる。頭蓋骨《ずがいこつ》が軋《きし》んだ。

「漫画の仕事があるだろうから、九時からとりあえず五時までだ。開店は十時。明日は初日だから八時に来い。遅刻厳禁だ、遅れたら承知しねェぞ」

可乃がくっと笑った。高校時代によく見かけた意地が悪くて懐かしいそれに、春馬はわけもわからずドキリとする。自分が罠《わな》にかかった野生動物にでもなった気分だった。

可乃がまるで面白い玩具《おもちゃ》でも見つけたみたいにニヤリと笑って、「佐久間」と呼んでくる。

「昔のことは水に流してやるから、今度は絶対に逃げるなよ」

3

パティスリー【プリムヴェール】の朝は早い。

厨房スタッフはシェフの可乃を含めて四人いるが、一番乗りの新米パティシエは六時半にはもう着替えて自分の作業を開始するそうだ。

それから大体七時すぎまでの間にみんな出勤してきて、七時半頃になると本格的に慌《あわただ》しく動き回り始めるという。開店時刻の十時まで全員黙々とフル稼動で働く。

販売員は九時が出勤時刻だ。

カフェスペースも併設しているので、接客を女性二人でまわしていたが、先日、一年働いたアルバイトの女子大生が勉学を理由に辞めてしまった。一人ではさすがに限界があり、忙しい時は手のあいた厨房スタッフが接客も兼ねているという話だった。

「よかったー、佐久間くんが来てくれて助かったよー」

販売員の工藤《くどう》がにこにこしながら言った。

春馬は眠たい目をシパシパさせながら、挙動不審にキョロキョロと動かす。

「あの……でも俺、本当に何もできないですけど」

「そんなのみんな最初は一緒だって。私もそうだったもん。慣れだよ、慣れ」

二つ年上の彼女は、二年前のオープン当初から勤めているベテランだ。可乃が二十四歳の若さでオーナーシェフになったことにも驚いた。大いに劣等感を刺激された。

もともとは彼の叔父《おじ》さんがパティシエで、体を壊した彼から機材ごと店舗を譲り受けたという話も初耳だったが、開業するには可乃自身にそれなりの技術がなくては無理だろう。可乃は高校卒業後、製菓専門学校で学びながら叔父さんの店でアルバイトをしていたらしい。その後は一旦別のパティスリーに就職したが、彼から店を譲りたいと話を持ちかけられたことをきっかけに、独立を決心したという話だった。

二十四といえば――春馬は雑誌の連載が二本、打ち切りになった年である。

可乃が人生の転機を迎えている時、春馬はもう漫画を描くのをやめようかと腐っていた。

「その髪、シェフにやってもらったの？」

工藤がぷぷっと笑いを堪《こら》えるように顔を歪めて訊いてきた。

「はあ。鬱陶《うっとう》しいからって、言われて」

今朝、時計を確認した瞬間、ぎょっとしたのだ。知らないうちにアラームが止まっていて、うっかり寝過ごしたのである。

必死に自転車を漕いで、どうにか指定された八時には間に合った。しかし膝《ひざ》をガクガクさせながら到着すると、店先には仁王立ちをした可乃が待ち構えていたのだった。

――初日から遅刻スレスレで出勤してくるとは、いい度胸だな。

首根っこを摑まれた猫みたいにバックヤードに押し込まれ、白シャツと黒のスラックスに着替えさせられた。ぶかぶかだったため、「もっと太れ！」と理不尽に怒る可乃は、春馬の寝起きのボサボサ頭を勝手にワックスで整え、ペッタリとした七三にセットしてしまった。

慣れないエプロン姿と髪型にそわそわする春馬を見て、世話好きだがサド気質のある彼は満足したらしい。にんまりと笑って「よし、行ってこい」と、教育係の工藤に引き渡されたのである。

工藤は姉御肌の人懐っこい女性だった。春馬にも気さくに話しかけてくれて、コンビニバイトで一緒だった女子大生みたいに、用がある時以外は徹底して無視するタイプとは真逆の人種だ。しかしあまり距離感が近すぎるというのも、女性慣れしていない春馬には困りものだった。女性はおろか人と話す機会を極力排除してきたせいで、いきなり社交的な彼女をあてがわれてもそのペースに圧倒されてついていけない。

丸眼鏡と七三のセットがよほど工藤のツボにはまったようだった。

失礼なことに「張り切り方を間違えた新米公務員みたい」と指を差して笑われる。春馬はどう反応していいのかわからず、恥ずかしくて咄嗟に顔を伏せた。

「シェフとは高校の同級生なんだって？」

「はあ」

「じゃあ、佐久間くんも二十六？　見えないね。まだ学生みたい」

「はあ、すみません」

「やだ、何で謝るのよー」工藤がケラケラと笑った。「若く見える方がいいじゃない。佐久間くんって、おでこ出したら案外かわいい顔してるのね。その丸メガネが邪魔してるなあ。コンタクトにしたらいいのに。逆にシェフは実年齢よりも上に見えるでしょ。でかいしなー、見た目怖いしなー、あの顔で睨まれるとぞくぞくしちゃう」

レジの打ち方を教えてもらいながら、工藤の言葉に心中で同意する。ぞくぞくというよりはびくびくと言った方が表現として適切だと思うのだけれど。

「ま、中身はただの不器用な人なんだけどね。シェフの作るケーキは文句なしに美味しいし、おかげでリピーター率はいいんだよ。この辺、住宅街だし、子どもも多いのよ。みなさんご贔屓《ひいき》にして下さるし、口コミで噂を聞いてわざわざ遠いところから足を運んでくれるお客さんもいるんだから。あ、これコンビニみたいにバーコードじゃないからね。全部の商品の値段を暗記しなきゃいけないから頑張って」

「はい……え？　暗記するんですか？」

「そうだよ。もちろんケーキの名前も正確にね。生菓子に焼き菓子……大丈夫だって、そんなに数があるわけでもないし、一週間もすればスラスラ言えるようになってるって。できればその特徴も言えるように少しずつ覚えていってね。お客さんに訊かれたらちゃんと答えられるように。わからなかったら、その都度《つど》訊いてくれれば教えるから」

「はあ」

春馬は早くも挫折《ざせつ》しそうだった。漫画やアニメ関連のことだと記憶力はよく働く方だが、興味のないことに関してはからっきしだと自覚している。ケーキ自体は定期的に食べるし嫌いではないのだけれど、わざわざ名前を覚えるほど興味は持てない。

舌を噛みそうだなと、ショーケースに並ぶプレートのカタカナを眺めながら憂鬱に思っていると、工藤がいきなりくすくすと笑い出した。

「でも、謎《なぞ》が解けたよ」

「え？」

「佐久間くん、一昨日のお昼頃、ここにケーキを買いに来たでしょ。注文を受けたのは私だったんだけど、覚えてる？」

春馬は驚いた。

「……工藤さんこそ、覚えていてくれたんですか。単なる客の一人なのに」

「そりゃあね」工藤がおかしそうに言った。「あのシェフが表に出てくるのは珍しいことだから。何でわざわざシェフ自ら会計を代わってくれたのか、あの時はびっくりしたのよね。いつもなら手を貸してくれるのはシェフ以外の人たちなのに」

「そうなんですか？」

「うん。シェフ、自分の外見は接客向きじゃないからって、本当に必要な時以外はずっと厨房に引きこもってるの。佐久間くんの場合は、知り合いだから顔を出したのね。ちょっと息を切らしてたのがおかしかったわ。約束でもしてたの？　佐久間くんに気づいて、よっぽど急いで出てきたんだろうね、あれは」

春馬は思わず振り返った。

厨房と売り場を仕切る壁は一部がガラス張りになっていて、互いの様子が確認できるようになっている。今も向こう側では、コックコート姿の可乃が忙しそうに動き回っていた。あそこから彼は春馬を見て、すぐにピンときたというのだろうか。

納得がいかない――春馬は苦虫を噛み潰したような気分になる。眼鏡はともかく、頓着《とんちゃく》しない小汚い外見は高校の頃と比べて随分変わったと自覚しているだけあって、一瞬で可乃に見破られたことがいまだに疑問だった。

なぜ、可乃は自分を雇ったのだろうか。

彼に迷惑をかけてしまったことは、当時の真実が明らかになった以上、春馬も深く反省し心から感謝している。ずっと気にかかっていた貞操《ていそう》のあれこれも、実は何も無かったことが判明して、内心ホッとした。

しかし、可乃に対してはもっと別の恩返しの方法はなかったのかと不満に思うのだ。

春馬にとって、可乃に散々世話になった高校時代は、今となっては完全に黒歴史だ。当時の自分をよく知る相手と一緒の職場なんて、居心地が悪いことこの上なかった。できることなら今すぐにでも契約を破棄して逃げ出してしまいたい。ガラス窓の向こう側から常に可乃に監視されているのかと思うと、そわそわとして落ち着かず、仕事どころじゃなかった。

一通りの説明を受けたが、覚えきれないまま、あっという間に開店時刻になった。

「とりあえず、今日は私の動きをよく見ていて」

春馬が頷くと同時に早くも最初の客がやってくる。

工藤が笑顔で「いらっしゃいませ」とハキハキとした声で女性客を迎えた。慌てて春馬も倣《なら》ったが、「い……ませ」と蚊《か》の鳴くような声しか出ない。

もごもごと口を動かす春馬を、年輩の客が訝《いぶか》しげな目でちらっと見てきた。いたたまれず、咄嗟に彼女の視線から逃げるようにして俯いてしまう。

完璧な接客で工藤が注文を取り、春馬はその様子を一歩下がったところから眺めていた。

「佐久間くん、ケーキ十個の注文。箱を取って」

「え、箱？　あ……は、はい」

春馬はおろおろしながら、教えてもらったばかりの包装台から箱を取り出した。

「違う」しかし、工藤は首を横に振る。「それじゃ十個も入らない。もう一つ大きい方」

「あ、そうか。すみません、えっと、これ？」

「組み立てて」

「は、はい」

ケーキ箱を組み立てるくらい簡単な作業だ。だがその時、ふと視線を感じて春馬は思わず顔を上げた。瞬間、ガラス窓越しにじっとこちらを見ている可乃と目が合った。

「――――！」

びくっと身震いをした拍子に、びりっと手元で不吉な音が鳴り響く。「あっ」ぎょっとして見下ろすと、折り目に沿って差し込むだけの箱が破けていた。

「新しいのと取り替えて」

工藤の声にハッと我に返った春馬は、急いで新しい箱を引っ張り出す。その際に焦って、大きさの順に綺麗に並べてあった包装材をぐちゃぐちゃに掻き回してしまった。

見かねた工藤が「貸して」と箱を受け取り、あっという間に組み立てる。注文の品を手早く詰め、客に確認を取った後、保冷剤を入れて、消費期限をスタンプしたシールを貼った。

「袋に入れて」

「は、はい」

春馬はあたふたとビニールの袋を広げる。ケーキ箱がきちんと納まるように計算されたその中に、慎重に箱をうずめた。ミスなくできてホッと胸を撫で下ろす。

商品をレジカウンターに運ぶと、ちょうど工藤が客におつりを渡すところだった。

「ありがとうございました」

「あ……した」

隣で頭を下げる工藤に倣って、春馬も一礼する。

客が去り、店内に沈黙が落ちた。

一つ間をおいて、隣に立つ工藤がゆっくりと春馬を見てくる。びくっとした。怒られるに違いないと覚悟を決める。

「どうだった？」と、工藤は予想外にも明るい声で訊いてきた。

拍子抜けした春馬は、しかしかえって余計に気まずくなり、先に自分から謝った。

「……あの、すみませんでした。箱、上手く作れなくて」

「それは別にいいんだけど」

工藤が苦笑する。だがすぐに真面目《まじめ》な顔をして、言った。

「とにかく挨拶だけはきちんとしよう。『いらっしゃいませ』と『ありがとうございました』。これだけはちゃんと声を出してね。他のことはやっていれば覚えるから。でも挨拶は基本だよ。前のコンビニバイトでも、そんな小さな声でやってたの？　注意を受けなかった？」

「はあ……」

アルバイトを始めた当初は何度か注意されたが、人手が足りないこともあって、そのうち何も言われなくなった。いないよりはいるだけマシと思われていたのだろう。何の期待もされてなかったのでラクだったけれど、最後の最後で「暗いんだよ、お前」と店長に吐き捨てられるように言われてクビになったのだ。

与えられた仕事は真面目にこなしていたが、客に話しかけられることにいつまでたっても慣れなかった。マニュアル通りの言い回しならなんとかなるけれど、応用が利かない。客に訊ねられても、いつもぼそぼそとどもってしまう。緊張して上手く言葉が出てこないのだ。

春馬と入れ替わりに新しく入って来た十代のフリーターの女の子は明るくてハキハキとした子だった。笑顔で接客する姿を見せつけられて、お前にはあれが足りないのだと店長には厭味《いやみ》のように言われた。工藤にも早くも呆れられてしまっただろう。

「すみません」

「んー、そんなに謝らなくてもいいから。これからは気をつけてね」

「……はい。すみませんでした」

工藤が何か言いたそうな顔をして、困ったように息をついた。

「包装材、ぐちゃぐちゃになってるから綺麗に並べ直しておいてくれる？」

「はい」

頷いて踵を返す。包装台とショーケースの間は何とか人が擦《す》れ違うことができるくらいの幅だ。気をつけないと工藤とぶつかってしまう。

包装材を整理しようとその場にしゃがもうとして、ふと何とはなしにガラス窓に視線を寄せた。次の瞬間、びくっと文字通り飛び上がる。

——まだそこにいたのか！

じっと監視している可乃と目が合って、春馬は逃げるようにして視線を床に落とした。心臓がどくどくと不吉な音を鳴らしている。簡単な箱の組み立てにも失敗し、工藤に迷惑をかけた挙句注意を受けるところまで、全部見られていたのだろうか。

だとしたら、途轍もなく恥ずかしい。

いやしかし、箱を破ってしまったのは、可乃がそんなところからわざとらしく監視なんてするからだ。彼さえそこにいなければ、あんな子どもでもしないようなミスをすることはなかった。自分の仕事をしろよと心の中で毒づく。そんなに春馬は頼りないのか。

だったら、最初から自分なんか雇わなければよかったのだ。

店の不利益になるような人材を、わざわざ金を払って受け入れる可乃の心理がまったく理解できなかった。春馬にだって情はある。世話になったかつての友人の店に悪評を呼ぶようなマネはしたくないのに——ああ、早くやめたい。

いつになったら解放されるのだろうか。愛想をつかされる方が早いかもしれない。可乃にクビを言い渡される瞬間を想像して、思わず身震いをした。彼にまでコンビニの店長と同じ目で見つめられるのかと思うと、急に怖くなった。

顔を上げることができないまま、のろのろと包装材の整理にとりかかる。

また新たな客がやって来た。

工藤が「いらっしゃいませ」と元気な声を聞かせる。春馬は気づかなかったフリをして、黙々と包装材と向き合い続けた。

――雛田さん、本当に申し訳ないのですが、現在本誌で連載していただいている『SIGNAL』なんですが、先日の編集部会議で打ち切りが決定しまして……雛田さんには頑張っていただいたのに担当としてお役に立てなくて、僕としても本当に心苦しいのですが……。

○

昨夜、担当編集者の十河《そごう》から電話が掛かってきた。

漫画家として唯一の仕事だったのに、あと三回の掲載を残してそれも終了してしまう。いよいよ崖《がけ》っぷちだ。もう、後がない。

三回のうち一回はすでに原稿が完成していて、今月末には掲載している月刊誌が発売されるだろう。事実上、残りの二話でストーリーの決着をつけなくてはいけなかった。春馬が描いているのは少年が主人公のSFファンタジーだったが、約一年の連載で張った伏線を回収するだけでも相当なページを割《さ》いてしまう。同時に主役二人の恋愛も並行して描いていたものだから、ようやくヒロインが自分の気持ちに気づきこれからという段階なのに、あと二話で二人を無理やりくっつけるなんてどう考えたって無理だ。

頭が痛い――春馬は徹夜して眠たい目をこすりながら焼き菓子を並べていた。

一つ一つ丁寧に個包装されたそれらを手に取って、ふと我に返る。考えなければいけないことは山ほどあるのに、自分はこんなところで何をやっているのだろう。

「いらっしゃいませ」

工藤のハキハキとした声が聞こえてきた。

振り返ると、若い女性客が二人、店内に入って来たところだった。

「……しゃいませ」

春馬はぼそぼそっと口の中で呟いて、すぐに彼女たちに背を向ける。一週間経っても、なかなか声を張るということができなかった。

工藤が注文を受けている。春馬はなるべくゆっくりと時間をかけて焼き菓子を並べることに専念する。昨日は接客をする工藤に替わって店にかかってきた電話に出る羽目になり、緊張して出だしから店名をかむという失態をやらかしてしまった。ややこしい商品名を復唱するだけで何度もかむし、顔の見えない客が電話越しに苛立ちを募らせる様子が手に取るように伝わってきて、あの一度で電話が怖くなった。販売の仕事の中で春馬が一番気に入っているのが、商品を黙々と並べている時間だ。なるべく人とかかわりたくない。

「あの、すみません」

声をかけられて、びくっと手を止めた。恐る恐る顔を向けると、二人連れの客の一人が立っていた。

「アーモンドやピーナッツを使っていないお菓子ってありますか？」

「は？」

思わず訊き返すと、彼女が一瞬不快そうな顔をする。若干《じゃっかん》トゲトゲしい物言いで繰り返した。「アーモンドや、ピーナッツを、使っていないお菓子を、教えて欲しいんですけど」

「あ……は、はい。アーモンドとピーナッツ……ええっと、アーモンド……」

春馬はきょろきょろと陳列台を見回す。【プリムヴェール】の焼き菓子は八種類。しかし、毎日機械的にせっせと並べてはいるものの、いまだにそれら個々の特徴はよくわかっていなかった。ようやく見た目と名前が一致してきた程度だ。

「ア、アーモンドフィナンしゅ……フィナンシェは、た、たぶんアーモンドが入ってると思います。あと、ダックワーズは、確かピーナッツクリームが挟んであるはず……」

女性が「え？」と険しい顔をした。「あの、アレルギーがあるんで、はっきりしないと困るんですけど」

「あ、アレルギー……えっと、とりあえず、この二つは避けてもらった方が……」

昨日に引き続き、また商品名をかんでしまった。そのことで頭がいっぱいになってしまい、おろおろとするばかりで後の言葉が続かない。言い間違えるのが恐くて、思考が固まってしまう。

慌てて助け舟を出してくれたのは、工藤だった。

「お客様、こちらのダックワーズはアーモンド風味のメレンゲを使っておりまして、間に挟んであるのはピーナッツクリームとモカクリームの二種類です。フィナンシェは全種類アーモンドプードルを使用しておりますのでお気をつけ下さい。こちらのフロランタンはアーモンドスライスをのせて焼いたサブレになります。あと、こちらのアマレッティもアーモンドプードルを使用したクッキーになります。クロッカンもナッツ類とメレンゲですね」

「お土産にしようと思ったけど、全部ダメだわ。マカロンもでしたっけ？」

「そうですね、アーモンドプードルを使用していますので。こちらのマドレーヌはどちらも使用しておりませんよ。あとはそうですね、これなんかはパイ生地を使ってまして……」

佇《たたず》む春馬は、工藤から「ここはいいから、生菓子の箱詰めをして」と耳打ちされる。

急いでショーケースの前に戻り、工藤が注文を取ったメモと見比べながらケーキを選んでいった。ようやく箱に全部詰め終えて、客に確認を取る。

しかし、注文の品と実際のケーキを二種類間違えて入れていたらしい。商品名がうろ覚えだった春馬のミスだ。焦りながら、客に教えられるままにケーキを入れ替える。

会計も散々だった。覚えたつもりの金額も本当に自分は正確に記憶しているのか不安になり、いちいちショーケースを迂回するという、とても販売員とは思えない行動を取って客に呆れられてしまった。焼き菓子をレジカウンターに持って来た客の会計も、先ほどの後ろめたさもあって更にもたついてしまい、結局工藤の手を借りる羽目になる。

売り場に誰もいなくなると、工藤がカフェスペースに背を向けて春馬を睨みつけてきた。

「佐久間くん」彼女が厳しい顔をして言った。「まだ、商品名も覚えてないの？　ちょっとスローペースすぎるよ。相変わらず声は小さいし、こんな調子だといつまでたっても接客一つ任せられない。それに、商品説明はわからなかったら私を呼んでって言ったよね。いい加減な説明は絶対にしないで。お店の信用にかかわることなんだから」

「……すみません」

頭を下げると、工藤が何かを我慢するみたいに唇を嚙み締めて、ため息をつく。

「ねえ、本当にこの仕事を覚える気がある？」

頭の中を見透かすように言われて、春馬は内心ぎくりとした。いい加減にしているつもりはなかったが、自分には合わないこの仕事を早くやめたいと考えているのは事実だった。毎朝目覚ましが鳴るたびに、ひどく憂鬱な気分になる。

「……はい。あの、さっきはすみませんでした」

「謝る暇があるなら、ケーキの名前と金額を正確に覚えて。お客様に教えられるなんて、販売員として本当に恥ずかしいし、情けないことだよ。もっと自覚を持ってくれないと困る」

ぴしゃりと返される。ピリピリする工藤に戸惑っていると、いいタイミングでカフェの客が声をかけてきた。一瞬で笑顔を作り上げた彼女は、颯爽《さっそう》と客のもとに行ってしまう。

一人になった春馬は、ホッと詰めていた息を吐き出した。すがるようにして掛け時計を見上げる。

終業時刻まで、まだ四時間もある。気が遠くなりそうだ。

帰ったら、一向に進まない本業が待っている。何もかもが上手くいかなくて苛々する。

この店で働き始めてからようやく一週間、明日は待ちに待った定休日だ。朝から店に来なくてもいいと思うだけで、少し気がラクになった。

あと四時間の辛抱だと自分に言い聞かせながら、拷問《ごうもん》のような時間が過ぎるのをひたすら耐えた。


工藤が春馬のことをよく思っていないのは明らかだった。

彼女だけではなく、他のスタッフたちも春馬の勤務態度に不満を持っているのは薄々伝わってきた。誰かが春馬のことを「ああいう、ぼそぼそマニュアル通りのセリフを喋るだけで客の目を見ないコンビニ店員っているよな。感じ悪い。何でうちに来たんだろ」と話しているのを耳にしたこともある。面と向かって直接厭味を言われないのは、春馬が可乃の知り合いだからだろう。そういう余計な気遣いをされることで、ますます惨めな気分に陥った。

その可乃からは毎晩電話がかかってくる。

五時で上がらせてもらう春馬は、店では翌日の仕込みに忙しい彼らとは儀式のように挨拶を交わすだけだ。なので一日の勤務報告や業務連絡を含めて、可乃は自分の仕事を終えた後に必ず電話をかけてくる。この電話が、春馬にはこの上なく苦痛だった。

今日はどうだったかと訊かれても、答えることは何もない。どうせ、工藤をはじめとするスタッフの口から春馬の噂は彼の耳にも入っているはずだ。わざわざ電話を寄越してまで訊ねてくるところに可乃の意地の悪さが垣間《かいま》見えて、苛々する。

今夜もかかってくるのだろうか。

気が重い――春馬は漫画のネーム作業を中断して、時計を確認した。

ネームとはコマ割りをしてセリフなどを書き込んだ、いわばその漫画の設計図のようなものだ。しかし、春馬の目の前のそれはいまだ真っ白。書いては破りを繰り返し、新品だったノートの厚みはすでに半分にまで減っている。

こんな調子で本当に締め切りに間に合うのだろうか。時計とカレンダーを交互に眺めながらため息ばかりが零《こぼ》れる。

八時半を回り、そろそろだと脇に置いたケータイを見やって身構えた時だった。

ピンポーンと古めかしいチャイム音が鳴った。

「……誰だよ、こんな時間に」

何の勧誘だろうか。先月は高級布団を買わないかと、スーツ姿の胡散臭《うさんくさ》い男がこんなボロアパートのドアを叩《たた》いて回っていた。今度は何を売りつけにきたのだろう。面倒に思いながら、重たい腰を上げる。煌々《こうこう》と電気がついているので下手に居留守も使えない。

「……はい」

玄関ドアを数センチ開けて、僅《わず》かな隙間から相手を覗き見ようとした次の瞬間だった。

「よう、仕事は捗ってるか」

「！」

脊髄《せきずい》反射で体が勝手に動いた。急いでドア閉めようとして、ガンッと素早く下方に何かが差し込まれる。ぎょっとして見ると、スニーカーが挟まっていた。そのままぐりぐりと、春馬よりも一回りは大きい足がドアの隙間を無理やり抉《こ》じ開けようと乱暴に蠢《うごめ》く。

「ひっ」と春馬は懸命に取っ手をぐいぐい引っ張った。

「おい」可乃が隙間から覗き込むようにして春馬を睨みつけてくる。「痛てェだろーが！　いきなり何しやがる、さっさと開けろ」

「い、嫌だ！　な、何でうちに来るんだ、話なら、電話で聞くから」

「ああ？」

ドアの縁《ふち》に指を掛けて、青筋を浮かせた可乃が眉根を寄せた。背が高いので、外が見える部分は全部可乃で埋まっている。外灯すら差し込んでこない。物凄い威圧感だ。

「電話じゃ無理だから、こうやって来てるんだろうが」可乃がぐっと力をかけた。「お前、俺に力勝負で勝てると思ってるのかよ。ナメんなよ」

にやっと不吉に唇を歪めたかと思うと、次の瞬間、ふわっと春馬の体が浮いた。

「うわっ」

ドアが力尽くで抉じ開けられる。必死になって取っ手にしがみついていた春馬は、まるで体重が吸い取られてしまったみたいに、一瞬のうちに外へと引っ張り出されてしまった。

「相変わらず軽いな。もっと食えって言っただろ」

たたらを踏む春馬の腰を、可乃が軽々と片腕で掬《すく》い上げるようにして引き寄せる。「また痩《や》せたんじゃないか？」とセクハラじみたことを言ってバカにしてきた。同じ男として、まるでバスケットボールをそうするように抱えられてしまった自分の細腰が恥ずかしい。

「や、やめろよ、離せ！」

「どんな生活してるんだよ。まさか霞《かすみ》を食っててんじゃないだろうな」

「俺は仙人じゃない！　無収入に近いからって、バカにするなよ。大体、何でアパートの場所がわかったんだ。まさか、履歴書？　職権乱用じゃないか。いいのかよ、そんなんで」

「何を一人でぶつぶつ言ってんだ。入るぞ」

呆れたような声が聞こえてきて、ハッと振り返った時には、もうすでに可乃は靴を脱いで手前の狭い台所を横切ろうとしていた。

「ま」春馬は慌ててサンダルを脱ぎ捨てる。「待って！　散らかってるから、片付けるまで、ちょっとこっちに……」

「へえ、これがお前の描いている漫画か。何で破れてるんだ？」

「うわあああ、かっ、勝手に触るなよ！　返せ！」

可乃が丸めて床に放り投げてあったネームの描き損じをわざわざ広げてみせる。春馬はぎょっとして飛びかかった。しかし、寸前でひょいとそれを頭上に引き上げられてしまう。身長差を見せ付けて揶揄うみたいな、意地の悪さだ。

「別にいいだろ、見たって。どうせ商業誌に載ってるんだ、コンビニに行ったらお前の漫画はすぐに読めるんだぞ。今更隠す必要もないだろうが」

「そういう問題じゃない！　それに、あの手のマイナー雑誌を置いてるコンビニなんか、見たことないよ。いいから返せよ！　見るな！」

「痛てっ、お前、どさくさに紛れてどついてんじゃねェぞ。おい、足を踏むな！　わかったから、ちょっと落ち着けって」

必死に服ごと腕を引っ張ると、さすがの可乃も狼狽えて慌てて待ったをかける。しかし我を忘れてバッタよろしく飛び上がった春馬は、勢いよく可乃に覆いかぶさった。

「お、おいっ、バカ！　いきなり重……っ」

そのまま二人まとめて背後のパイプベッドの上に倒れ込む。

鈍い衝撃があって、顔面を打ちつけた春馬は恐る恐る頭を上げた。すると待ち構えていたように、仰向けに寝そべる可乃と目が合う。

一瞬、自分の体がびくっと跳ねたような感じがした。しかし、動いたのは下敷きになっている可乃の体だったようだ。春馬の顔の下には筋肉の張り詰めたぶ厚い胸板がある。

しばらく茫然《ぼうぜん》と見つめ合い、先に気まずそうに目を逸《そ》らしたのは可乃だった。

「……おい」

可乃がつり上がった目でギロッと春馬を睨み上げ、ドスのきいた低い声で言った。「いつまで乗っかってんだ。重い」

「あ、ご、ごめん」

跨っていた可乃の上から慌てて下りた。ハッと思い出して、急いでまだ寝転んでいる彼の腕をよじ登るようにして伸び上がり、紙片を奪い返す。ぐしゃぐしゃに丸めると、ぽーんとゴミ箱に放った。が、的を外して壁に当たって床に落ちる。

「ヘタクソ」と低く罵《ののし》った可乃が、のっそりと体を起こした。気だるそうな彼がベッドの下に転がっていた別の紙くずを拾い上げようと手を伸ばすのを見て、春馬は慌てて止める。

「拾わなくていい！」

「あ？」

「可乃はここから絶対に動かないでくれ。すぐに片付けるから。いいって言うまで、ベッドから下りるなよ、絶対だからな！」

枕を可乃の強面に力任せに押し付ける。

「……わかったから、さっさとしろよ」

どこかバツの悪そうな可乃はそうぶっきら棒に言って、枕を抱えると、ごろんと再び寝転がってしまった。

今すぐ玄関に追いやって、そのまま帰ってもらいたい。とは心の中だけで叫ぶ。

八年のブランクがあるせいか、再会したからといって、すぐに高校の頃の距離感を取り戻すというわけにはいかなかった。

可乃と一緒にいると、自分の中にわけのわからない緊張が走るのがわかる。

仕事中に話しかけられると、何か失態をやらかして怒られるのではないかとびくびくしてしまう。可乃の目から逃れられる店の外に出て、ようやくまともに息ができるのだ。狭いアパートの部屋に戻ってくるとホッと落ち着く。それなのに、この安息地帯までもが可乃に侵略されるなんてやってられない。

一体、彼は何をしにわざわざここへやって来たのだろうか。電話ではできない話とはなんだろう。

内心びくびくしながら、春馬は床中に散らばった紙くずを拾い集めて回った。ちら、ちらと何度もベッドを覗き見て、可乃の動きを確認する。枕を抱き締めて寝ている可乃は、目も口も閉じて動かなければ大きな子どもみたいだった。縦も横も春馬に比べて一回り以上は大きいので、簡素なパイプベッドが益々小さく見える。このままぐっすり寝入った彼を、誰かが回収に来てくれないだろうか。と、考えても詮《せん》の無いことを願ってしまう。見られては困る物をしまい、散らかった床も粗方片付け終わると、「もういいか」と痺《しび》れを切らしたみたいに訊ねられた。

振り返ると、胡坐《あぐら》の上に枕を乗せて頬杖をついた可乃がじっとこちらを見ている。もう起きちゃったのか――春馬は渋々頷くと、可乃に「座れ」と顎《あご》で促された。彼がベッドに腰掛けているので、作業用の椅子《いす》に座る。

可乃がさっそく本題を切り出した。

「今日、工藤さんともめたって？」

やはりそのことか。ある程度予想はしていたので、的中しても憂鬱でしかなかった。大方工藤の堪忍袋《かんにんぶくろ》の緒が切れて、可乃に直接話がいったのだろう。

「もめたっていうか、注意を受けただけだよ。俺が悪かったんだから、仕方ない」

投げやりに答えると、可乃が小さくため息をついた。

「一週間経つのに、仕事を覚えようとする努力が見受けられないんだそうだ。お前のことは工藤さんに任せきりだったから、きちんとチェックをしなかった俺も悪いが――一日中、あくびをしながら店に立たれても困る。客に失礼だ」

いつもの脅し口調ではなく、オーナーシェフとして厳しく諭《さと》すように言われた。心当たりは十分過ぎるほどあって、春馬はカッと羞恥に顔が熱くなる。

「一応、お客さんの前では我慢してたみたいだが、今日は厨房からも大あくびをするお前を何度か見かけたぞ」

責めるように真っ直ぐ見据えられて、春馬はいたたまれず視線を爪先に落とした。

「寝てないのかよ。昨日は遅くまで仕事をしてたのか」

かさかさと、可乃が手に持っていたそれを広げる。ベッドの上にまで転がっていたのか、春馬が集め損ねた紙くずだった。

「やめ……」

「そんなにこっちの方が忙しいのか？」

描きかけのネームの一部を眺めて、ふと可乃が首を傾《かし》げる仕草をしてみせた。何気ない問いかけに他意があったのかどうかは知らない。しかし、春馬にはそれが途轍もなくバカにされたみたいに聞こえて、ざっくりと心臓を抉《えぐ》られたような気分になった。

「――忙しいどころか、崖っぷちだよ」

「え？」

聞こえなかったのか、可乃が身を乗り出してくる。わざとじゃないことはわかっていたけれど、無神経な彼に苛々した。寝ないのではなくて、眠れなかったのだ。布団に入っても、担当の申し訳なさそうな声が頭の中でぐるぐる回り、不安で一向に眠りが訪れない。何かしていないと、嫌な想像に押し潰されそうになる。この仕事が終わったら、その先はどうなるのだろう。半年後は？　一年後は？　真っ白だ。怖くておちおち横になってもいられない。

そんな心のうちを、可乃に向けてぶちまけてしまいそうになる自分をぐっと堪えて、春馬は膝の上で両手をきつく握り締めた。

「大体、販売員なんて仕事は俺にはむいてないんだよ」

「は？」と可乃が眉をひそめた。

「前のバイトでよくわかったんだ。愛想はないし、暗いし、人と喋るのが怖いし、すぐテンパるし。だから、次は接客以外のバイトを探そうと思ってたのに、可乃が、無理やりやらせるから……」

「俺のせいかよ」

可乃がハッと鼻先で笑った。

「だったら訊くけど、何だったら自分にむいていると思うんだ？」

「そ、それは……」

痛いところをつかれて、春馬は言葉を詰まらせる。

「どこに行ったって、人間はいるぞ？」

情けなく俯く春馬に可乃が低い声で言った。「そんな調子じゃや、どこで働いても同じだ。すぐに諦めて、口ぐせみたいに適当に謝ってその場から逃げ出す。ちょっと上手く行かなくなったら、ここは俺にはむいてない、これも違った。そうやって、永遠に言い訳して逃げの人生を送るつもりかよ」

「――なっ」

カッと頭に血が上った。

「何も知らないくせに、わかったようなことを言うなよ！」

春馬は思わず椅子から立ち上がっていた。ガタン、と椅子の背が机にぶつかり、反動で弾き飛ばされたシャーペンが床に転がる。

そんな目で見るな――春馬は軽蔑《けいべつ》するみたいに見つめてくる強面の三白眼を睨み返し、苛々と溜まっているものを吐き出すみたいにして叫んだ。

「たとえそうだったとしても、可乃には関係ないだろ。お節介なんだよ。俺の人生なんだから、可乃が口出しするなよ！」

一瞬、沈黙が落ちた。

はあはあと、春馬の息遣いだけが狭い室内に響き渡る。ただ言葉を発しただけなのに、心臓が尋常じゃないくらいの速度で脈打っていた。

ぎしり、とパイプベッドが軋んだ。春馬は反射的にびくりと体を強張らせる。

それまで黙っていた可乃が、聞こえよがしのため息をついた。静かに口を開き、「前に」と低い声で言う。

「お前のことを、高校の頃から全然変わってないって言ったけど。あれ、撤回するわ」

「え？」

「やっぱ変わったよ、お前」

唐突にそんなふうに言われて、春馬は戸惑った。更に続けられた言葉に自分の耳を疑う。

「俺は、お前のことを密《ひそ》かに尊敬してたんだよ」

「！」

「深瀬のことが好きだ好きだって、バカみたいに一途《いちず》で健気なお前を見て、スゲーなって思ってたんだ。わざわざ俺のところに来ては目をハートにして深瀬の話ばっかりしやがって、正直、鬱陶《うっとう》しいって思うことも多かったけど」

可乃がふっと懐かしむように目を細めて、どこか自虐的《じぎゃくてき》に笑った。

「一生懸命なお前を見ていると、なんだかこっちまで元気になってさ。あの頃のお前は、思わずこっちが応援してやりたくなるほど人を巻き込む力があって、そういうところが好きだったんだけどな」

最後は独り言のように言って、落胆じみた嘆息《たんそく》を漏らした。

何だよ、それ――春馬はぐっと奥歯を噛み締める。まるで今の春馬に失望したと言わんばかりだ。可乃は一体自分に何を期待していたのだろうか。春馬にとって、高校時代の自分は記憶から消し去りたいくらいの黒歴史だ。あんなものを引き合いに出されて、その上今の自分にがっかりされるなんて、もうお前はどうしようもない人間だと言われている気分だった。

「……は、八年前から全然変わってなかったら、それこそおかしいだろ。だいたい、深瀬のことは今関係ないじゃないか」

「アイツがどうこうってンじゃねーよ。ただ、お前はそうやって一生懸命頑張るヤツだったって話だ」

「買いかぶりすぎだ。俺は、別にそんな人間じゃなかった!」

「そうだったんだよ。お前が忘れているだけで」

忘れられるものなら、綺麗さっぱり忘れてしまいたかった。今思い出しても痛々しくて恥ずかしい過去を、よりによって一番近くで見ていた可乃が、何を今更そんな真面目な顔をして言い出すのかと腹立たしく思う。一生懸命すぎて、かえって滑稽《こっけい》だったと笑われた方がまだマシだ。

「あんなの、頑張るも何も、ただ考えなしにやってただけだ。それに、八年も経てば、人は変わるに決まってるだろ。あんなみっともないこと、もうできるわけない」

「……みっともない、ね」可乃がため息をつく。「別に、恋愛に限って言ってるわけじゃなかったんだけど」

可乃は手のひらで弄《もてあそ》んでいた紙くずをぐしゃっと握り潰したかと思うと、スナップをきかせて放り投げた。的を外した春馬とは違い、紙の玉は部屋隅のプラスチックのゴミ箱に吸い込まれるようにして収まる。

「残念だな、あの頑張りを期待した俺の見込み違いだったってわけだ」

その一言で、春馬は額にポンと『用無し』の烙印《らくいん》を押された気がした。可乃の冷《さ》めた目は無感情に壁を見つめていて、もう春馬の方を向いてなかった。

見捨てられた——ドクン、と心臓が嫌なふうに高鳴った。放っておいて欲しいと偉そうに言いながら、いざ切り捨てられるとバカみたいに傷つく。ほら、結局こうなるのだ。どうせそうなるとわかっているのだから、最初から適当な理由をつけてでも逃げればよかった。惨めだ。かつての同級生に見下されて、自分が空っぽだと痛いほど思い知らされる。何にもないのだ。二十六になった今も自分の人生に少しも自信が持てない。

「……そうだよ。可乃が何を思って俺なんかに声をかけたのか知らないけど、俺みたいなのを雇ったって、どうせ迷惑をかけるばかりなんだから。可乃だって、本当は後悔してるんじゃないのか。俺なんか、雇わなきゃよかったって」

「あ?」可乃が眉間《みけん》にぐっと皺《しわ》を寄せた。「本気で言ってんのかよ、それ」

「可乃こそ、同情はもういいよ。邪魔だったら、さっさとクビにでもなんでもすればいいだろ。自分の大事な店の評判が落ちる前に、早く手を打った方がいい。俺のせいにされても責任なんか取れない。そもそも、俺は雇ってくれなんて一言も頼んでないんだから！」

「ああ、そうかよ！」

間髪を容《い》れず怒鳴り返されて、びくっとした春馬は一瞬押し黙ってしまった。

「そりゃ悪かったな、無理やり働かせて」

射殺されてしまうのではないかと思うほどに怖い目で睨みつけられ、反射的にひゅっと息を飲む。苛立ち混じりの舌打ちをした可乃が、「勝手にしろ」と低く吐き捨てて、ベッドから腰を上げた。

部屋を出て行こうとして、ふと立ち止まる。「お前さ」と低い声で訊いてきた。

「漫画を描いている時も、そんな適当な気持ちでやってるのか」

呆れ果てたような眼差《まなざ》しを向けられた瞬間、春馬は思わずカッと逆上した。

「そ、そんなわけないだろ！　俺なんかが描いた漫画でも、少ないけどちゃんと読んでくれている人はいるんだ」

「……あっそ」

可乃が素っ気無く言う。「だったら、その『俺なんか』っていうのはやめろ。自分で自分を貶《おとし》めるんじゃねーよ。お前を好きなヤツに失礼だ」

直後、突然目の前に何かが飛んできて、春馬は慌ててそれを受け止めた。見ると、ぐしゃぐしゃに丸めたネームの描き損じだ。まだ残っていたらしい。

茫然と紙片を見つめていると、ガチャンと玄関ドアが閉まる音がした。

ハッと顔を上げる。もう可乃の姿はなかった。

「……何なんだよ。いきなり来て、いきなり帰るし」

シンと静まり返った部屋に、自分の声が思った以上に響いた。胸の奥でもやもやと渦巻いているものが気持ち悪く、舌にざらつきが残るような後味の悪さに唇をきつく噛み締める。

ふと、台所の流し台の上に見慣れない袋を見つけて、春馬は怪訝に思った。狭いステンレスの台の幅をはみ出すほどの結構な大きさをした紙袋だ。可乃の忘れ物だろうか。

嘆息して、袋の中身を覗き込む。

「……あれ、これって」

入っていたのは見覚えのある大小数個の紙箱だった。どれも【プリムヴェール】で使用しているケーキ箱。

封をしてなかったので、念のため、一番上の小ぶりの箱を開けてみる。

中にはサンドイッチが入っていた。プラスチックの器に盛られているのはサラダだ。

「…………」

春馬は続いて二段目に並べてある中くらいの大きさの箱を開けた。片方には焼き菓子が詰まっていた。店で販売している商品が全種類。もう片方の箱には数個のケーキ。

一番下の大きな箱は、開けなくても中身が想像できてしまった。

取り出して蓋を開けると、案《あん》の定《じょう》、可乃が作ったケーキが全種類詰めてある。

箱の裏には手書きで線が引かれ、枠の中に一つずつ商品名が書き込まれていた。実物と照らし合わせると、それぞれの名前がわかるようになっている。袋の一番下に、折り畳んだ紙を見つける。開くと、少し右上がりの可乃の字で商品それぞれの簡単な特徴と値段が書き添えてあった。

可乃が、なぜ今日に限って電話ではなく自宅を訪ねてきたのか、ようやく理解した。

これを春馬に渡すためだ。

おそらく工藤から話を聞いて、いまだ店の商品を把握していない自分のためにわざわざ用意して持って来てくれたのだ。

「……仕事終わりで、自分だって疲れているくせに」

情けなかった。こんなことは、当たり前だが春馬が自力で覚えなければいけないことだ。その店で働く人間にとって基本中の基本。頭ではわかっていたくせに、体が動かなかった。頭のどこかに、この苦手な接客仕事は腰掛けだという意識があった。ただの怠慢《たいまん》だ。

――そうやって、永遠に言い訳して逃げの人生を送るつもりかよ。

可乃の言葉が胸に深く突き刺さる。どくどくと心臓を突き破って血が溢れ出ているみたいに熱くて痛いのは、それが触れられたくない的の中心を正確に射貫《いぬ》いている証拠だ。

コンビニバイトをクビになった春馬に、果たして次のバイト先がすぐに見つかっただろうか。たとえ見つかったとしても、悔しいが可乃の言う通り、長続きはしなかっただろうと思う。自分が変わらなければ、結局いつまでたっても同じだ。

可乃は春馬にチャンスをくれたのだ。それなのに、自分はまた同じことを繰り返すつもりか。せっかく撒《ま》いた種も、土壌が干上がっていたらそれはただのゴミだ。漫画家の仕事だけでは食べていけないから、収入を確保するために仕方なくやりたくもないアルバイトをしているだけ――何だ、そのくだらないプライドは！　我ながら幼稚な思考が恥ずかしい。よりによって、可乃が大切にしているあの店で。

――俺の見込み違いだったってわけだ。

突き放すような声が耳に返った瞬間、ゾッとした。言い訳ばかりして現実から目を逸らす春馬に、可乃は愛想をつかしたに違いない。自信が持てず、何事も投げやりになってすぐ諦めてしまう自分に、可乃はここまでしてくれたのだ。そんな彼を失望させてもいいのか？

本当に、このままでいいのか？

可乃が言う、高校時代の一生懸命頑張っていた春馬とは、どういうヤツだっただろう。

「……よくないよな、これじゃ……俺、ダメダメじゃないか。昔から、可乃に迷惑をかけてばっかりだ。友達、なのに……」

色鮮やかなケーキの数々を見つめながら、わけもわからず急激な焦燥感《しょうそうかん》に駆られる。居ても立ってもいられなくなり、春馬は急いでローテーブルの上を片付けると、ケーキを一つ一つ並べて写真を撮り始めた。

4

きちんと美容室に行って髪を切ってもらったのは、どれくらいぶりだろう。

この町に引っ越してきて最初に訪れた床屋へ久しぶりに行ってみたら、自然食品を扱う店に変わっていた。仕方がないので駅前まで出てみると、ちょうど新しくオープンしたばかりの美容室のスタッフが、割引クーポン券を配っていたのだ。

緊張したし、床屋よりもだいぶ高くついたけれど、もったりと重かった頭が随分と軽くなり気分もすっきりした。

すーすーと風通しのいい頭になって自転車を漕ぎながら、ふと大通りの向こう側へ渡ってみたくなる。

この一週間、毎朝ここで信号待ちをするたびに憂鬱な気分になった。横断歩道の白いハシゴにペダルごと足を絡め捕られているみたいに踏み込みが重かったけれど、今日は嘘のように軽い。すっかり通い慣れた道を軽快なリズムを刻んで進んでいく。

定休日の店は、ひっそりと静まり返っていた。

普段なら昼下がりのこの時間はカフェスペースを中心に賑《にぎ》わい始める頃だ。大通りから奥まった住宅地にもかかわらず、客の入りは上々だった。工藤の分析によると、客の年齢層も幅広く、リピート率が高いという。それはやはり、可乃が相手のことを思って試行錯誤を繰り返し、日々ケーキ作りに最善を尽くしているからだろう。努力の結晶だ。

春馬は心を新たに【プリムヴェール】を眺めた。

昨夜、今更ながらに店名の由来をネットで調べてみたところ、フランス語で【サクラソウ】を意味するのだそうだ。フランスでは春を告げる花とされ、二年前のオープン時期がちょうど春ということからも、ぴったりな名前だと思った。あの可乃の仏頂面がフランス語を喋るところを想像して、ちょっと笑ってしまったけれど。

ガタン、とどこかから大きな物音が聞こえたのはその時だった。

咄嗟に辺りを見回す。するとそこへ、今度は人の叫び声のようなものまで聞こえてくる。

春馬はハッとした。今の声、店の中から聞こえてこなかったか？

急いで自転車のスタンドを下ろし、走って店の裏に回る。耳を澄ましてみたが、それきり物音も声も聞こえてこない。呼吸を整えて、ドキドキしながら裏口の取っ手を握った。

深呼吸をして、ゆっくりと回す。

カチャッ、と小さな音がして、ドアノブがあっけなく回った。閉まっているはずの鍵が開いている。鼓動が一気に速まる。

どうしよう――春馬は思わず手探《てさぐ》りで鞄《かばん》をあさり、ケータイを取り出していた。可乃に連絡した方がいいかもしれない。定休日だが、店に現金を置いているのだろうか。泥棒《どろぼう》なら、ケーキ屋に忍び込む狙いは売上金だろう。

ごくりと唾《つば》を飲み込む。ドアの隙間から声が漏れ聞こえてきたのは、可乃の番号を呼び出す操作をしている最中だった。

「おいバカ、椅子を引っくり返すんじゃねーよ」

春馬は瞬間、びくっとした。そうしてほっと胸を撫で下ろす。何だ、と脱力した。それがひどく聞き覚えのある声だったからだ。

「アハハハ！　だ、だって可乃さん、その絵！　あー腹イタイ、マジっすか！」

「笑ってんじゃねーよ。だったらお前が描いてみろよ」

「いいっスよ。俺の方が絶対、可乃さんより上手いから」

中にいるのは可乃と、もう一人は小泉《こいずみ》というパティシエだ。確か、可乃と同じ製菓学校の後輩だと聞いていた。可乃が開業すると聞きつけて、彼の方から是非《ぜひ》働かせて欲しいと連絡を取ってきたらしい。よくは知らないけれど、仲は良さそうだった。

もともと可乃はああ見えて面倒見のいい兄貴タイプだから、高校の頃もバスケ部の後輩をはじめ、年下に慕われていた気がする。思えば当時の春馬も、ある意味可乃に面倒を見てもらっていた者の一人だった。そういえば、バスケ部の後輩で特に可乃に懐いていた子がいたけれど――彼は、何という名前だっただろうか。

「はい、できた」

「……できたじゃねーよ。お前これ、完全にキティちゃんじゃねーか」

春馬が音を立てないようにそっと棚の陰から厨房を覗き見ると、可乃が小泉の頭をノートでバシッとはたいたところだった。

「えー、上手く描けたと思ったんだけどな」

「キティちゃんじゃなくて、モモタローを描け。ちゃんと写真を見ろよ」

「猫だってわかる分、可乃さんの絵よりマシですよ。どーするんですか、注文の誕生日ケーキって明日受け取りでしょ？　松田《まつだ》さん、もう実家に帰ってますよね。葬儀は明日だし」

松田もパティシエの一人だが、春馬には何の話だかさっぱりわからない。

頭を整理するのに神経を集中していたせいか、足元に段ボールがあることに気がつかなかった。うっかり蹴飛ばしてしまい、「誰だ」と鋭い声に問われる。

春馬はびくっと背筋を伸ばし、息を詰めた。しかし、隠れていても仕方ない。諦めて、恐る恐る顔を出す。

「――佐久間？」

可乃が驚いたように目を瞠《みは》った。小泉も怪訝そうな顔をして、突然現れた春馬を睨み据える。彼にもいい印象を持たれていないことは知っていたから、思わずひるみそうになった。

「あ、あの、外を通りかかったら、物音が聞こえてきて……ど、泥棒かと思ったから」

「お前、その髪どうしたんだ」

「え？」

珍しくぽかんとした可乃に言われて、春馬は自分が散髪をした帰りだということを思い出した。「わっ」と慌てて頭に手をやる。

「さ、さっき、切ってきたんだ。その、長かったし、毎朝ワックスをべったり塗りたくるよりは経済的だし、少しは清潔感が出るかなと、思って……」

奇妙な沈黙が落ちた。どこかおかしかっただろうか。自分ではさっぱりしたと思っていたので、彼らの反応に不安が押し寄せてくる。

最初に「ぷっ」と勢いよく噴き出したのは、小泉だった。

「……くくく、アハハ、ちょ、マジ清潔感って！」彼が腹を抱えて笑い出した。「スゲー、佐久間さん！　オモシレー、清潔感？　ぶはははイテッ」

大笑いする小泉の頭を、可乃が容赦なく引《ひ》っ叩《ぱた》いた。

何か物言いたげな可乃と目が合って、春馬は俄《にわか》に気まずくなる。昨夜、あれだけ自分勝手なことを言って彼を怒らせておきながら、今更清潔感も何もあったものじゃなかった。けれども、春馬もこの一晩で自分なりにいろいろと考えたのだ。そうやって辿り着いた今の心境をどうやって伝えればいいのか考えあぐねていると、ふいに「佐久間」と可乃に呼ばれた。

「はっ、はい」

「ちょっと来い」

可乃が手招きをしてきた。戸惑いつつも、春馬は言われた通りに歩み寄る。

「これ」可乃が作業台の上の写真を指でつついた。「この猫の似顔絵を描けるか？」

「似顔絵？」

「誕生日ケーキの注文なんスよ」と小泉が横から口を挟んでくる。「普段は松田さんがこういう特別注文のキャラクターケーキ担当なんスけど、身内に不幸があって、急遽《きゅうきょ》明日休みを取ることになって。けど、このケーキの受け取りも明日で、困ってるんですよね」

「そうだったんだ」

初耳の情報に春馬はようやく合点がいった。一気に馴れ馴れしくなった小泉が「ちょっと佐久間さん、これ見て下さいよ」とノートを見せてくる。

「可乃さんの描いた猫のモモタロー。ね？　猫っていうか、ププッ、目と口にぽっかり穴が開いてホラーじゃないスか。もうこれ芸術！　お前は埴輪《はにわ》かよってイテッ」

可乃が小泉にゲンコツを落とし、強制的にノートを取り上げた。ビリビリッと乱暴に埴輪のページを破ったかと思うと、ぐしゃぐしゃに丸め、手首のスナップをきかせてポーンと放り投げる。綺麗な弧を描いた紙の玉は、数メートル先のダストボックスにストンと消えた。

「今のは忘れろ」と、可乃が低い声で言った。

「え、でも」

「いいから忘れろ」

「あ、あれはあれで、なかなか個性的な誕生日ケーキになると思う……」

瞬間、ギロッと睨まれて、春馬はびくっと押し黙った。「お前は何も見なかった。いいな？　さっきの絵は記憶から抹消しろ」と凄まれて、こくこくと頷く。

「お前はこういうのは得意だろ。ここにモモタローを描いてみろよ。多少マンガっぽくなってもいい。できればかわいく」

「う、うん。わかった」

春馬は写真と見比べながら、ノートの新しいページにさらさらとペンを走らせていく。一分もかからずにモモタローが完成した。でっぷりと肥えたふてぶてしい猫をそれなりにかわいらしくデフォルメして、我ながらよく描けていると思う。

「うわっ！　佐久間さん、スゲー上手いんだけど！」

「さすがはプロだな」

二人から手放しに褒められて、少しくすぐったいような嬉しい気持ちになる。同時にホッとした。可乃はもう怒ってないみたいだ。

「プロって？　佐久間さん、もしかしてイラストレーターか何かですか」

「あ、えっと、一応、漫画を描いてて」

「ええっ」小泉が素っ頓狂《すっとんきょう》な声を上げた。「佐久間さんって、漫画家だったんスか⁉」

「あ、うん。いやでも、そんな大したもんじゃ……」

「俺、結構漫画を読みますよ。何ていうペンネームですか？　もしかしたら知ってるかも」

目を輝かせて、ぐいぐいと訊いてくる。仕方なく、春馬は『雛田マコト』という仕事上の名を明かした。特にこれといったヒット作もなく、どちらかと言えばマイナーな月刊誌にほそぼそと掲載している漫画家なんか、きっと彼も知らないだろう。小泉が次にどういう表情をするのかは容易に想像できてしまい、なんだか春馬の方が申し訳ない気持ちになる。

しかし、彼から返ってきたのは予想外の反応だった。

「雛田マコトって、『ＳＩＧＮＡＬ』の雛田先生⁉」

「え」春馬は驚く。「知ってるの？」

「もちろんですよ！　俺、雛田先生の単行本はデビュー作から全部揃えてるんですから！」

こんな嬉しい偶然があるものなのだろうか。春馬は半ば茫然として、「うわー、うわー」と子どもみたいに興奮する小泉をぽかんと見つめた。「あ、そうだ。サイン下さい！」と彼がどこからか画用紙とサインペンを持ってくる。

「え、俺なんかの……」

言いかけて、ふと可乃と目が合った。ハッとして、つい無意識のうちに口走りそうになった言葉を慌てて飲み込む。昨日の可乃の言葉が耳にはっきりと蘇る。

――その『俺なんか』っていうのはやめろ。お前を好きなヤツに失礼だ。

あれは、こういうことだったのだ。ファンだと言ってくれる小泉を前にしてみてよくわかった。春馬は受け取ったペンのキャップを外し、久しぶりのサインに緊張しながら丁寧に名前を書いた。小泉のリクエストで好きだというキャラクターのイラストも書き添える。

「うわー、ヤバイ！　マジで雛田先生のサインだ。握手もお願いします」

手を差し出されて、春馬もおずおずと握り返す。時間差で胸の底からじわじわと嬉しさが込み上げてくる。思わず頰が弛《ゆる》むのを止めることができなかった。

「あ、ありがとう」

その途端、なぜか小泉が面食らったみたいに目をパチパチと瞬かせる。ぎゅっと春馬の手を両手で強く握り締めて、「おっ」と声を裏返した。

「おお俺、応援してますから、これからも頑張って下さいね！　俺、もっと先生の……」

「おい、いつまでやってるんだ」

そこへドスのきいた声が乱入してきたかと思うと、チョップで二人の間に割り込み、握手会は強制終了となってしまった。

「ちょっと、何するんスか。せっかく感動してたのに」

「うるせーよ。ほら邪魔だ、そっちに行け。佐久間、この画用紙にモモタローのイラストを清書してくれ。なるべく線は少なめにわかりやすく、できれば色もつけてみてくれるか」

「うん、わかった」

両サイドから二人に見守られる中での作業は緊張したが、なんとか完成させる。

「こ、こんな感じでいいかな？」

「上出来だ」可乃がニヤッと唇を歪めた。「今回の誕生日ケーキはこれで行くぞ。佐久間、ケーキにチョコペンを使って描いたことはあるか？」

「えっと、文字を書くくらいなら、ちょっとだけやったことはあるけど」

「よし、今から特訓するぞ。小泉、準備」

「はい」と小泉が走る。可乃も作業台の上をテキパキと片付け始めた。一気に厨房が慌しくなる。それまでのリラックスした空気が一変して、独特の緊張感に包まれる。

「おい、何をぼーっと突っ立ってるんだ。お前もこれをつけて準備しろ」

いきなり顔を目掛けて飛んできたエプロンに、春馬は目をぱちくりとさせた。可乃は腕まくりをして液状の生クリームをボウルに移しているところだ。小泉がカラフルな色のチョコペンを並べている。

「は、はい！」

春馬は初めて味わう厨房の雰囲気に、わくわくしてきた。

慣れないチョコペンの扱いは思ったよりも難しく、感覚を摑むまで少し時間がかかった。

薄く敷いた生クリームの上に黙々とモモタローの絵を描き続ける。描いているうちに欲が出てきて、ようやく納得のいくモモタローが誕生したのは開始してから三時間後のことだった。可乃から合格点をもらって、「明日も頼む」と言われたことが物凄く嬉しかった。

店を出ると、青かった空が西の方から少しずつとろりとした赤味を帯び始めていた。

酷使した腕はパンパンで、肩と背中も痛い。

「それじゃ、お疲れさまでした」小泉が自転車に跨った。「佐久間さん、これ、部屋に飾って毎日拝みますから！」

折れないように雑誌に挟んだサインを指差し、小泉がにこにこと手を振って去っていく。

春馬はどことなくくすぐったい気持ちで彼を見送った。

――可乃さん、佐久間さんの正体を知ってて黙ってたんスね。

たまたま厨房に二人きりになった時、小泉が拗《す》ねたように唇を尖らせて言ってきたのだ。

――どうりで、普段は読まない漫画雑誌を捲《めく》ってるのは変だと思った。俺が買ったのに横からぶん取っていったんですよ。お前のものは俺のものってヤツですよ。横暴でしょ？　そういえばあれって、雛田マコトの漫画が載ってるヤツだったもんな。俺も大ファンなのに、こんなに近くにいて黙ってるなんてズルイと思いませんか！

「おい、何を一人でニヤニヤ笑ってるんだよ」

隣から不審そうに言われて、ハッと我に返った。

「な、何でもない」春馬は慌ててかぶりを振った。「モモタローの絵、明日ちゃんと上手く描ければいいなと思って。でも、今ちょっと腕に力が入らないんだけど」

筋肉痛になりそうだなと心配していると、何を思ったのか、可乃がいきなり春馬の右腕を摑んでゆっくりと揉《も》んできた。

びっくりして、思わず身を強張らせる。

「悪かったな、急に慣れないことをさせて」可乃がマッサージを続けながら、ぶっきら棒な口調で言った。「漫画を描かなきゃいけないのに、仕事に支障が出ないか？」

「……だ、大丈夫。今日は、別の作業をする予定だし」

返す声が少し上擦ってしまう。可乃がまったくの予想外の行動を取るからドギマギする。

「そうか」

いつもこの低い声にはびくびくするのに、なぜか今日に限ってはドキドキしてしまった。

「もう、大丈夫だから」と、春馬は慌てて可乃の大きな両手に包まれた自分の腕を取り戻す。触れられたところがまだ熱を持っているような気がして、しきりに腕をさすった。

「メシでも食いに行くか」

ふいに可乃が言った。春馬は誘われたことにびっくりして、目をぱちくりとさせる。

「あの、ごめん。今日は、もう帰らないと」

「仕事か？　だったら何か買って帰るか」

「ううん。うちに、可乃が持って来てくれたケーキがまだ残ってるから」

「え？」と、可乃が珍しく戸惑うように目を瞠った。

「可乃、昨日はごめんな」

春馬は足を止めて、次に会ったら言おうと決めていた言葉をようやく口にした。

「八つ当たりしたんだ。俺、実は連載の打ち切りが決まって、それで、ずっとムシャクシャしてて。最近、漫画も描かずにケーキばっかり相手にしてるし、俺、何をやってんだろうって考えたら、急に怖くなって、焦って、イライラするばかりで、どうしていいのか自分でもわからなくなるし――でも、そんなのは全部言い訳だ。俺の都合で、せっかく可乃が雇ってくれた販売の仕事までおろそかにしちゃいけないって、あれから反省した」

バイトはバイトだ。漫画の仕事とは関係ない。

「昨日、可乃に言われたことをずっと考えてたんだ。それで、やっぱりこのままじゃダメだと思った。他人のせいにして、すぐに諦めて、逃げてばっかりいたら、いつまでたっても俺は変われないままだ」

可乃に感謝する。思えば高校の頃の自分は、落ち込んだり諦めかけたりした時にはいつも彼を頼って、背中を押してもらっていた。少々荒っぽかったけれど、彼のおかげで春馬は自分一人ではとっくに投げ出していた場面でも踏ん張れた気がする。今回だってそうだ。可乃にガツンと言ってもらえて、目が覚めた。

「高校の頃に戻った気持ちになって、可乃が持ってきてくれたケーキの写真を撮って、その裏に一つ一つ名前を書いて、英単語帳みたいなのを作ったんだ。ほら、よく一緒に問題を出し合ったりしただろ？　それを思い出して、おかげでもう名前は全部覚えたよ。今は味と特徴を覚えているところなんだ。明日までには販売員として完璧にしてみせるから。だから」

　可乃と向き合い、頭を下げる。

「勝手なことばっかり言うけど、頼むから見捨てないで欲しいんだ。俺、友達って呼べるのは可乃だけだから。一生懸命頑張るから、だからこれからも、お願いします」

　沈黙が落ちた。ぐっと目を瞑《つむ》って可乃の言葉を待っていると、ふいにポンと頭に軽い重みが圧《の》し掛かってきた。

「誰が見捨てるかよ」じょりじょりと散髪したばかりの春馬の後頭部をさすりながら、可乃がぶっきら棒に言った。「今更、何を言ってんだ。付き合いきれないと思ってたら、とっくの昔にそうしてる。俺はお前のことを信じてたよ。でもまさか、こんな坊主《ぼうず》になって現れるとは思わなかったけど」

「坊主じゃないよ。何とかっていう、今流行《はや》りの髪形だって美容師さんが言ってたし」

「何とかって、何だよ。結局、忘れてんじゃねェか。あれに似てるな、メガネザル」

　口の悪い可乃がケラケラと笑いながら、じょりじょりと頭を撫でてくる。バカにされてムッとする春馬は、だが内心ではじわじわと込み上げてくる嬉しさに今にもにやにやしてしまいそうだった。

　信じていたと、可乃はそう言った。彼の信頼を裏切ることにならなくて本当によかったと安堵《あんど》する。自分を押し込めていた強固な殻を一枚破った気分だった。

自転車を押しながら大通りまで歩く。可乃の自宅は駅を越えた向こう側だそうだ。

「サンドイッチも美味しかった。あれも、可乃が作ったのか？」

「ああ、まあな」

「料理もするんだな。高校の時は食べる専門だったのに」

「あんなの料理のうちに入るかよ。そういえば、お前が昔作ったチョコレートケーキと比べて、俺のはどうだった？」

問われて、春馬はうっと返事を詰まらせた。やはり長年刷り込まれた苦手意識はそう簡単には解けないのだと思い知ったばかりだ。今となっては失恋のトラウマからチョコレートケーキを毛嫌いするようになったのか、それともやけ食いをした後のリバースで体がいまだに拒絶反応を起こしているのか、何が本当の原因なのかもわからない。

「……まだ、食べてない。今日、食べる予定だから」

「ふうん。なあ、話は変わるけど。お前が使ってるペンネームって……」

「え？」

ちょうど目の前を車が通り過ぎ、話の後半が聞き取れなかった。春馬はすぐに可乃に訊き返したが、「いや、何でもない」とかぶりを振られてしまう。

横断歩道に差し掛かり、駅に向かう可乃とはここでお別れだ。

「休みなのに付き合わせて悪かったな」

「ううん、俺も楽しかったから」

それに、厨房の仕事に関しては素人同然の自分でも役に立てることがあって、凄く嬉しかったのだ。小泉とも打ち解けて、いつも感じていた疎外感が薄れ、仲間に入れてもらったような気がした。

可乃が少し驚いたような顔をした。そうして、ふっと声も立てずに笑う。いつもの人を食ったような笑い方じゃないそれはひどく印象的で、茜色《あかねいろ》の夕焼けと相まってなぜか妙に胸を打った。

信号が青に変わる。

「じゃあな」と可乃が言った。「しっかり覚えろよ、期待してるから」

じょりっと春馬の頭部を揶揄うようにひと撫でして、彼がにやりと笑う。

「うん、頑張るよ」

歩き出した可乃が、背中越しにひらひらと手を振ってみせた。

——期待してるから。

春馬も自転車に跨り、ぐっとペダルを踏み込む。頬を掠める夕暮れの風が心地いい。通り慣れた道なのに、馴染んだ風景がいつもとは違って見えるような気がした。

「ショコラ・フランボワーズ」

「チョコシフォンの間にフランボワーズのムースを挟み、ビターチョコでコーティングしたケーキ。【プリムヴェール】の味はどちらかといえば大人向けです。生菓子で四百円」

「フロランタン」

「クッキー生地にキャラメルでコーティングしたアーモンドスライスをのせて焼き上げたもの。フレーバーはプレーンとココアの二種類があります。焼き菓子で一つ百三十円」

じっと聞いていた工藤が小さく息をついた。春馬はドキドキしながら彼女の判定を待つ。

「――合格」

無表情を装っていた工藤が、途端にパアッと笑って言った。「何よー、佐久間くん。やればできるじゃない！　もー、突然こんなに短く髪の毛切っちゃってさ。朝っぱらから真剣な顔して『ちょっといいですか』とか言ってドスドス近付いてくるし。ほら、細っこいけど一応男の子じゃない？　この前注意した腹いせに殴りかかってくるんじゃないかと思って、本当はびくびくしてたんだから」

「お、俺、そんなことしませんよ」

「うんうん、わかってる。佐久間くんはいいコだって信じてた。髪を切って、余計に幼くなったわね。メガネザルみたいでカワイイぞ、このヤロー」

じょりじょりと頭を撫でられて、春馬は複雑な気分になる。可乃と同じことを言って楽しんでいる工藤は、一昨日《おととい》の彼女とは打って変わってすっかりご機嫌だ。二十六の男にむけて『カワイイ』はどうかと思ったけれど、褒め言葉として受け取っておくことにした。春馬は年の離れた兄と二人兄弟だが、もし姉がいたらこんな感じなのかなと思う。

「おい、何を遊んでるんだ。開店まで時間がないぞ」

低い声が割って入ったかと思えば、厨房から出てきた可乃が怖い顔をして立っていた。

「工藤さん、ドゥミセックのラッピングを頼む」

「はーい。佐久間くん、ドゥミセックの意味は？」

「フィナンシェ、マドレーヌなどの半生の焼き菓子のことです」

「おおっ、よしよし。よくできました！　シェフ、聞きました？　佐久間くんが生まれ変わりましたよ。やればできる子だったんです。たった一日の休みの間に一体どんな特訓をしたのかしらねー？　髪型も新たに……あー、この感触！　じょりじょりしてキモチイイ」

「……いいから工藤さん、ラッピング。佐久間は掃除だ。十一時くらいになったら、誕生日ケーキのデコレーションにかかってもらうから、準備しておいてくれ。手は大丈夫か」

「うん」と頷いて、すぐさま「あっ、はい」と訂正した。公私混同は良くない。

「平気です」

「そうか。今日は頼むぞ。お前の腕にかかってるからな」

じょりじょりっと頭を撫でられた。工藤同様、よほどこの手触りが気に入ったのか。メガネザルというたとえ方も含めてまるでペット扱いである。彼女に触られた時よりも少し荒っぽいせいか、手のひらが皮膚にまで届いてくすぐったい。

春馬は首を竦《すく》めながら、「はい」と答える。頼りにしてもらえるのが嬉しかった。先日まで息苦しかった仕事場が、一気に心地いい場所へと変化する。自分の心持ち一つで周囲の反応がここまで変わるとは思わなかった。一時の感情任せにヤケになって投げ出さなくて本当によかったと思う。可乃には感謝してもしたりなかった。

「何だ？　どうかしたか」

「いや、別に」春馬はかぶりを振る。「あのさ、それより……もうそろそろ頭を撫でるの、やめてほしいんだけど。掃除、しなきゃいけないし」

ハッとしたみたいに、可乃がぴたりと手を止めた。

厨房に入ろうとした工藤が振り返って「あ！」と二人を指差して叫ぶ。「シェフだけじょりじょりしてずるい！　みんなの佐久間くんの頭なのに！」

○

【プリムヴェール】で働き始めてから、約一ヶ月が経った。

最初の一週間は、すでに一年くらい経ったのではないかとげんなりするほど一日が途轍もなく長く苦痛だったのに、二週間目からはあっという間に日々が過ぎていった。

覚えることがたくさんあって、自分から積極的に知識を吸収するのは案外楽しい。

スタッフとも徐々に会話ができるようになってきた。人見知りで自分の殻に閉じこもりがちだったこれまでの春馬からしてみれば、他人とコミュニケーションをとろうと思う気持ちが芽生えたことが新鮮だった。話しかけてもどうせ無視されるだけだと最初から諦めていた自分が懐かしい。動物と違い、人と人とのコミュニケーションの基本は言葉のやりとりだ。話さなければ何も始まらないし変わらないのだと、この年になって再確認した気分だった。

販売員の仕事はまだ失敗することもあるが、その度に工藤がきちんと指導してくれる。そうするうちに、春馬もいろいろと考え、自分の意見を述べる機会が増えた。スタッフミーティングに参加し、工藤に推されておずおずと提案した案が採用された時は嬉しかった。

今、店内のディスプレイのほとんどは可乃から春馬に一任されている。オリジナルのキャラクター【ぷりむん】を考えてポップに使ってみたところ、子どもや女性客に大好評だったのだ。それを受けて、キャラクターを模したオリジナルクッキーを作ろうと話が進み、またそれがあっという間に売り切れてしまった。

誕生日ケーキでも、【ぷりむん】のイラストで注文をしてくれるお客さんまで現れた。

初めてケーキ制作にかかわらせてもらった猫のモモタロー以来、春馬も度々厨房に呼ばれる。誕生日ケーキの引き渡しの際、実物を見た子どもが大喜びする様子を見て、初めてこの店でやり甲斐《がい》を感じたものだ。可乃に突き放されそうになって、あそこでいつものように諦めてしまっていたら、こんな幸せな気持ちは味わえなかっただろう。

可乃は仏頂面の上にぶっきら棒で素っ気無くて三白眼が怖い乱暴なヤツだ。けれども面倒見がよく、悪いところがあれば容赦なく叱り飛ばす。その分、努力をした面はきちんと認めて褒めてくれるのが嬉しかった。口も目つきも悪いけれど、人がその背中について行きたくなるくらいの人間的な魅力がある男だと思う。

それに対して、自分はどうだろう。

春馬は友人を恨めしく思いながら、一向に進まない漫画のネーム作業に頭を抱えていた。いまだに収入が安定しないどころか、次の仕事も決まっていない。現在雑誌に連載中の作品はあとたった二回で完結させる必要があり、一号分休載を挟んで、次号から最終回までの残り二話が掲載される予定になっている。しかし、そのネームがまだ完成していない。

パティスリーの仕事が順調な分、漫画の作業がまったく進まないのは辛かった。

小泉がとても楽しみにしてくれているから、彼をはじめとする数少ないファンを裏切るようなお粗末な最終回にだけは絶対にしたくない。

けれども、気合は十分なのにやる気だけが空回りしているのが自分でもよくわかる。

「あー、頭が働かない」

最近は休日になると、一日中机にむかって作業をしていることが多くなっていた。昨夜も椅子に座りながら、いつの間にか机に突っ伏して寝ていたので体の節々が痛い。

ピンポーン、とチャイムが鳴った。

誰だろうか。春馬は紙くずを踏んづけながらよろよろと玄関へ向かう。

「……はい」

「よう」

ぬっと日の光を遮るようにして現れた長軀に、ぎょっとした。

「か、可乃!?」

「捗ってるか。今日はずっと家にいるって言ってたから。ほら、差し入れ」

「……あ、ありがと」

差し出された紙袋を受け取ろうとしたら、可乃に意地悪くひょいとかわされる。結局、自分で持ったまま、さっさと靴を脱いで我が物顔で部屋に上がり込んでしまった。

「あ、ちょっと可乃、待って。散らかってるから」

「別にかまわねーよ……って、これはひどいな。この前よりも悪化してるぞ」

六畳間の悲惨《ひさん》な光景を見た瞬間、可乃が呆れたように顔をしかめた。

毎日九時～五時でバイトに出かけ、夕飯は大抵コンビニメシだから、その残骸《ざんがい》がローテーブルに積み重なっている。洗濯物は休日にまとめてするつもりで溜まる一方。掃除はここ一ヶ月くらいまともにしていない。寝るスペースだけはなんとか確保している状態だ。


「い、今、片付けるから！　そっちに座っててくれ」

「お前、また徹夜かよ？　その服、昨日と一緒だろ。風呂は？」

「えっと……入ってない」

指摘されて、春馬は思わず自分の腕に鼻を押し当てる。「ごめん、汗臭かったか？」

「そうじゃねーけど、昨日も朝から一日働いたんだ。風呂くらい入ってさっぱりしろよ。目の下にまたクマができてるぞ。おい、そのメガネはどうした」

「あ、これは誤って踏んじゃって。折れたから、とりあえずセロハンテープで応急処置を」

「横着なヤツだな」と可乃が呆れたように言った。

「買い換えるくらいしろよ」

「うん、そのうち……」と言いかけたところで、春馬の腹が物凄い音で鳴った。

「うわっ」慌てて腹部を押さえたが、気紛れな腹の虫は主の言うことを聞かない。

可乃がこめかみをぴくぴくと動かしながら、「お前」と低い声で訊いてきた。

「朝メシは？　この前、食うものを食わないと体がもたないって話をしたよな？　それ以上痩せたら許さねェぞ。昨日の晩メシはちゃんと食ったんだろうな」

「か、カップ麺《めん》があったから、昨日はそれを食べた。今朝は……まだ、食べてない」

「今、十一時半だぞ」可乃が腕時計を確認してため息をついた。「ったく、相変わらず世話の焼けるヤツだな。お前、ずっと一人暮らしなんだろ？　昔みたいに料理はしないのかよ」

「一人だと、ほとんどしない。自分のために作るのって面倒だろ？」

「……他人のためなら喜んでせっせと作るくせに。よくもまあ、そんなんで今まで生きてこられたもんだ。テレビのニュース番組でお前の名前を見ることにならなくてよかったぜ。再会が葬式とか冗談じゃねェぞ」

パシッと頭を軽くはたかれた。

「おい、とりあえずシャワーでも浴びてすっきりしてこい。ここは掃除しておくから」

「え？」

「早く行けよ。なんなら俺が一緒に入って隅々まで洗ってやってもいいんだぞ」

真顔で不穏なことを言いながら、なぜか可乃がドスドスと近付いてくる。慌てて首を横に振った春馬は、追いやられるようにして急いで風呂場に駆け込んだ。

さっぱりして風呂場から出ると、あの汚い六畳間がまるで魔法をかけたみたいにすっかり綺麗になっていた。

「……うわあ、スゴイ。可乃って、主夫だな」

「ああ？」

コンビニ弁当の空き箱が片付けられたローテーブルの上で、重箱を並べていた可乃がギロッと睨み上げてくる。彼の差し入れだ。

「バカなこと言ってないで、さっさと座れ。おい、水が垂れてるぞ。ちゃんと髪くらい拭けよ。ドライヤーはどこだ」

「あ、ない。壊れて、そのまま買い換えてないから。でも、髪を切って短くなったし、ドライヤーで乾かすほどでもないよ」

「まったく、こういうところは昔から大雑把《おおざっぱ》だよな、お前。ほら、タオルを貸せ」

渡す前に半ば強引に奪い取られて、立ったままゴシゴシと頭を拭かれた。可乃も面倒そうにしながら世話焼きなところは昔から変わっていない。乱暴に頭を拭かれながら、そういえば高校の頃も、雨に降られてこんなふうに拭いてもらったことがあったと思い出す。確か、深瀬を待ち伏せしてうろうろしていると、急に雨が降り出したのだ。雨宿りをしているところに偶然通りかかったのが可乃だった。

「よし、座れ」

「はい」と春馬はおとなしくその場に腰を下ろす。自分の部屋なのに、まるで可乃の家を訪ねたかのような気分だ。お重を前にして、「ほら」と割り箸と取り皿を渡された。

「食え」

「……いただきます」

可乃の手作りだという豪華な弁当は、どこか懐かしくて微笑ましい内容だった。俵形のおにぎりに黄色い卵焼き、唐揚げにエビフライ。タコさんウインナーにウサギのリンゴ。子どもの頃に親と一緒に食べた運動会のお弁当だ。

「あ、このおにぎりはカヤクご飯なのか。おいしい。可乃はいいお父さんになると思う」

「は？」可乃が顔をしかめた。「お前に言われても全然嬉しくねーよ」

それもそうだと思いながら、春馬は卵焼きを頬張る。

「……あ、甘いヤツだ」

「お前が昔作ってたのも甘かっただろ」

春馬は思わず面食らってしまった。高校時代、春馬はこんなふうにおにぎりや卵焼きを作って、いそいそとバスケ部に差し入れをしていた。可乃にはそれとは別に、口止めや情報料として昼食用の弁当を渡していたので、卵焼きはよく作った覚えがある。

その味を、覚えていたのか。

少し意外に思いながら、しばらく黙々と箸を動かしていると、ふと可乃が口を開いた。

「漫画の方はどうだ？」

「……あんまり、進んでない」

「そうか」

「描きたいことはいっぱいあって、いろいろと設定も考えてたんだけど、どうやってまとめていいのかわからないんだ。ページ数も限られているし、伏線を回収して明らかにしなきゃいけないこともたくさんあって、でもそうすると謎解きだけで終わってしまうから」

「ふうん。お前の描いてる漫画って、恋愛漫画じゃなかったっけ」

「え？　一応、ＳＦファンタジーものなんだけど……」

「ＳＦ？　確か、ヒロインは隠していた過去を主人公に知られてしまって、迷惑をかけたくないからソイツの前から消えようとするんだけど、実は主人公のことが好きだと気づいてしまったから離れたくない――っていう内容だったような気がするんだが」

「ああ、うん。そうだよ。話を進めながら、二人の恋愛も同時進行で描きたいと思ってて。でも、ようやく自分の気持ちに気づいたところなのに、次にはもうあっさり両想いになっちゃったら、さすがにおかしいよな」

一番の悩みどころはそこだった。主役の二人を上手く動かすことができず、なかなか思うように話が進められない。

しかし、可乃から返ってきたのは意外な言葉だった。

「そうか？　会ったその日に付き合うカップルだっているぞ。出会って三日でプロポーズをするとか、現実の方が、お前の言う『おかしい』恋愛なんていっぱいあると思うけど」

春馬は思わず箸を止めた。

「人の気持ちなんてさ、いつ何がきっかけでどう傾くかは自分にだって予測不可能なんじゃねえの？　だいたい、両想いなんて奇跡みたいなもんだろ」

「奇跡？」

「だってそうだろ？　好きな相手が自分のことを好きになってくれて、それで初めて両想いが成立するわけだから。確率がどれくらいのもんかは知らないけど、そんなほいほい転がっているようだったら誰も苦労はしねェよ」

「そうか。そう言われれば、そうだよな。確かに奇跡かもしれない」

「お前も経験済みだろうが。あの時は奇跡なんかちっとも起こらなかったけどな」

「うぐっ」

痛いところを衝《つ》かれて、春馬は盛大にむせた。

「……ありがと」

お茶を飲んで落ち着くと、可乃が何か物言いたげな目でじっと見てきた。

「な、何？」

「いや。まあ、漫画の中くらいはそういう奇跡が起こってもいいんじゃないか？　それを期待している読者もいるんだろうし。何て言うか、奇跡って現実だろ？　滅多にないし、確率はもの凄く低いかもしれないけど、実際に起こるから奇跡っていうんじゃねェのかよ。俺はそう思うけど。そういや、小泉が先月号のお前の漫画を読んでおいおい泣いてたぞ」

「小泉くんが？　え、そんな泣きポイントがあったかな？」

「アイツにはあったんだろ。雛田マコトの漫画は最高だって騒いでたし」

「そっか。こんな身近にそんなふうに言ってくれる人がいるなんて、幸せなことだよな。小泉くん、最初はちょっと怖いと思ってたけど、話してみるとすごくいい人だし」

「……おい、食ったら出かけるぞ」

また可乃が唐突にそんなことを言い出すので、何も聞かされていない春馬は焦った。

「出かけるって、どこに？　俺も行くのか？」

「当たり前だ。ずっと部屋にこもってないで、少しは外に出て気分転換でもしろよ。今日は天気がいいぞ。外の空気を吸った方が頭も働くんじゃないか」

可乃は一口でおにぎりを詰め込むと、ぺろっと唇を舐《な》めながら「それと」と春馬の顔を指差して言った。

「やっぱり、眼鏡にセロハンテープはやめとけ。そんなんで店に出たら許さねェからな」

豪華なお重の昼食を終えて、強制的に身支度を整えさせられた後、春馬は有無を言わさず可乃に連れられて駅前のメガネショップを訪れていた。

平日の店内はすいていた。ちょうどレンズの在庫があったので、可乃に見立ててもらったフレームと合わせてあっという間に新しい眼鏡が出来上がった。しかし、なぜか支払いを可乃が勝手に済ませてしまう。

「か、可乃。やっぱり俺が払うよ」

店を出てすぐに、鞄から財布を取り出したが、「いいって」と可乃に断られた。

「よくないだろ。ちゃんと自分で払うから……」

「誕生日だろ」

「え？　誕生日って、誰の？」

「お前に決まってるだろうが」と、可乃がバツの悪そうな顔をする。

「え、でも俺の誕生日は、もう終わったけど」

「……知ってる。三月だろ？　二ヶ月前は、まだお前がこの町に住んでるなんて知らなかったからな。遅れ馳《ば》せながらってことで、受け取っとけ」

びっくりした。誕生日プレゼントをくれたのもそうだけれど、何より可乃が春馬の誕生日を知っていたことに驚く。

「か、可乃は？　俺、可乃の誕生日を聞いたことがないと思うんだけど」

「そりゃそうだ。お前は深瀬の誕生日しか興味なかったもんな」

「そ、そんなことないよ」

「ウソ言え。女みたいに手帳を広げて深瀬のあれこれをせっせとメモしてたくせに」

「！」

焦る春馬に、可乃が眇めた目を向けて意地悪く訊ねてくる。

「深瀬の誕生日は？　ほら、言ってみろよ。お前のことだからしっかり覚えてるだろ」

「…………」

「おい。顔を赤らめて何を思い出してやがる」

「……あイタッ」

ペシッと頭をはたかれて、春馬は瞬時に現実に引き戻された。

「な、何にも思い出してない」

「ウソつけ。このストーカーめ。八年経ってもまだアイツのことがそんなに好きかよ」

「ち」春馬はぶんぶんと首を横に振る。「違うよ、そんなんじゃないって」

可乃が白けたように目を細めて、いきなり春馬の耳を引っ張ってきた。

「イタタッ」

「十月三十日」

直接鼓膜に注ぎこむようにして、可乃が告げてくる。「絶対に忘れるなよ、俺の誕生日」

「十月……三十日」

パッと耳から手を離されて、春馬はその場で足踏みをしながら目をぱちくりとさせた。

可乃がにやりと人の悪い笑みを浮かべる。

「楽しみだな、お前に祝ってもらうの」

なるほど。プレゼント交換か。

「わ、わかった」春馬は頷いた。「十月三十日だな。覚えた。その日はちゃんと俺もプレゼントを準備しておくから。この眼鏡、ありがとう。大事に使うよ」

「……おう。ま、俺の方は期待せずに待っとく」

「期待しろよ。真剣に選ぶから」

はいはいと適当に頷いた可乃が、喉が渇いたと言い出した。どこか店にでも入るのかと思ったら、駅から少し歩いた緑地公園に誘導される。

「へえ、近くにこんな広い公園があったんだな」

「ああ。うちの店の裏から真っ直ぐ駅に向かうと、ちょうどそこの道に出るんだよ。ベンチは日が当たって暑いな。向こうに芝生《しばふ》でちょうどいい場所があるから、そっちに行くぞ」

よく来るのか、可乃は迷わず遊歩道の分岐点を左に曲がった。春馬も後をついて行こうとして、ふと右側に小さな男の子が二人、ぴょんぴょんと跳ねているのを見つける。何をしているのだろうと不思議に思って眺めていると、どうやら木に風船が引っかかってしまったようだった。そういえば、駅前のドラッグストアでキャンペーンをしていたのを思い出す。従業員が試供品と一緒に子どもに風船を配っていた。

幸い上手い具合に枝葉に引っかかって、さほど高くない位置から紐《ひも》が垂れ下がっている。しかし、子どもの身長ではどう頑張ったって届かないだろう。春馬でも微妙なところだ。

そんなことを思っていると、片方の子どもと目が合った。

黙って何かを訴えかけてくる。春馬はうっと焦った。するともう一人の子までが振り向いて、じっとこちらを見つめてくる。ここで背を向けて去ったら、人として駄目だろう。

「……あれ、取るの？」

おずおずと訊ねると、二人はこくこくと頷いた。

「あー……結構高いな。届くかなあ」

試しに飛び上がってみるが、思いっきり空振りした。「あー、おしい！」と二人が言う。続けて何度か飛び跳ねたが、紐の先端に掠りもしない。子どもたちの顔にも諦めの表情が見え始める。「はあ、はあ……ちょ、ちょっと、待ってて。今、背の高い人を呼んでくるから。そのお兄さんだったら届くかも」

「おい、どこに消えたかと思えば。こんなところでピョンピョン跳ねて、何やってるんだ」

「あ、可乃！」

振り返ると、不機嫌顔の可乃がドンと立っていた。急に影が落ちて、びくっとした子どもたちが揃って硬直する。

「よかった、呼びに行く手間が省けて。あそこに風船が引っかかっててさ」

頭上を指差すと、可乃が「ああ？」と釣られるようにして見上げる。

「俺じゃ、届かないんだよ」

「……これ、持ってろ」

途中でコーヒーショップに寄ってテイクアウトした容器を渡される。可乃の長身がバネのようにびょんと高く飛び上がり、軽々と紐を摑んで着地した。

青い風船を持った可乃が、子ども二人を見下ろした。びくっとした彼らは思わずといったふうに春馬の後ろに逃げ込んでしまう。

「え？　あれ？」

「……おい、お前から渡してやれ」

可乃がバツの悪そうに風船を差し出してきた。春馬は何だか釈然としない気持ちで受け取って、子どもたちに渡す。強張っていた彼らの表情がほっとしたみたいに少しやわらいだ。

「あ、ありがとう」

「取ってくれたのは、このお兄さんだよ」

可乃を指《さ》すと、子どもたちはなぜか涙目で、「あ、ありがと…ござ…ました」と蚊の鳴くような声で礼を言うと、ぺこっと頭を下げ、タタッと走って行ってしまった。

小さな背中を見送って、春馬は可乃を見やる。目の合った可乃が小さく舌打ちした。

「子どもは苦手なんだよ。この見た目はどうにもウケが悪いみたいだからな」

どこか拗ねたみたいな口ぶりでそんなことを言った。

「……おい、何を笑ってるんだ」

「だって、可乃が顔に似合わずかわいいことを言うから……あイタッ」

ペシッと頭をはたかれる。

「だ、大丈夫だよ。可乃の作るケーキは小さな子どもにもすごく人気があるし」

「それは作り手を知らないからだろ」

「可乃にもコンプレックスがあったんだな」

「……シメるぞ」

ちょうど木陰になった芝生の上に腰を下ろして、可乃にコーヒーを渡した。ちなみにこれは春馬の奢《おご》りだ。

「工藤さんとも話してたんだ。可乃って、私生活が見えないよねって。ミステリアスだって言われてるぞ」

健康的な白い歯でストローを齧《かじ》りながら、可乃が「何だよそれ」と呆れたように言った。

「そういえば俺、今の可乃のことってあまり知らない。あ、でもストローを噛むクセは昔から変わってないな。子どもみたいだ」

ちょっと嬉しくなって指を差した途端、ペシッと乱暴に叩き落された。「細かいところまで見てんじゃねーよ」と可乃がギロッと睨みをきかせてくる。

仕事場で睨まれるとびくっとしてしまうが、今は違った。これは可乃の照れ隠しだ。こんなやりとりは昔もよく繰り返したので、それくらいは見分ける自信があった。八年経って、そう簡単にはあの頃の距離感にまで戻れないと思っていたけれど、案外なるようになるものだ。可乃と、かつてのようにこうやって他愛もないことを喋っているのが楽しい。半引きこもり生活を続けてきた春馬にとって、もうずっと忘れていた時間だ。

「販売員の仕事は慣れたか」

のどかな公園の風景を眺めながら、ふいに可乃が訊いてきた。初夏の爽やかな緑に覆われた遊歩道を二組の親子が笑い声を上げながら歩いている。

「うん、だいぶ。今はすごく楽しいよ。俺が作ったわけじゃないのに、お客さんに『おいしかった』とか『ありがとう』とか言われると、すごく嬉しくなる。本当は可乃がもらう言葉なのに、肝心のシェフはずっと厨房にこもっていて、もったいないなって思うんだけど」

「だったら、俺の代わりにお前が聞いておいてくれ」

そう言って、可乃はごろんと芝生に寝転がってしまった。気持ち良さそうに伸びをし、長い脚が木陰からはみ出している。先ほどの子どもの件もそうだが、可乃はこの仏頂面で損をしていると思う。人と話すのが苦手な春馬は好きで裏方を選んできたが、可乃の場合はそうではないので少しもやもやした。子どもたちが可乃に対してびくびくと怯えているのが、なんだかあまりいい気がしなかったのだ。

「可乃はさ」

春馬はずっと訊いてみたかったことを思い切って訊ねた。

「何で、パティシエになろうと思ったんだ？」

頭の下で手を組み、目を瞑《つむ》っていた彼が「あ？」と億劫《おっくう》そうに訊き返してきた。

「大学受験は俺のせいで受けられなかったとして、だけど他にも道はあっただろ？　専門学校だっていろいろあるし。その中で、何であえて製菓学校だったのかなって」

「……叔父さんがケーキ屋だったから」

「それだけ？」

「そうだよ。まあ、もともとちょっとは興味があったんだけど、きっかけはそんなもんだ」

自分から訊いておいて、なんだか少し肩透かしを食らったような気分だった。春馬が漫画家になった以上に、あの可乃がパティシエという職業を選んだのがやはり意外だったのだ。

春馬は人付き合いが苦手だから、漫画を描くという方法で紙面を通して読んでくれている誰かとつながっていたかったのだと思う。可乃も、もしかしたらケーキを作ることで、誰かに喜んでもらいたいと思ったのではないか。そんなふうに想像してみたが、実際彼から返ってきたのは拍子抜けするほど単純な理由だった。春馬が漫画を描き始めたきっかけを笑っていたけれど、自分だって大差ないじゃないか。

「俺も、お前に訊きたいことがあったんだけど」

「何？」

「お前が使っているペンネーム――『雛田マコト』って、やっぱり深瀬から取ったのか」

「は？」

思わず素っ頓狂な声が出てしまった。それくらい、わけのわからない質問だったからだ。

「な、なな何で、ふふ深瀬が出てくるんだよ」

「動揺しすぎだ」可乃がジロッと怖い顔で見据えてくる。「ヒナタって、深瀬が高校の頃に可愛がっていた飼い猫の名前だろうが」

「え!? そうなのか？ し、知らない。そんなの、今初めて聞いた。本当だよ」

かぶりを振るが、可乃は疑《うたぐ》るような目つきをじっとりと春馬に向けたままだ。

「ほ、本当だって。ペンネームは適当に決めたんだ。当時、読んでいた漫画に『小日向真琴《こひなたまこと》』ってキャラがいて。そこから取ってつけたんだよ。深瀬は全然関係ない！」

「本当か？」

「うん。深瀬のことで今更可乃にはウソをつかないよ」

「……ま、そうだよな」

それっきり会話が途切れて、コーヒーを飲み終わった春馬もごろんと芝生に寝転がった。さわさわと草の揺れる音が大きくなる。たっぷりと太陽の光を吸い込んだ大地はほんのりと温かく、子どもの頃によく嗅《か》いだ懐かしい匂いがした。

水色の空に丸い雲が浮かんでいる。可乃が手際よく絞り出す生クリームがちょうどあんな形だ。いい天気だな――春馬はつい うとうとしていると、「なあ」と可乃が口を開いた。

「お前、まだ深瀬のことが好きなの？」

一瞬、何を訊かれているのかわからなかった。半ば夢の世界に引きずり込まれそうになっていたので、言葉の意味を理解するのに時間がかかった。

「――は⁉」春馬は思わず飛び起きて、可乃を凝視する。「な、なななんで、そんな話になるんだ⁉　ペンネームのことは本当に違うからな！」

「ほら、今もそうだ。深瀬の話題になると急にモジモジしだすだろ」

「してない！」

「どうだか。顔を赤らめたり、思い出し笑いしたり」

「し、してない！　そんなの、可乃が変な話の振り方をしてくるからだろ。別に、俺はもう深瀬のことは何とも思ってない。ただ」

「ただ？」可乃が腹筋を使って素早く起き上がる。「何だよ、そこで黙るなよ」

「……俺、他に人を好きになったことがないから。俺の人生、振り返っても高校を卒業した後はずっと漫画ばっかり描いてて、恥ずかしいんだけど、この年まで誰とも付き合ったことない恋愛未経験者だし。でも、可乃があの頃の俺は輝いていたなんて言うから、どんなことをしてたっけなって、ちょっと思い出してみたんだよ」

「誰も、輝いていたなんて言ってねェよ。お前、ネガティブなのかポジティブなのかはっきりしろよ。けど、そうか。恋愛未経験者か」

「な、何だよ。笑うことないだろ」

ちらっと隣を見ると、可乃が声も出さずに笑っていた。口元を手の甲で隠しているが、明らかに頬がにやにやと弛んでいる。

「人のことばっかり、可乃はどうなんだよ。なあ、どんな人と付き合った？　高校の頃は？　俺、可乃の恋愛話は一回も聞いたことがない」

「それはそっちが俺に興味なかったからだろ。俺は訊いてもいないのに、お前が勝手にべらべらと喋るから嫌ってほど聞かされたけどな」

「聞きたい。可乃の話を教えてくれ」

「……絶対教えねー」

ごろんと再び寝転がった可乃が背中を向ける。

「自分だけ秘密とか、ずるいぞ」

「……ずるいのはどっちだよ」

「え？」と訊き返したが、可乃はもう答えてくれなかった。少し待ったけれど、聞こえてきたのはスースーと気持ち良さそうな寝息だ。寝てしまったのだろうか。

仕方がないので春馬も隣で大の字になる。

葉の緑を透かしてきらきらと降り注ぐ木漏《こも》れ日が、温かくて心地いい。

昨夜の寝不足も祟《たた》って、いくらもしないうちに春馬も眠りに落ちていた。

可乃に誘われて、気分転換をしたのがよかったのかもしれない。

——ＯＫです。これで行きましょう！

十河から送ったネームの返事をもらったのは、あれから一週間が経った頃だった。

——これ、すごく面白かったです！　もっとゆっくり読みたかったなあ。何で売り上げが伸びなかったのかなあ。駆け足に終わらせてしまったのが本当に申し訳ない。雛田先生にはね、根強いファンがいるんですよ。きっと、何でこんなに面白いのに最終回なんだって怒るでしょうね。僕も本当に悔しい限りです。

電話越しに興奮気味に語ってくれた言葉がとても嬉しかった。打ち切りが決まったのは、仕方のないことだ。単純に春馬の力不足。それでも十河にそんなふうに言ってもらえて、救われた気分だった。

彼や小泉のような読者がいてくれるから、自分は漫画を描くのをやめられないのだろうと思う。こんな根暗で引きこもりだった自分にも居場所を与えてくれたのだから、彼らには感謝してもし尽くせない。本当にありがたい存在だ。

何が売れるのかプロの編集者ですらまったく読めない博打《ばくち》のような業界で、浮き沈みも激しいけれど、できる限りしがみついて描き続けていきたいというのが春馬の本音だった。

「可乃、可乃」

昼休憩、春馬はちょうど同じタイミングで食事を取っていた可乃を見つけて声をかけた。何だよと、可乃が怪訝そうな顔をして、椅子を一つ横に移動する。春馬は空いたそこに当たり前のように座り、昼食のサンドイッチを鞄から取り出しながら言った。

「昨日、担当さんから電話がかかってきて、やっとネームにＯＫが出たんだ」

嬉しくて報告すると、可乃が一瞬面食らったように瞬いた。

「へえ、よかったな」

「うん。先週、一緒に公園に行っただろ。あの後からなんだか頭がすっきりして、アイデアが急に浮かび出してさ」

「ああ、急にそわそわして、いきなり帰るって言い出したあれか。俺を置き去りにして、さっさと一人で帰りやがって。マイペースなヤローだ」

「うっ、ごめん。あの日は、いつも持ち歩いているペンとメモ帳を家に置いてきたから。頭に浮かんだことを早く書き留めないと、忘れちゃうし」

「まあ、いいけど」と可乃が諦めたように息をつく。

「とりあえず、次に進めてよかったじゃないか」

ぽん、と頭の上に手のひらを乗せられた瞬間、なぜだかどきっとした。「ちょっと伸びてきたな」と刈り上げた後頭部をじょりじょり撫ぜられながら、いつになくドギマギする。

何か変だ——春馬は無意識に胸に手をあてて、わけもわからず高鳴る鼓動に戸惑う。

「おい、急におとなしくなってどうした？　腹でも痛いのか」

「え？　な、何でもない」

焦ってかぶりを振ると同時に、鞄の中で羽虫が飛んでいるみたいな音がした。ケータイのバイブだ。「あっ、で、電話！」

慌ててケータイを取り出し、液晶画面に表示された名前を確認して首を傾げる。

「あれ、丸井さんだ。何だろう」

以前、世話になった元担当の女性編集者だった。何とはなしに可乃を見てしまい、彼が何だよと不審そうに顎をしゃくって寄越す。早く出ろと言われて、急いで操作する。

「もしもし？　丸井さんですか」

『雛田先生ですか？　ご無沙汰しております、丸井です』

回線越しに、ハキハキとした声が返ってくる。『——と言いましても、一ヶ月ぶりくらいですかね。先日、パティスリーでお会いしましたから。少しでしたけど、久しぶりに雛田さんとお話ができて嬉しかったです』

「こちらこそ。あの時はバタバタしてすみませんでした。今日はどうかされたんですか？」

確か、勤務先が変わったと聞いていたが、今はまだ彼女も仕事中だろう。

『ああ、そうなんですよ』丸井がふと声音を僅《わず》かに落として言った。『突然すみません。今、お時間大丈夫ですか？　今日、雛田さんにお電話を差し上げたのは、実はですね――』

彼女の話に、春馬はゆるゆると目を瞠った。隣に可乃がいることも忘れて、電話のむこうの相手にこくこくと頷き続ける。

「はい……はい。はい、よろしくお願いします。それでは、失礼致します」

通話を終えると、春馬はほうと肺の中が空っぽになるまで息を吐き出した。

「どうかしたのか？　何の話だったんだ」

マグカップを傾けながら、可乃が訊ねてくる。

「丸井さんが……前に俺の担当をしてくれていた編集さんなんだけど、その人が今、別の出版社にいて、俺にそこで描いてみないかって」

「へえ、よかったじゃねえか」

「うん」春馬はまだ興奮の醒《さ》め切らない声で言った。「詳しいことはわかんないけど、今夜、食事をしながら話をしたいってさ。うわっ、夢じゃないよな？　連載が終わったら出版社への持ち込みも考えてたんだけど、次の仕事がもらえるかもしれない。でも何か最近、いろいろと上手く行きすぎているみたいで、ちょっと不安になってきた」

「相変わらずのネガティブ思考だな」

ペシッと春馬の頭をはたいた可乃が、呆れたように笑った。

「上手く行ってるならそれでいいじゃねーか。これからもっとイイことがあるって前向きに考えろよ。お前が頑張っている証拠だろ」

「頑張ってる、かな……俺」

「頑張ってるだろ」

即答した可乃が、「いや」とにやにや笑いながら言った。「もしかしたら、その眼鏡を買い替えたのがよかったのかもしれないぞ。ラッキーアイテムだ」

指を差されて、春馬は釣られるようにしてテンプルを触る。ハッと気づく。確かに、古い付き合いの丸眼鏡を外し可乃が見立ててくれたこれを掛け始めてから運気が上り調子だ。

「……うん。そうかもしれない」

「おい、真面目に受け取るなよ。今のは冗談だ。仕事の依頼はお前の実力だろ」

「いや、たぶんこの眼鏡がツキを運んできてくれているんだよ。可乃、ありがとう」

「はあ?」と、可乃が嫌そうに叫んだ。「お前みたいなヤツが詐欺に遭うんだ。これを持っていると幸せになれるとか胡散臭いことを言われたら、とりあえず逃げろよ。すぐに飛びついて金を払うんじゃねーぞ」

「そんなことしないよ。この前、顔色がよくないけどこれを飲めばすぐに健康になるって、セールスマンが高級天然水を売りに来たけど、ちゃんと断ったし」

「高級天然水？　そんな怪しいのがうろついているのか。いいか、騙されるなよ。すぐにハイハイってドアを開けるな。大体、お前はチェーンをかけるクセがないからな……」

可乃がぶつぶつと小言を言い始めたので、春馬はサンドイッチを頬張りながら適当なところで相槌《あいづち》を返す。だが、眼鏡の件については あながちただの冗談でもないような気がした。

これを掛けていると、今後も何かいいことがあるかもしれない。

ところが、このラッキーアイテムはとんでもないものまで運んできたのである。


「雛田さん。こちら、うちの編集の深瀬です」

丸井の隣に座っていた彼を見た瞬間、春馬は悪い夢でも見ているのかと思った。

──騙された!

唖然《あぜん》となった。まさかこんなところで彼と再会を果たすとは想像もしていなかったのだ。

可乃に続き、またしても漫画みたいな展開に恐ろしくなる。何か、立て続けに高校時代の旧友と再会する相でも出ているに違いない。ずっと同窓会にすら参加していなかったのに。

「よ、久しぶりだな」

にこにこと笑いながら深瀬が言った。その様子に狼狽えているのは自分だけだと気づく。

「あ……うん」

全然変わっていない──春馬は、異常な速さで鼓動する自分の胸に落ち着けと必死に言い聞かせた。目の前に座っている彼は、もちろん外見的には八つ歳を取った分多少の変化は見受けられるものの、往来で擦れ違ってもすぐに気づくほどの面影があった。

当時のスポーツ選手らしい髪型と比べたら、少し長めに整えて色も明るくなっていたけれど、人好きのする優しそうな目元はそのままだ。少年から青年に移り変わり、顔つきは若干シャープになった気がするが、爽やかで周囲を安心させるおおらかな雰囲気は変わらない。人懐っこい笑顔も昔と変わらず春馬が好きになったそれで、不覚にもドギマギしてしまう。声は少し低くなっただろうか。そのせいか、全体的に年相応の落ち着きが感じられる。

「どうした？　立ってないで座れよ」

「……あ、うん」

本音は今すぐにでもこの場から逃げ出したかったが、そういうわけにもいかない。春馬は渋々と椅子に腰を下ろす。丸井が二人の顔を見比べながら、興味深そうに訊いてきた。

「雛田さんと深瀬は高校の同級生なんですってね。深瀬に聞いてびっくりしましたよ」

「俺も、丸井さんから雛田先生の本名を聞いて驚いたんですよ。同姓同名の可能性もあるし、直接会うまでは半信半疑だったけど、やっぱり本人だったんだな。漫画家になってたなんて全然知らなかったよ。卒業以来だから八年ぶり？　ちょっと雰囲気が変わったか」

「そういえば、髪を切られたんですね。うん、短い方が似合いますよ。あ、眼鏡も変わってるじゃないですか！」

「本当だ。昔はこんな丸眼鏡だったよな？　その眼鏡も似合ってるぞ。こいつ、料理が得意なんですよ。俺たち男子校出身なんですけど、調理実習があったんですよね。その時に、佐久間と一緒のグループになって――」

深瀬と丸井が口々に何かを喋っている。二人から舐め回すようにじろじろと見られて、春馬はすっかり萎縮《いしゅく》してしまった。高校時代の思い出話なんて、自分にとっては地雷だらけでしかない。助けて可乃――春馬は思わず心の中で仏頂面の友人の名を叫んでいた。気分はドラえもんに助けを求めるのび太くんだ。

せっかくご馳走《ちそう》になったイタリアンも、じゃりじゃりと砂を噛んでいるようだった。

時間魔法を使って一時間ほど前に巻き戻せないだろうか。つい現実逃避に走ってしまう。それでもこの仕事を引き受ける以上、遅かれ早かれ彼と出会っていただろうと考えると、複雑な気分だった。まさか深瀬が寄りによって漫画編集者になっていたとは。

あつあつのパスタの湯気で眼鏡が白く曇《くも》る。

とんだラッキーアイテムだと、理不尽にも可乃をちょっとだけ恨めしく思った。

『おう。もう仕事の話は終わったのかよ』

「か、可乃！」

春馬はケータイを握り締め、慌てて叫んだ。「ふ、ふふふ、ふふかが…っ、いて、びびびっくり……っ」

『あ？　何がびっくりだって？　おい、ちょっと落ち着け。何があった』

深呼吸をしろと言われて、春馬は一旦言葉を切ると思いっきり空気を吸い込んだ。昼間は真夏並みの気温を叩き出している五月でも、夜になるとやはりまだ肌寒い。冷たい夜気が肺の中に溜まって、すうっと平静を取り戻す。

「……深瀬に、会ったんだ」

一瞬、沈黙が流れた。

『……何？　誰に会ったって？』

「だから、深瀬だよ！　可乃、知ってたか？　深瀬って今、出版社にいて編集者として働いているんだって。待ち合わせのお店に行ったら、丸井さんと一緒に座ってるから、俺もうびっくりして、卒倒しそうになったよ！」

『あいつ、漫画編集者だったのか』

可乃も初耳のようだった。『俺も卒業以来、連絡を取ってないからな。けど、出版社に就職したっていうのは噂で聞いた気がする。営業とかかと思ってたんだが、編集だったのか』

「しかも、少女漫画誌なんだよ！」

これには春馬も二度驚いた。丸井はこの業界で働き始めた当初から少年漫画一筋だと聞いていたので、意外に思ったのだ。彼女と同じ雑誌を担当しているから、深瀬も当然少女漫画編集者になる。可乃のパティシエほどではないにしても、深瀬の肩書きも十分に違和感のあるものだった。

「深瀬自ら希望して、今の部署にいるんだって」

『アイツが漫画を読んでいるところなんか一度も見たことないぞ。女の影響なのかもな』

「女……」

ふっと一瞬、脳裏に当時の記憶がフラッシュバックする。

『おい』と電話越しに凄まれて、春馬はハッと現実に引き戻された。

『今、何を考えていた』

「な、何も考えてない」

可乃が『ウソつけ』と吐き捨てるように言った。ため息を挟んで、問いかけてくる。

『深瀬と会って、どうだった』

「え？」春馬は戸惑った。「どうって。まさか、あそこにいるとは思わなかったから……ただもう、びっくりするだけで」

『ドキドキしたか？』

「ドキドキ……っていうよりは、バクバク？」

『何だそれ、ドキドキの最上級か』

「違う、死ぬほどびっくりしたってことだよ。深瀬がペンネームのことを訊いてきたんだ。可乃と同じことを言ってきてさ、飼い猫の名前と一緒だって。俺、何か変に勘ぐられてるんじゃないかって、店を出るまでずっと緊張して動悸が激しかったんだよ。おかしなことは口走ったりしなかったと思うけど……というか、ほとんど喋らなかったんだけど。なあ、大丈夫だよな？　昔の俺の気持ちって、バレてないよな？」

『……さあな。でもまあ、アイツはそういうのにはとことん鈍かったから。昔のことは気にしなくてもいいだろ。今もお前がアイツに対してどうこうっていうなら別だけど』

「今は違うよ」

きっぱりと即答すると、可乃が一瞬押し黙って、『本当かよ』としつこく疑ってくる。

「可乃が時々変なことを言うから、それを思い出してちょっと意識したけど。でも逆に、もうそういう意味ではドキドキはしないって確信が持てたから。だからもう、揶揄うなよ」

少し間があって、『あっそ』と可乃が素っ気無く言った。

『で、仕事は引き受けることにしたのか』

「うん。今までとは全然違うジャンルだけど、丸井さんが、俺の作風には少女漫画もあってるんじゃないかって言ってくれて。やってみようと思う」

『そうか。まあ、頑張れ』

「うん。せっかくのチャンスだから、新しい道が開けたらいいんだけど」

『深瀬とはまた会うのか』

「あー」春馬は少し躊躇った。「うん。たぶん、深瀬が俺の担当になると思う」

『はあ？』

「俺もびっくりしたんだ。てっきり丸井さんかと思ったら、今度から深瀬が担当することになるからって。今日はその顔合わせみたいな感じだった。具体的なことは次の打ち合わせで話そうってことになったんだけど」

『……いつだよ、その次の打ち合わせってのは』

「えっと、明日。バイトが終わった後に待ち合わせしているから」

『うちの店でやれ』

「え？」

春馬は思わず訊き返してしまった。しかし可乃は勝手に話を進める。『いいか、そうしろ。今から深瀬に話して場所を変更してもらえ』

「え、でも、そんな急に言ったって」

戸惑う春馬に、可乃がなぜか潜めた声で『つべこべ言わずに、うちに深瀬を引っ張って来い』と命令してくる。低い声を聞いただけで、可乃の悪そうな顔が脳裏に浮かんだ。

『そして好きなだけケーキを注文しろ。どうせ経費だろうから、奢ってもらえ。俺がどんどん運んでやるから、店に貢献しろよ』

「……声が怖いよ。そういうことなら、うん。ケーキばっかりそんなに食べられないけど」

『食える。昔、ワンホール食っただろ。吐いたけどな』

また痛いところをグサッとついてくる。そうやって昔話をするから、深瀬が現れてしまったのではないか。可乃が引き寄せたのだ。

「わかった。深瀬に訊いてみる」

『余計なことは喋るなよ』

それは【プリムヴェール】が可乃の店だというのは黙っておけということだろうか。

通話を終えてから、春馬はふと八年前を思い起こした。

可乃と深瀬は当時バスケ部のチームの要《かなめ》として活躍していた選手だった。部活以外でもよく一緒にいるところを見かけたように記憶している。飼い猫の名前を知っているくらいだから、それなりに仲は良かったのだろう。その二人が、卒業後は一度も連絡を取っていないというのは意外だった。

「忙しそうだもんな。俺たちが大学に通っていた頃には、もう可乃は働いていたわけだし」

開業前はもっと忙しかっただろう。オープンしてからも大変だったはずだ。

深瀬はきっと、可乃に会ったら大喜びをするに違いない。

可乃も悪巧《わるだく》みをしているふうを装っていたけれど、久しぶりに旧友に会いたいのだろうなと思った。

7

もう、深瀬《ふかせ》に対して特別な感情は一切ない。

それは間違いなかったけれど、やはり改めて顔を合わせるとなると緊張した。

春馬《はるま》はつい先ほどバイトを上がったばかりだ。急いで着替えて、今は店内の一番奥の席を陣取って深瀬が現れるのを待っている。

販売スペースに客はなく、こちらのカフェスペースでは二組の客がお茶をしていた。

「まだ来ないの？」

事情を知る工藤《くどう》が気をきかせて水の入ったグラスを持ってきてくれた。

「もうすぐだと思います。五時半に待ち合わせだから」

「ふうん。シェフと三人が高校の同級生なんでしょ？　さっきもシェフがそこら辺をうろついてたわよ。今日は朝から珍しく落ち着きがなかったわよね。気になるならここで一緒に待ってればいいのに。ちょっとした同窓会みたいで楽しそうじゃないねえ」

「可乃《かの》が？」

そういえば、今日は朝から何度も声をかけられた。内容はほとんど仕事に関するものだったが、普段ならわざわざ口にして言われないことばかりで不思議に思っていたのだ。

おそらく、心配してくれているのだろう。春馬が深瀬に失恋したことを知っているのは可乃だけで、しかも後味の悪い終わり方をしたせいか、彼にとっても一種のトラウマみたいになっているのかもしれない。当の春馬よりも可乃の方が深瀬を過剰に警戒しているように思えて、何だか申し訳なかった。二人こそ久びさの再会なのに。

工藤が声を潜めて訊《たず》ねてきた。

「ねえねえ、編集さんってどんな人？」

「どんな……えっと、背が高くって、爽《さわ》やか系？　かな」

「へえ」工藤の目がキランと輝いた。「イイ男なんだ？」

「まあ、一般的に見てもかっこいいと思いますけど。あ」

その時、店のドアが開いて、男性客が一人入って来た。

「来た。あれです、あの人が編集の深瀬」

「ちょっとちょっと、イイ男じゃないの！　二つ年下かあ……彼女いるのかな？　佐久間《さくま》くん、さりげなく探《さぐ》りを入れておいて。後で報告してね」

「え」と春馬が工藤を見た時には、もうすでに彼女は営業スマイルを浮かべて深瀬に歩み寄っていた。「いらっしゃいませ。奥の席へどうぞ」

「ごめんな、待たせて」

人懐っこい笑顔で深瀬が近付いてくる。性格のおおらかさが態度にも出ていて、強張《こわば》っていた体の力が少し抜けた。

「いや、時間通りだよ。俺《おれ》が早かっただけだから」

「ちょっと迷っちゃってさ。曲がる道を間違えてうろうろしてしまった。へえ、佐久間が急に店を変更したいって言うからどんなところかと思えば、ケーキ屋さんだったのか」

席についてからも、深瀬は物珍しそうに店内を見回していた。「外装は、あまり目立たないような隠れ家的な雰囲気だな。でも中はアンティーク調で女性客に人気がありそうだ。男同士だとちょっと恥ずかしいけど」

「あ、ごめん。そういうの俺、全然考えてなくて」

「いやいや、冗談だって」と深瀬が笑いながら、脇《わき》に立ててあるメニューを取る。

「相変わらず真面目《まじめ》だな、佐久間は。そこがいいんだけど。俺も甘い物は好きだし、せっかくだから注文しようぜ。へえ、種類が結構あるな。佐久間はどれにする？」

「えっと、俺は……」

春馬に向けてテーブルの真ん中にメニューを置き、深瀬が一枚一枚捲《めく》ってくれる。チョコレート系はあえて避けて、ブルーベリーのタルトは今の季節限定だし、ほろ苦いキャラメル風味のスポンジと爽やかなレモンムースの相性が抜群のモン・プサンも美味《おい》しそうだ。

「見やすいメニューだな」

「え？」

何を頼もうか真剣に悩んでいた春馬は、メニューから顔を跳ね上げた。

「いや、これってアルバムみたいに一ページにケーキが一つずつ写真付きで載っていて、捲るのも楽しいよな。コメントやイラストも載ってるし、何だこのイキモノ？　へえ【ぷりむん】だってさ。ハハッ、この気の抜けそうなゆるい顔、いいなあ。こういうのって、手作り感があって変に高級ぶるよりもよっぽど親しみが持てるよ」

春馬はテーブルに両手をついて、「そうか？」と思わず身を乗り出した。

「ん？　どうしたんだよ、佐久間」

深瀬に訊《き》き返されて、ハッと戸惑《とまど》う。どう説明すればいいのだろうか。

「あ、えっと……」

「こいつが作ったんだよ、そのメニュー」

頭上から低い声が割って入ったのはその時だった。

「いらっしゃいませ」

淡々と言った可乃が、深瀬の前に水の入ったグラスを置いた。仏頂面で給仕をする彼を見たのは春馬も初めてだった。二人してぽかんとコックコート姿の可乃を見上げる。深瀬は更に驚いたことだろう。

「え」彼は目を丸くして、指差した。「お前、まさか、可乃⁉」

「……久しぶりだな」

「あ、ああ、うん。久しぶり……え？　ええ？　お前、何でそんな恰好《かっこう》をしてるんだよ」

「ここ、実は可乃のお店なんだよ。俺は、バイトとして雇ってもらってるんだけど」

可乃に代わり春馬が説明すると、深瀬はまだ信じられないみたいにきょとんとしていた。

「お前、パティシエになったのかよ。全然知らなかった」

「あまり人には言ってないし。そっちは編集だって？　元気そうだな」

「ああ、うん」深瀬がようやく調子を取り戻したように頷《うなず》いた。「元気だよ。何だよ、こっちに出て来てたんだったら連絡ぐらいしろよ。薄情なヤツだな。お前、部活のOB会にも全然顔を出さないし、行方《ゆくえ》知れずだって噂《うわさ》を聞いて、皆、心配してたんだぞ。ケータイ番号も変わってるし、地元にいるわけでもなさそうだし。しつこくお前の情報を教えろって訊いてくるヤツがいてさ。俺だって知りたいよって話だよ」

「いろいろと忙しくて、最近は実家にも戻ってなかったから」

「ああ」と深瀬が納得したように店内を見渡した。「そりゃまあ、忙しかっただろうな。店を出すくらいだし。そっか、佐久間が打ち合わせの場所をここに変更した理由って、そういうことだったのか。何だよ、お前らいまだにつるんでるんだな」

なぜか嬉《うれ》しそうに笑って話す。

「昨日、佐久間に再会した時もびっくりしたけど、まさか可乃にまで会えるとはなあ。卒業して八年も経《た》つのに、今も一緒にいるなんてすごいよ。高校の頃《ころ》も、お前らワンセットみたいによく一緒にいたし」

「え？」

「佐久間は、よく試合の応援に来てくれたもんな。いつも差し入れを持って来てくれてさ。ウマかったよなあ。どっちかというと、佐久間の方が料理関係に進むのかと思ってたけど。人生、何が起こるかわかんないな。そうそう、佐久間が観客席にいると、毎回可乃が真っ先に見つけてさ。いつも俺、可乃から佐久間が来てることを教えてもらって……」

「そろそろ注文を聞いてもいいか」

可乃が素っ気《そけ》無い声で深瀬の話を遮《さえぎ》った。

「ああ、悪い。佐久間、どうする？　俺はケーキセットで、和栗のモンブランにしようかな」

「えっと、じゃあ俺は、ブルーベリーのタルトで」

淡々と注文を取った可乃が一旦下がる。去り際、可乃と目が合い、何か物言いたげに眉《まゆ》をひそめたのが気になった。

深瀬が春馬に断ってスマートフォンを操作しながら、ふいに思い出し笑いをしてみせた。

「びっくりさせるよなあ。佐久間が漫画家になっていたのも驚いたけど、まさか可乃がパティシエとはなあ。高校の頃のアイツからは想像できないって」

「うん。俺もびっくりした」

「だよなあ。佐久間はもうここは長いの？　もしかして、この店がオープンした時から？」

「ううん」春馬はかぶりを振る。「本当に最近なんだ、可乃と再会したのは。ちょうど俺もバイトを探していて、そうしたら可乃がここで働かないかって言ってくれて」

「へえ。じゃあ、佐久間も可乃とは偶然会ったんだ？　縁があるんだな。俺も丸井《まるい》さんが『雛田《ひなた》マコト』の名前を出さなかったら、こうやって佐久間とも再会できてなかったわけだし」

「うん、本当にそう思う」

春馬はしみじみと頷いた。何かがほんの少しずれていたら、もしかしたら自分は今ここにいないかもしれない。可乃が同じ町で店を開いていることも知らないまま、丸井との接触もなく、そうすれば彼女の口から『雛田マコト』の名が挙がることはなかったのではないか。

深瀬が水を飲みながら、問いかけてきた。

「佐久間は、結婚は？」

「結婚？　ううん、俺はまったく」

「ふうん。可乃はどうなの？」

「可乃もまだ独身だよ」

ふと何の気なしにカウンターの方を見た途端、工藤と目が合った。ギラギラとしたアイコンタクトが送られてくる。

「ふ」春馬はごくりと喉を鳴らした。「深瀬は、結婚してるのか？」

「ん？　いや、俺もまだ独り身。同級生にはすでにパパになってるヤツもいるけどな。そういえば去年の同窓会、佐久間も出席してた？」

「……ううん。し、仕事が忙しくて」

実家からハガキが転送されてきたが、迷わず欠席に印をつけて幹事に送り返した。日程は暇だったけれど、わざわざ参加する理由がなかったからだ。

「そっか。お盆だったから、俺もちょうど帰省していて出席したんだけど、可乃も来てなかったもんな。案外、早くに結婚して家庭を持ってるんじゃないかって話してたんだけど」

「深瀬は、早く結婚したいのか？」

「うーん、まあできれば」

「じゃ」春馬はなるべく自然な流れを装って、ぐっと一気に踏み込んだ。「じゃあさ、深瀬、今、付き合っている人なんかは……」

ドン、と目の前に皿が降ってきた。

「――お待たせしました。ブルーベリーのタルトです」

ドスのきいた声も一緒に降ってきて、春馬の体から一気にぶわっと冷や汗が噴《ふ》き出す。

ふくふくとしたブルーベリーの実がころんころんと皿に零《こぼ》れ落ちた。

誤解されたかもしれない。

春馬はコーヒーを飲みながら、回想する。あの場面だけを切り取ると、あたかも春馬がまだ深瀬に気があって、こっそり探りを入れているように取れてしまうのではないか。

可乃はきっと誤解しただろう。去り際の目が尋常ではないくらい怖かった。春馬がまた傷つかないように可乃は心配してくれたのに、性懲《しょうこ》りもなく自分から足を突っ込もうとしているふうに見えたかもしれない。早めに誤解を解かないと、この後、深瀬と別れたらさっそく呼び出されて怒られるだろう。

「うっすらでいいんだけど、佐久間はこういうのが描いてみたいって何か思い浮かんでいるものがある？　もちろん、今までとは違って現代を舞台にした、恋愛中心のストーリーになるとは思うんだけど」

「……三角関係」

「ん？」

ハッと我に返って、春馬は慌てて何でもないと首を横に振った。変な想像をめぐらせていたのが、そのまま口から出てしまった。

「佐久間、修羅場が好きなの？」

「そ、そんなもの好きなわけないよ。でも、ライバルは必要かなって」

「そうだな。主人公はうちの雑誌だと高校生ぐらいが一番読者に共感してもらえるかな」

「女子高生……でも俺、男子校出身だし。生態がよくわからない」

一瞬、沈黙が落ちた。

次の瞬間、深瀬が「生態⁉」と素《す》っ頓狂《とんきょう》な声を上げて噴き出した。げらげらと笑う。

「佐久間、面白いことを言うなあ」

「え？」

何がそんなに彼のツボを刺激したのか、春馬にはまったくわからなかった。

「まあ、俺もお前と一緒で男子校出身なわけだけれども。確かに、女子高生って何を考えているのかわかんないもんなあ。大学は？　さすがに周りに女子がいただろ」

「……いや、あんまり接点がなかったし。俺、漫画ばっかり描いてたから」

「ああ、そっか。在学中にデビューしたんだっけ。すごいよなあ」

深瀬が感心するようなため息を漏《も》らしたので、春馬は曖昧《あいまい》に笑ってかぶりを振った。彼の賛辞に他意はないのだろうけれど、そんなふうに言われるといたたまれない気持ちになる。デビューして今も第一線で活躍しているのならともかく、ひと月先のスケジュールすら白紙状態の底辺漫画家だ。きちんと企業に就職した深瀬や、専門技術を身につけて開業までしてしまった可乃と比べると、どうしてもふわふわと足場の固まらない不安定な自分に引け目を感じてしまう。卑屈になるなと言われても、これればかりは仕方のないことだった。目の前にある現実だから、否定しようもない。

「俺はさ。佐久間の描く女の子って、すごく魅力的でかわいいと思うんだよね」

「え？」

「これは俺だけじゃなくて、丸井さんの意見とも一致するんだけど。絵柄は繊細なタッチでディテールにもこだわってるから、少年漫画よりもむしろ少女漫画向きだと思う。何と言っても絵が綺麗《きれい》だし、丁寧《ていねい》で、キャラクターの表情も豊かだ。今までの作品は世界観が独特だったけど、そのままキャラを現代に持ってきても違和感なさそうだしね」

深瀬が鞄《かばん》から春馬の既刊を取り出して、真剣に語り始めた。

「俺、この話が一番好きなんだよ。この巻に載ってる読みきりのやつ。お互いが相手のことをすごく大事に思ってるのが伝わってきて、特にこの最後のシーンなんか、ちょっと泣いちゃったもんな」

春馬は思わず面食らってしまった。お世辞ではなく、本当に読んで感じたことをそのまま伝えてくれているのだろう。深瀬に自分の漫画を読まれていたことは恥ずかしかったが、感想をもらえたのはその何倍も嬉しかった。

「最近のリアルなストーリー展開よりも、佐久間の場合は少しファンタジー要素が入っていてもいいかもな。ノスタルジーっぽい雰囲気の、純愛ストーリーが読んでみたい。佐久間はどう？」

「あ、俺も。そういう話の方が好きだから」

「そっか。それじゃあ、ちょっとその方向で考えてみてくれるか？　話の雰囲気とか設定とか、何か思いついたらいつでも電話でもメールでも待ってるから。一緒に考えていこう」

「うん。よろしくお願いします」

「こちらこそ、よろしくお願いします」

右手を差し出してきた深瀬と、春馬はおずおずと握手を交わす。こういうやりとりができるようになった自分たちは、もう高校時代とは違うのだと、身が引き締まるような気分になった。

「コーヒーのおかわりはいかがですか」

仕事の話も一段落ついたタイミングで、再び可乃が現れた。いつの間にか、カフェスペースにいる客は自分たちだけになっている。工藤の姿も見えなくなっていた。

「もらうよ。ちょうどいいや、可乃。もうちょっとここにいてくれないか」

「は？」

空のカップを褐色《かっしょく》に満たしていた可乃が、怪訝《けげん》そうに眉根を寄せた。

「さっき電話があって、もうすぐここに来るから。お前に会いたがっててさあ」

「誰《だれ》のことだよ。全然話が見えねえんだけど」

周りに客がいないせいか、可乃の応対が雑だ。

「だから、さっきも話しただろ。お前のことをしつこく訊いてくる後輩がいるって。それがさ、再会が相次ぐけど、うちの編集部にも……」

そこへ客が一人、物凄《ものすご》い勢いで駆け込んでくる。静かな店内に大きな足音が響き渡って、三人は揃《そろ》って乱暴に押し開けられた戸口を見た。

「はあ、はあ、はあ」

ぜいぜいと苦しそうに肩で息をしながら、その彼はきょろきょろと店内を見回す。

「はあ、はあ、あ、深瀬先輩！　か、可乃先輩は……？」

「藍川《あいかわ》、走ってきたのかよ。小野《おの》先生から原稿はちゃんともらえたんだろうな」

深瀬が呆《あき》れたように笑って、こっちだと手招きした。軽くパーマのかかった茶色い髪を跳ねさせて、彼が早足で近付いてくる。どんぐりみたいなくりっと大きくて勝気な目が印象的な、どこか猫を思わせる青年だ。

あれ——春馬はふいに記憶を刺激されて、内心首を捻《ひね》った。

「受け取りましたよ。昨日からずっと付きっきりでしたからね。まったくあの先生は……そんなことより先輩、可乃先輩を見つけたって、どこですか？」

「お前、何を見てるんだよ。ここにいるだろ」

「え？」

深瀬が可乃を指差し、彼はようやくそこに人がいたことに気づいたみたいに顔を上げた。大きな目を更に見開き、次の瞬間、「ああ！」と叫ぶ。

「可乃先輩⁉　どうしたんですか、その恰好！」

「な？　驚いただろ？　俺もびっくりしたんだよ。何とこいつ、パティシエになったんだってさ。この店、可乃の店なんだぞ」

深瀬がまるで自分のことのように自慢して、藍川が「ええっ⁉」と声を裏返らせる。

「久しぶりだな、藍川」

可乃が言った。その途端、藍川の表情がぱあっと発光したみたいに明るく輝く。

「はい！　ご無沙汰《ぶさた》してます、可乃先輩！」

ああ、そうだ——春馬は唐突に思い出した。見覚えがあると思えば、この彼もバスケ部に所属していたのだ。可乃や深瀬の後輩。

「藍川。こっちは佐久間だ。覚えてないか、よく差し入れを持ってきてくれたんだけど」

きらきらとした目で可乃を見つめていた藍川が、深瀬の言葉でゆっくりと視線を移動させた。春馬を捉《とら》えた途端、すっと何か別の感情が挟まったのを、春馬は見逃さなかった。

「……覚えてますよ、佐久間先輩ですよね。ご無沙汰してます。俺のこと、わかりますか」

にっこりと屈託のない顔で微笑《ほほえ》まれて、思わずびくっと背筋を伸ばす。

「あ、うん」

ぎこちなく頷きながら、春馬は記憶を素早く高校時代のあの頃へと遡《さかのぼ》らせる。

ちりっとひりつくような藍川の視線が、脳裏《のうり》にフラッシュバックした。

8

――可乃先輩！

声変わりが終わったのか、それともまだなのかよくわからないハイトーンボイスで、彼が可乃のことをそう呼んでいるのを、よく耳にした覚えがある。

強面で態度も素っ気無い可乃を怖がる後輩は多かったが、それと同じくらい慕っている後輩も多く、裏では人気の先輩の一人だったらしい。

という話を深瀬から聞いて、そういえばそうだったなと春馬も当時のことを思い出していた。見た目に反して義理堅く、後輩思いで面倒見のいい兄貴肌。春馬の前では口が悪く、すぐに手も出る粗野な印象が強かったが、一方でいざという時には頼りになり、本当は優しい男だと気づいていた。後輩たちもそういう可乃を知って、ひそかに慕っていたのだろう。

そんな後輩たちの中で、特に可乃に懐いていたのが藍川だった。

卒業後、消息がわからなくなっていた可乃を、藍川はずっと心配していたのだという。偶然、深瀬と同じ職場に就職して顔を合わせるようになってからというもの、彼は定期的に深瀬に可乃の情報が何か入ってこないかと確認していたらしい。

その可乃と先日ようやく八年越しの再会を果たした藍川は、本当に嬉しそうだった。

何せ憧《あこが》れの先輩だ。いまだに藍川の中でその位置は揺らぐことがないようで、コックコート姿の可乃をきらきらした目で見つめ、彼が作ったケーキを食べては絶賛していた。

春馬はそんな藍川を眺めて、あることを思い出した。

高校の頃、春馬はふと気づくと、なぜか藍川に睨《にら》まれていることがあった。それも一度ではない。春馬と目が合った途端にキッとガンを飛ばし、ぷいっとそっぽを向くのだ。部外者のクセにしょっちゅうバスケ部に出入りしていた春馬が気に入らなかったのだろうと、当時は思っていた。

けれども、高校を卒業して何年も経《た》った今になってもまだ、藍川に敵意をむけられる理由がわからない。

にこにこと笑っていたけれど、春馬にだけ一瞬見せたあの目は、高校当時のそれと同じものだった。

過去に、自分は何か藍川に嫌われるようなことをしたのだろうか。

まったく身に覚えがなく、困惑は日に日に増していくばかりだ。

「佐久間くん」

客を見送った後、工藤が心配そうに訊ねてきた。

「最近、本業の方は大丈夫なの？　ここのところ、バイトの時間を延長してるでしょ。こっちは助かるから嬉しいんだけど」

「大丈夫です。掛け持ちに慣れてきて、この仕事が楽しいし」

「そっか」と、工藤がほっとしたように微笑んだ。「そういえば、今日のシェフって機嫌が悪くなかった？　最近はご機嫌だったんだけどなあ。佐久間くんがここに来てから、あんまり怒ってるの見たことなかったのに。今日は朝からピリピリムードだったよね。あ、もしかしてそれで何かシェフに言い出せないことがあったら、私に言ってね。ちゃんと交渉してくるから。佐久間くん、目が赤いよ？　寝不足じゃないの」

「そんなことないです。ちゃんと寝てますよ。ありがとうございます、工藤さん」

春馬の良心が少し痛む。販売員の仕事が楽しいというのは本当だ。これまで経験したどのアルバイトと比べるまでもなく、今が一番充実していると胸を張って言える。しかしその半面、本業の漫画作業は時間との戦いになっていた。

新規のネーム作業と併行して、いよいよ最終回を迎える連載原稿のペン入れ作業に追われる毎日だ。アシスタントを雇う金銭的な余裕がないので、すべて自分一人の腕にかかっている。数少ない読者のためにも絶対に手は抜きたくない。締め切りに間に合わせるためには、睡眠時間を削ってあてるしかない状態だった。

それなのに、バイト時間を二時間も延長して店に留《とど》まっているのには、理由があった。

閉店間際の店内には、まったりとした空気が漂っている。それが、ふいに揺らいだ。

「こんにちは」

――来た！

春馬は反射的に身構えて、その客を迎える。ここ数日、必ずといっていいほど毎日顔を出す彼が、今日もやって来たからだ。

「いらっしゃいませ」と、先に工藤が声をかけた。

春馬も彼女に倣《なら》う。「いらっしゃいませ」無意識に語調が強まってしまった。

「こんにちは、佐久間さん」

「……藍川くん、いらっしゃい」

藍川は相変わらずにこにこと人好きのする笑みを浮かべながら、春馬に対して常に意味深な視線を忍ばせていた。

「工藤さん、俺ここやりますんで」

「そう？　じゃあ、私は向こうを片付けてくるわ」

彼女は任せたと頷き、一足先に営業を終えたカフェスペースに行ってしまった。

「あれ。今日は、可乃先輩はいないんですか？」

藍川がショーケースではなく、厨房《ちゅうぼう》の窓ガラスを凝視しながら訊いてきた。

「奥にいると思うけど……忙しいから」

「そうですか。なーんだ」

つまらなそうに言って、残り少なくなったショーケースを覗《のぞ》き込む。

「あれ、エクレアはもうないんだ。ここのはパイ生地だから、サクサクしておいしいのに」

「申し訳ありません。本日の分はもう売り切れてしまいました」

「んー、じゃあシュークリームを四つ下さい」

「はい、シュークリーム四つですね」

春馬はショーケースのドアを開けて、手際よくケーキ箱に詰める。これで残っていたシュークリームがすべて売り切れた。嬉しいはずなのに、なぜか素直に喜べない。

「これから小野先生のお宅に伺うんですよ。差し入れに持って行こうと思って」

「そうなんですか。ありがとうございます。シュークリーム四つで七百二十円になります」

藍川が財布から千円札を一枚引き抜いた。春馬は受け取ってレジに打ち込む。

「昨日は、佐久間さんも深瀬先輩と打ち合わせだったんですよね」

「……うん。二百八十円のおつりとレシートです」

つり銭を財布にしまいながら、藍川が弾んだ声で言った。

「俺も、昨日は可乃先輩と一緒だったんですよ」

「え?」

思わず訊き返してしまうと、藍川が猫目を細めてにっと笑った。

「たまたまそこの道を通りかかったら、ちょうど仕事終わりの可乃先輩が出てきたんですよね。で、せっかくだから一緒にゴハンを食べようってことになって」

「……へえ、そうなんだ」

たまたま？　春馬は内心白けた気分で思う。藍川は昨日、午前中にも一度来店したのだ。その時はちょうど手のあいた可乃が彼に気づいて、わざわざ厨房から出てきたのだった。

親しげに話していた二人を思い出して、なぜだか無性に胸がざわついた。

こんな民家しかない住宅地を『たまたま』通りかかるはずがない。可乃を待ち伏せしていたに違いなかった。いくら後輩だとはいえ、可乃の周りをうろつきすぎではないか。

「そういえば、可乃先輩って」

藍川がケーキ箱の入ったビニール袋をぶらさげて、思い出したように言った。「昨日、佐久間さんが打ち合わせだったってことを、知らなかったみたいですよ？」

「え？」

春馬は思わず目をぱちくりとさせた。「え……あれ？　言わなかったっけ。シフトの調整を頼んだ時に、一緒に伝えたつもりだったんだけど」

「俺が話したら、初耳だって顔をしてましたよ」

「あれ、そうだったっけ」

記憶が定かではなくて、春馬は戸惑った。可乃には深瀬と打ち合わせで会う場合は、ちゃんと事前に知らせるようにしていた。別にそうしろと言われたわけではないけれど、何となく暗黙の了解でそういうやりとりをするのが当たり前になっていたのだ。

もしかして、今日一日可乃の機嫌が悪かったのは、そのせいだろうか。

考えあぐねていると、ふと視線を感じた。ハッと我に返った途端、じっとこちらを見つめている藍川と目が合った。可乃や深瀬をはじめ、見下ろされることに慣れている春馬にとって、目線の高さがほぼ同じ相手と話すのはまた違った意味で緊張する。

「な、何？」

「佐久間さんって」

藍川がじっと見据えながら、世間話をするような軽い口ぶりで言った。

「深瀬先輩のことが好きだったんですよね」

「――――！」

あまりにも直球すぎて、春馬は絶句してしまった。口をパクパクさせる春馬を興味深そうに見ながら、藍川がおかしそうに笑った。

「そんなに驚かなくても。結構バレバレでしたよ？」

「ウソ！」

「可乃先輩も知ってましたよね。知らなかったのは、深瀬先輩だけだったんじゃないかな」

「あ、あの……」

「うちは男子校だったし、そういう話がわりとフツーに周りにありましたもんね。当時は感覚が麻痺《まひ》しちゃってたのか、特に何とも思わなかったな。まあ社会に出たら、あまりおおっぴらにできる思い出話じゃないですけど」

「あの、藍川くん、その、俺は……」

あわあわとする春馬は、半ばパニックに陥っていた。カアッと首から顔にかけて一気に熱くなり、どうすればいいのか思考が上手くまわらない。

「も、もう、昔のこと、だから」

喘《あえ》ぐようにようようそれだけ伝えると、藍川が僅《わず》かに目を眇《すが》めた。

だから今更、深瀬に余計なことを喋《しゃべ》らないで欲しい——そんな、春馬の懇願が彼にも届いたのかもしれない。彼はあっけらかんと言った。

「別に、深瀬先輩にバラしたりしませんよ」

「ほ、本当に？」

「はい」と藍川が頷く。

「そ……そっか、ありがとう」

春馬はホッと心の底から胸を撫《な》で下ろすと、藍川が「お礼なんか言われても」と複雑そうに眉根を寄せた。

小さくため息をついて、藍川がじっと見てくる。相手の目を必要以上に見つめるのは彼のクセだろうか。頭の中まで見透かされそうな気がして、そわそわと落ち着かない。

「俺だけが佐久間さんの秘密を知っているのって、いい気分じゃないですよね」

藍川がぽつりと言った。彼は可乃と深瀬のことは先輩と呼ぶが、春馬にはそうしない。もちろん、とっくに高校を卒業した身分なのだから呼び方はどうでもいいのだけれど、彼の中で明確な線引きがされているのは明らかだった。

「俺」と、藍川がふっと厨房のガラス窓に目を向けた。

「可乃先輩が好きだったんですよ」

「……え？」

「告白もしたんです」

独白のように紡《つむ》がれた言葉を聞いて、春馬は思わず目を丸くする。

凝視した先、藍川は窓ガラスを見つめたまま「でも、あっさりフラれたんですけどね」と軽い口調で言った。

「そういえば佐久間さん、眼鏡《めがね》を替えたんですね」

急に水を向けられて、春馬は焦《あせ》る。

「――あ、ああ、うん。ずっと使っていたのが壊れたから」

「ふうん。昔掛けてた丸いヤツより、そっちの方が似合ってますよ」

「……あ、ありがとう」

可乃が見立ててくれたものだとは、言えなかった。ぐっと喉元《のどもと》に力を入れると、まるでそこに小骨が引っかかっているような違和感を覚えた。

まさか二人の間にそんなことがあったとは、想像もしていなかった。だが、引っかかっていたいくつかの疑問がその一つの答えですべて腑《ふ》に落ちる。ただの憧れの先輩ではなかったのだと、藍川の気持ちを知って妙に納得すると同時に、春馬は動揺を隠せなかった。

「あ」と、藍川が小さな声を漏らす。

ハッと見やった春馬は、彼の視線を辿《たど》って振り返る。

どきりとした。

奥で作業をしていたはずの可乃が、ちょうど二人が立っている場所から見える位置に移動してきたところだった。おずおずと視線を藍川に戻す。

彼はじっと可乃の姿を見つめていた。

その横顔を眺めていると、なぜだか春馬までが胸が締め付けられたみたいに苦しくなる。

突如、強烈な嫌悪感《けんおかん》が込み上げてきた。胸が切ないくらいに苦しい。こんなの――こんな彼はまるで、昔の自分を見ているみたいだ。深瀬の姿を一生懸命に目で追いかけていた、あの頃の自分と藍川が重なって、いたたまれなくなる。咄嗟《とっさ》に彼から目を逸《そ》らす。

「――俺」と、藍川が独り言のように言った。

「やっぱり、まだ可乃先輩のことが好きみたいです」

どきっと心臓が跳ね上がった。春馬はわけのわからない胸の疼《うず》きに激しく狼狽《うろた》える。

どうして自分がこんなにも動揺しなければいけないのだろうか。可乃と藍川、二人の問題なのに。

しばし沈黙が落ちる。藍川はじっと厨房を見つめていた。

「…………」

何か話しかけなければと焦ったが、頭の中は真っ白で何一つ言葉が思い浮かばなかった。


「……い、……くま？　おい、佐久間！」

ハッと我に返ると、視界いっぱいに可乃の顔がひろがっていて、ぎょっとした。

見慣れた自分の部屋になぜ可乃がいるのだろう——と一瞬考えてしまう。仕事終わりに弁当屋で夕飯を買って帰ろうとしたら、なぜか可乃も一緒についてきたのだった。

「び、びっくりした」

「何をぼんやりしてるんだ」

トントン、とシャーペンの先でテーブルの上をつつかれる。見ると、春馬が肘《ひじ》の下に敷いたネーム用ノートには『の』の字の行列ができていた。

「わっ、いつの間に」

「一体どんな話を描くつもりだよ」

にやにやと厭味《いやみ》ったらしく笑う可乃が、意地悪く突っ込んでくる。春馬は恥ずかしさに顔を火照《ほて》らせながら、『の』の字の大群をせっせと消しゴムで消していった。

「そういう可乃は、何を書いてるんだよ」

「あ？　おいバカ、何すんだ」

隙《すき》をついて、可乃が肘に敷いていた小ぶりのノートを奪う。

「……コガネムシ？」

「ふざけんなよ。お前の目は節穴か？　どっからどうみてもレモンジュレだろ」

「げ」春馬は目と口をあんぐりと開けた。「芸術だ」

「……お前、いい加減にしろよ？　バカにするにもほどがあるだろ」

可乃が奪い返したノートでバシッと春馬の頭をはたく。

「それ、新作？」

「ああ。これから夏に向けて、ケーキ類は売り上げが落ち込むからな。さっぱりとした喉越しのいいものが何かないかと思って。ジュレだと見た目も涼しげだろ」

「確かに、夏はあまりスポンジとか生クリームに手を出さないかも」

「生クリームも使いようだな。ブランマンジェなんかはつるっとしていて食べやすいし、柑《かん》橘《きつ》系《けい》のソースやゼリーと組み合わせて爽やかさを出して、夏仕様にすればいいかもな。彩りも考えてこんな感じに」

そう言って見せてくれたデザイン画は、血を噴いた雪ダルマだった。可乃は「ラズベリーソースだ」と自信満々に主張するが、シュールすぎてコメントし辛《づら》い。

可乃の凄いところは、この壊滅的なデザイン画をもとに、色鮮やかで魅力的なスイーツを実際に作り上げてしまうことだ。スタッフの誰もが疑問に思う【プリムヴェール】の七不思議の一つだった。秘伝のレシピを盗まれたところで、他人には解読不可能だから盗作対策もばっちり。しかし誰も口には出さないだけで、仲間内にはすこぶる評判が悪かった。春馬は他のスタッフたちに秘密裏に頼まれて、可乃が書き残したタチの悪い落書きのようなレシピの数々を、写真と見比べながら清書する作業も引き受けていた。

「そういえば、今日は工藤さんや小泉《こいずみ》と何をはしゃいでたんだ」

可乃に訊かれて、春馬は消しゴムをかける手を止め、思い出す。昼間の店内で、ちょうど客足が途切れた時の出来事だ。機嫌の悪い可乃の雷が落ちた場面だった。

「ああ、えっと。深瀬に……恋人がいるって話をしてて」

途端、可乃がギロッと鋭い眼光を放ってきた。

「おい、何で深瀬の話が出てくるんだ」

「違う違う、俺じゃなくて！」春馬は慌ててかぶりを振る。「工藤さんが、深瀬のことを気に入ってて、それで彼女がいるかどうか訊いてほしいって頼まれたから」

「工藤さん？」と可乃が怪訝そうに繰り返した。

「……ああ、そういえばあの人の好きそうなタイプだな。深瀬は女がいるのか」

「うん。本人に直接訊いたから、間違いないと思うよ」

可乃が色鉛筆を指先でくるくると器用に回しながら、じいっと春馬を見つめてきた。

彼が何を言いたいのか大体のところを察して、春馬は少々うんざりする。

「もう、俺は本当に深瀬のことは何とも思ってないよ。彼女がいるって知っても、そうなのかって思うだけだったし」

「別に、何も訊いてないだろ」

「目が俺を疑ってるじゃないか。いい加減、俺を信用してくれてもいいのに」

「……気のせいだ」

可乃がバツの悪そうにそっぽを向く。そういえば、藍川もおかしなことを言っていた。

──佐久間さんは、もう深瀬先輩のことはいいんですか？

二人とも、いまだに春馬が深瀬に気があるかのように勘繰《かんぐ》ってくるのが不満だった。

──お互い、頑張りましょうね。

何を勘違いしたのか知らないが、今日の藍川はそんなふうに言い残して店を出て行ったのである。頑張るのは自分だけだろう。春馬まで巻き込まないで欲しい。

「なあ、可乃」

「ん？」

「もしかして、今、付き合っている人がいたりする？」

「……は？」

緑の色鉛筆を軽快に走らせていた可乃が、ぴたっと手を止めて顔を上げた。

「何だよ、急に」

「ほらこの前、公園で俺が質問したらはぐらかしただろ。本当はどうなのかと思って」

「……何でそんなことを知りたいんだ」

「何でって」

春馬はしばし考える。だが、どう答えていいのかわからず、「気になるんだよ」と率直な気持ちを告げた。

一瞬、可乃が押し黙る。

「気になる？　何で」

今度は春馬が言葉に詰まる番だった。

「それは、その……」

まさかここで藍川の名前を出すわけにもいかない。

「それは、言えない。でも知りたいんだよ」

「ハッ、勝手だな。そういうお前はどうなんだよ」

「俺？　お、俺は、別に……」

「今、お前が描いてる漫画って、恋愛ものなんだろ？　自分の体験談でも思い出しながら描いてんのか？」

「そ、そんなわけないだろ。……全部、妄想《もうそう》だよ」

一瞬間があって、可乃がぶっと噴き出した。

「やっぱすげェよ、お前。想像力逞《たくま》しくて尊敬する」

「何だよ、バカにするなよ。しょうがないだろ、思い出すほど俺に恋愛経験なんかないんだから。可乃だって知ってるくせに。妄想して描いて、漫画の中で主人公には幸せになってもらって、それで俺は満足してるんだよ。そりゃ可乃はさ、俺の知らないところでいっぱいモテてたかもしれないけど……」

「は？」

春馬は危うく口を滑らせそうになって、慌てて口を噤《つぐ》んだ。誤魔化《ごまか》すようにカチカチとシャーペンの尻《しり》をノックして、芯《しん》を無意味に伸ばす。

「なあ」可乃がふと何かに気づいて、指先でトントンとノートを叩《たた》いてきた。「これも、お前の妄想？」

にやにやと人の悪い顔をした可乃を睨みつけて、春馬は急いで手元に目を落とす。ノートの端っこに見つけたのは、走り書きした【バーベキューパーティー】の文字だ。

「お前、インドア派のくせに、バーベキューなんかするのかよ」

「……どうせ俺はしたことないよ。今回の漫画の主人公にやってもらうんだ」

「そのうち世界一周旅行もできそうだな。漫画の中で」

くそっ、バカにして！

春馬はシャーペンの尻を連打しながら、可乃を恨《うら》めしげに睨みつけた。にやにやと笑う可乃は心底楽しそうだ。ひとしきり春馬をバカにした後、彼は「しょうがねえな」と言った。

「今度行くか」

「え？」

「どこか近場でバーベキューのできる場所を探して、行ってみるか。どうせならお前も実際に体験した方が漫画も描きやすいだろ」

「い」春馬は思わず身を乗り出して訊ねた。「いいのか？」

「ああ。来週は昔世話になったシェフと会う約束をしてるから、その次の休みにでも……」

「空いてる！　うん、行きたい！」

「そんなに嬉しいかよ、現金なヤツ。そういえば、次の打ち合わせはいつなんだ」

「打ち合わせ？　あー、えっと……このネームができてみないとまだわからないんだけど」

春馬は言いながら、先の藍川の言葉を思い出した。

「昨日、実は打ち合わせだったんだ。俺、ちゃんと可乃に伝えたつもりだったんだけど、言ってなかったんだよな？　勘違いしていたみたいで、ごめん」

「……藍川に訊いたのか」

「うん。昨日、一緒にゴハン食べに行ったんだって？」

思わず探るような言い方になってしまって、春馬はちらっと上目遣いに真向かいの様子を窺《うかが》う。しかし可乃は特に顔色を変えることもなく「ああ」と素っ気無く答えただけだった。

「可乃は打ち合わせのことを知らなかったみたいだったって、藍川くんが教えてくれて」

「他には何か言ってたか？」

「他？」

咄嗟に訊き返したが、すぐに可乃は思い直したように「いや、何でもない」と言った。

それっきり黙ってしまった彼の態度が気になって、ざわりと胸が粟立《あわだ》ったような嫌な気分になる。

「もうこんな時間か。そろそろ帰るわ」

それからしばらくして、時計を確認した可乃が腰を上げた。

「明日も早いし。お前もあんまり遅くまで根詰めてやるなよ」

「うん。適当に切り上げて寝るから」

可乃を玄関まで見送る。一人になると、ローテーブルからいつもの作業机に移動した。椅《い》子《す》に座って、真っ白なノートの紙面をぼんやりと眺める。

可乃はあの時、本当は何が訊きたかったのだろうか。

他にも藍川とは何か特別な話をしたような口ぶりだった。藍川は、春馬が知らない可乃のことを知っているに違いない。それは春馬には教えたくない話なのだろうか。

よくよく考えてみると、春馬は可乃のことをほとんど何も知らない。昔は特に、春馬は自分の話をするばかりで、可乃はいつも聞き手役だった。結局、可乃の恋愛事情は聞き出せないままだし、誕生日もつい先日知ったばかりだ。

もし、可乃に恋人がいなかったとしたら、藍川はどうするつもりだろう。一度フラれた相手に改めて自分の気持ちを伝えるのは、怖くないのだろうか。

藍川はおそらく、当時から可乃の誕生日を知っていて、会わなかったこの八年間もずっと覚えていたのだろうなと思った。春馬が深瀬の誕生日を記憶したまま忘れていないのと同じだ。いや、藍川の場合は現在も変わらず可乃に想いを寄せているのだから、記憶し続ける重みが違う。ふと、彼の切なげな声が脳裏に蘇《よみがえ》った。

――俺、やっぱりまだ可乃先輩のことが好きみたいです。

「……だから！　何でそんなことを俺にいちいち報告するんだよ。自分たちだけで勝手にやればいいだろ。俺は関係ないのに」

そう言いつつもなぜだか無性に苛々《いらいら》してきて、その夜もネーム作業は難航した。

「……何で、可乃までいるわけ？」

テーブルの脇に立った深瀬が二人の姿を見つけて、呆れたようにため息をついた。

「メシを食いに来たんだよ」と、可乃が悪びれたふうもなく堂々と言ってのける。

「別におかしくないだろ、このファミレスは店からも近いし。普段からよく利用する」

「ごめんな、深瀬」

「何でお前が謝るんだよ」

「そうだよ、佐久間は悪くないって。どうせこいつがワガママを言ってくっついてきたんだろうし」

「おい、ワガママって何だよ」と可乃が深瀬をギロッと睨み付ける。「え？　だって実際そうなんだろ」と深瀬が人好きのする笑顔で応戦して、可乃のこめかみがぴくっと動く。

おろおろと二人を見守っていた春馬だったが、血の気が多い可乃がイラッとする気配を瞬時に察して、思わず「落ち着いて」と隣から太い二の腕を掴み、どうどうと押さえた。

「……別に、お前の仕事の邪魔をするつもりはねェよ」

可乃がバツの悪そうに眉根を寄せてぶつぶつと呟《つぶや》く。

「俺は最初から、深瀬にメシをご馳走《ちそう》になったらすぐに帰るつもりなんだから」

「ちょっと待て。何で俺が可乃にまでご馳走しなきゃいけないんだよ。高校の頃に貸した五百円もまだ返してもらってないのに。あ、佐久間はどんどん注文してくれよ」

深瀬が笑顔でテーブルに立てかけてあったメニューを「はい」と春馬に渡してきた。

「……おい、えらい態度の違いだな」

「そりゃそうだろ。佐久間はうちで描いていただく大事な漫画家さんなんだから。タダメシを狙《ねら》ってくっついてきたお前とは違うよ。あの五百円は店の開業祝にやるから、可乃はそれで何か食べろよ。ほら、これならワンコインだぞ」

「随分と安い祝い金だな。いつまでもちっちゃいことをネチネチと言ってんじゃねェよ。肝心なところはとことん鈍いくせに。佐久間、どんどん注文しろってさ。ほら、いっぱい食っとけ。俺はダブルチーズハンバーグな。あとピザも」

「え？　ダブルチーズ？　えっと、どれ？　ああ、これか。じゃあ、俺も同じの。ピザはどれにする？」

「……佐久間。しつけの悪い犬はちゃんと叱らなきゃダメじゃないか」

なぜか深瀬が憐《あわ》れむような眼差《まなざ》しで見てきたが、春馬はよく意味が理解できなかった。

「おい、誰が犬だ」「アハハ、こんな目つきの悪いデカ犬、いらねー」「ふざけんな、お前が言ったんだろうが！」

深瀬がゲラゲラ笑い、可乃がイラッとテーブルの上に身を乗り出した時だった。

突然バンッと横の窓ガラスが鳴って、三人はぎょっと固まった。

窓の外、恨めしそうな顔をした藍川がべったりとガラスに張り付いていたのである。

「三人だけでズルイですよ。俺も呼んでくれればいいじゃないですか！」

あっという間に店内に現れた藍川が当たり前のように同席して、四人掛けのボックス席はぎゅうぎゅうになってしまった。

一般的な成人男性の体形である春馬と藍川に比べて、深瀬は細みだが身長百八十センチを超えているし、可乃は更に大きい。

春馬の正面には深瀬がいて、可乃と向かい合う形で藍川がにこにこと座っている。

昼間も店を訪れた藍川と可乃が喋っているところを目撃している春馬としては、できれば一日の終わりにまでこの光景を見たくはなかった。藍川の気持ちを知ってからというもの、彼が来店すると、以前よりも可乃の動向に敏感に反応してしまう自分がいる。別に後輩が先輩と仲良く話をしているからといって、何を咎《とが》めることもないのだけれど、どういうわけか藍川の存在は春馬をそわそわと落ち着かない気分にさせた。

何より、彼の積極性に驚かされる。たとえば、春馬だったら一度失恋した相手にはもう二度と会いたくないと思うし、会ったとしても自分から声をかける勇気はない。しかし藍川はそんな春馬の後ろ向きな考え方とはまったくの逆で、ぐいぐいと可乃に接近している。

肝心の可乃は、藍川のことをどう思っているのだろうか。

ちらっと隣を横目に窺い、笑っている可乃を見てすぐに後悔した。藍川が加わったことにより、物理的にも心理的にも窮屈になったような気がして、春馬は複雑な気分になる。

「別に遊んでいるわけじゃないよ、これも打ち合わせだから。可乃がいることは俺だって知らなかったんだ。藍川は小野先生のところじゃなかったのか」

「その予定だったんですけど、今日は都合が悪いって追い返されました。もう、本当にあの人は気分屋だからなあ」

藍川がプリプリと愚痴《ぐち》る。随分と打ち解けているのだなと、少し意外に思った。

春馬もこれまで何人かの編集者とかかわったが、相手に迷惑をかけてはいけないと思うし、やはりお互いに線を引くところはきっちり引いていた気がする。しかし藍川の話を聞いていると、それはただ春馬のコミュニケーション力が足りないだけなのかもしれないと考えさせられた。話だけを聞いて想像するに、小野という漫画家は担当の藍川を振り回し、迷惑をかけっぱなしのようだ。

その小野は、実は春馬と同じ男性らしい。深瀬たちが作っている少女漫画雑誌に現在連載中の作家は十数人いるそうだが、男性漫画家は小野一人だという。そこに春馬も加わるかもしれないと思うと、人間性は疑わしいものの、一方的に親近感を覚えてしまうのだった。

「佐久間にも頑張ってもらわなきゃな。少年誌や青年誌で活躍する女性漫画家さんは多いけど、少女漫画を描く男性作家がもっと増えると面白いと思うし」

「佐久間さんの絵って、少女漫画を読む層の女の子には受けると思いますよ。逆に、少年漫画には向かないですよね」

藍川がメニューを見ながら、きっぱりと言い切った。ちょっとショックだ。

「……そ、そうかな？」

「はい。スピード感よりも空気感を重視した作風なので、一般的にも男性より女性受けする作品だと思います。心理描写が秀逸で、俺はすごく好きなんですけど。もしかしたら、もっと上の年齢層を狙ってもいいかもしれませんねえ。うちの会社にも、少女漫画だけでも何誌かあるんですよ」

「確かにな。でも俺としてはまあ、しばらくはうちで頑張ってもらいたいんだけどね。丸井さんも同じ気持ちだろうし」

「うん。まずは連載枠が取れるように頑張るよ」

二人にかけてもらった言葉は胸に染み入り、物凄く嬉しかったが、それだけに足踏みしている今の状態が歯痒《はがゆ》かった。仕事に対する気持ちは真摯《しんし》に前を見据えているのに、結果がなかなかついてこない。

わいわいと食事を終えて、春馬は食後のコーヒーを飲みながら、深瀬がネームに目を通すのを黙って待っていた。

仕事の邪魔はしないと豪語していた可乃は、通路を挟んだ隣に席を移していた。もちろん藍川も一緒だ。

こちらのテーブルが静かなので、聞きたくもないのに隣の話し声が耳に入ってくる。

——可乃先輩はどうなんですか？

——可乃先輩はどう思います？

——俺も、可乃先輩と一緒です！

可乃先輩、可乃先輩、可乃先輩。嬉々《きき》とした藍川の声が、まるでそれしか知らないみたいに可乃の名前を何度も繰り返す。

何だろう、この気持ちの悪さは——春馬はざわざわする胸の辺りを無意識に押さえて、一気にコーヒーを飲み干した。さっきから、隣のテーブルの様子が気になって仕方ない。藍川は、それは大好きな可乃と二人で向かい合って座っているのだから、もう楽しくてしょうがないのだろう。

では、可乃はどうだ？

また彼も満更でもないように、いつもの仏頂面を崩して笑いながら相槌《あいづち》なんてものを打っているから、ますます春馬を苛つかせた。藍川を振ったと言っても、もう八年も前の学生の頃の話だ。大人になった今の可乃なら、当時とは大分考えが変わっているかもしれない。

そもそも可乃の恋愛対象に同性は入っているのだろうか。自分も同性を好きになった経験があるから違和感が薄れているけれど、たとえば深瀬は今も昔も交際相手は女性だ。

自分は本当に可乃のことを何も知らないんだなと思うと、何だかひどく落ち込んだ。

「――うん」

ふいに、対面の深瀬が口を開いた。

ハッと現実に引き戻されて、春馬は緊張気味に訊ねる。

「どうかな？」

「うん。率直に言わせてもらうと、良くも悪くも『普通すぎる』っていうことかな」

深瀬が少し考えるような間をおいて、言った。「俺が読みたいのは、佐久間独特の空気感やセリフ回しや、ちょっとした空白の中にも読み手の想像を掻《か》き立《た》てるようなキャラクターの心理描写だったり……そういうものなんだよね。今のこれは、おそらく少女漫画を意識しすぎたんだと思うけど、佐久間の個性がまったく活《い》かされてないような気がする」

「……そうか」

春馬はがっくりと項垂《うなだ》れた。初挑戦のわりには案外それらしく描けたのではないかと、本音を言うと少し自信があったのだ。ばっさりと斬《き》られて、軽く落ち込む。

「キャラクターも、主人公は一生懸命で素直ないい子だから共感できるけど、相手の男の子の魅力がいまいちわかりづらいかな。優しいけど、それだけじゃ話を引っ張るには弱い」

深瀬のアドバイスを懸命にメモしていると、ふいに隣の席から笑い声が上がった。

「あと、こういう場合だと女子はもっと焦ると思うんだけど……佐久間？　聞いてるか」

トントン、と指先でテーブルをつつかれて、春馬はハッと我に返った。

「あ、ご、ごめん。もう一回、言ってもらえるかな」

「いいけど、大丈夫か？」

慌ててシャーペンを握り直した春馬は、「え？」と紙面から目線を上げた。深瀬が心配そうにこっちを見ている。

「顔色がよくないぞ。ちゃんと寝てるか？　目の下にクマができてるけど」

春馬は思わず手で目元を覆った。今朝、まったく同じことを可乃にも指摘されたのだ。そんなに酷い顔をしているだろうか。

「うん、大丈夫」

「今、他誌で一本連載中だっけ。そっちが忙しい？」

「そんなことないよ。もう最後の仕上げに取り掛かってるところだし」

「そっか。あんまり無理するなよ。こっちはまだそんなに切羽詰まっているわけじゃないんだから」

「うん、ありがとう」

頷きながら、内心で情けない自分を叱咤《しった》した。ここで踏ん張らなければダメなのだ。何となく、人生の分岐点のようなものが見え隠れしているのをうっすらと感じていた。ここで己を甘やかしてしまったら、また以前の言い訳をしてはすぐに諦める自分に後戻りしてしまう気がして、恐くなる。

「佐久間、ちょっとそのまま動くなよ」

深瀬がふいに言った。「目の横に糸くずがくっついてる。取ってやるからじっとしてろよ」

言われた通りにしていると、深瀬の指先が左目の脇を軽くつまむ感触があった。「取れた。紺色《こんいろ》の毛。お前のカーディガンじゃないか」

「あ、本当だ。ありがとう」

深瀬が指先についた糸くずをふっと吹き飛ばす。その時、「熱っ」と隣から低い声がした。

「可乃先輩、大丈夫ですか！」

どうやら、可乃がコーヒーを溢《こぼ》したようだった。備え付けの紙ナプキンをざくざくと引き抜いて、藍川がせっせと可乃の手を拭いている。

イライラする――春馬は言いようのない不快感に襲われて、すぐさま二人から目を逸らした。藍川が可乃の傍で世話を焼いていることに、わけもわからず焦りを覚える。

対面では深瀬が一人呑気《のんき》に「何やってんだ、あいつは」と笑っていた。

会計をする深瀬を外で待っていると、藍川が寄ってきた。

腰ぎんちゃくのように彼がぴったりとくっついていた可乃は、電話をかけている。

「深瀬先輩とはどうですか？」

もうさすがにうんざりだ。

「深瀬は、付き合っている人がいるらしいよ」

「あれ？　知ってたんですか」

予想外の切り返しに、春馬は思わず面食らった。どうやら藍川も深瀬に恋人がいることを知っていたらしい。それならどうして、わざわざ春馬をけしかけるような真似《まね》をするのだろうか。もし彼の言葉を鵜《う》呑《の》みにして下手に動いていたら、行き着く先はとんだ修羅場だ。

かわいい顔をしておきながら、とんだ性悪だと思う。

藍川を睨みつけるが、しかし彼はどこ吹く風という様子で懲《こ》りもせずに言った。

「うまくいってないみたいですよ、先輩たち」

「え？」

「先月くらいから、飲みに誘われることが増えたんですよね。で、その度に愚痴るんです、深瀬先輩。今はもう、どっちが先に切り出すかっていう状態まできてるみたいですから」

「……そうなのか」

「たぶん時間の問題じゃないですかね。先輩が晴れて一人に戻ったら、佐久間さんにも改めてお知らせするつもりだったんですけど。何だ、知ってたんですね」

「……うん。本人から直接聞いたから」

戸惑いがちに答えると、藍川が「へえ」と意味深に言った。

「先輩、最近ずっと元気ないんですよ。でも会社を出る前は珍しくにこにこしてて、そういえば今日は佐久間さんと打ち合わせだったな――って。さっきも楽しそうに笑ってたし、このところ急に高校の思い出話をし出すし。佐久間さんが作ってくれた、差し入れの話とか」

その時、会計を済ませた深瀬が店から出てきた。電話を終えた可乃も合流する。

「可乃先輩、駅前の本屋に寄るって言ってたじゃないですか。俺も一緒に行きます」

藍川がいつの間にか可乃の隣に移動していた。二人が並んでいる様子を見ていると、なぜだか胸の内側をざらりと砂に撫《な》ぜられたような不快感が込み上げてくる。

疲れているのかもしれない。ここ最近、自分は情緒不安定だ――春馬はなるべく二人を視界に入れないようにして、踵《きびす》を返した。

「じゃあ俺、自転車だから。道もこっちだし」

「ああ待って、佐久間。俺も一緒に行くよ」

なぜか深瀬までが方向転換をして後ろからついて来ようとするので、春馬は首を傾《かし》げた。

「おい」可乃がすかさず言った。「お前も駅だろ。そっちは方向が全然違うぞ」

「そうだけど。こっちからでも駅に行けるよな、佐久間」

「行けることは行けるけど、ちょっと遠回りになると思う」

「少しくらい歩くからいいよ。話し忘れたことがあるのを思い出した」

自転車を引いて戻ってきた春馬の背中を、深瀬がやんわりと押して促した。

「じゃあな、可乃と藍川。お疲れさま」

手を上げる深瀬の陰に隠れて、春馬もおざなりに挨拶《あいさつ》を交わす。「お疲れさまでした」と藍川の陽気な声が聞こえてきた。可乃の声は聞こえない。

深瀬と一緒に横断歩道を渡りながら、春馬はちらっと背後を振り向いた。

肩を並べて駅に向かう二人の姿が飛び込んできて、振り返ったことを後悔した。

○

相変わらず藍川は店にやってきた。

そのたびに春馬は気分が沈む自分を持て余す。

どうしてそんなふうに思うのか、自分でも自分の気持ちがよくわからない。

藍川が可乃を想うのは勝手だ。それは春馬が横から口出しできるものじゃないし、もし可乃が受け入れるのならば、結果としてそれが一番いいのだと思う。

可乃には幸せになってもらいたいし、付き合い始めれば、二人を祝福するのは友人として当然のことだ。

そう、頭では考えているのに、どうにも胸のざわつきが収まらない。

「佐久間くん、シェフとケンカでもしたの？」

いつも通りに接客をこなしていると、ふいに工藤が訊いてきた。

内心ぎくりとする。

「……別に、そんなことないですよ？　どうしてですか」

「何だかここ数日、二人の様子が変だから。さっきもシェフがこっちに顔を出した時に、佐久間くん、目も合わせなかったでしょ。シェフのイライラもマックスだし、佐久間くんもぎこちないし。見てると、こっちまで緊張するんだけど」

女性の勘は鋭い。

ファミレスで打ち合わせを兼ねて四人で食事をした翌日のことだ。

出勤すると、さっそく可乃に捕まった。わざわざ遠回りをしてまで春馬と同じ方向に帰った深瀬の話が何だったのか気にかかっていたらしく、怖い顔をした可乃に問い詰められた。

特にどうという話題でもない。丸井の誕生日が迫っていて、仕事で迷惑をかけた礼をしたいと深瀬に彼女の好みを訊かれただけのことだ。春馬の方が彼女との付き合いは長く、記憶にある限りの情報を伝えて、深瀬とは別れたのだった。

探られても痛くも痒くもない話だったが、しかし可乃があまりにも執拗《しつよう》に探りを入れてくるので腹が立った。自分だって藍川と二人、一体何を話していたのか。訊いたところで、どうせまたはぐらかされてしまうのだろう。藍川のことを思うとなぜだか無性に苛立ってしまう春馬は、ついムキになって彼を突《つ》っ撥《ぱ》ねてしまったのだ。

――別に、何だっていいだろ。可乃には関係のない話だよ！

あの時の可乃は思わずこっちがびくっと震えが走るほど、恐ろしい形相をしていた。怒られるのかと一瞬覚悟をしたものの、可乃は冷やかに春馬を睨みつけただけで、さっさと一人先にバックヤードを出て行ってしまったのだった。それから今日まで、彼とはほとんど口をきいていない。

「すみません。実はちょっと、言い合いになってしまって」

渋々明かすと、工藤も納得がいったみたいに「そっか」と頷いた。

「まあ、ケンカするのは仲のいい証拠だけど、仕事とプライベートは分けてくれるとありがたいかな」

「はい、すみませんでした。気をつけます」

「余計なお世話かもしれないけど、早いうちに仲直りした方がいいよ。佐久間くん、真面目だからさ。またいろいろと考えて眠れなかったんじゃないの？　目が赤いけど」

「え？　あー…いや、これはそういうのじゃなくて」

「私、今日は先に上がらせてもらう予定になってるんだけど、大丈夫？」

「大丈夫ですよ。ご両親が上京されているんですよね。この後、食事に行くんでしたっけ」

「そうなの。最近、お見合いしろってうるさくてさあ」

小言を漏らし始めた工藤から、春馬は充血した目を隠すようにして横を向いた。可乃との関係もぎくしゃくしているが、寝不足の理由は漫画の作業がなかなか思うように進まないからだった。机に向かって集中している時に限って、邪魔をするみたいにふっと余計な映像が脳裏をよぎり、ペンの進みを遅らせる。大抵セットで、藍川の『可乃先輩！』が聞こえてきて、ひどく癇《かん》に障った。

どうしてこんなにも苛々するのだろう。

何度も同じことを考えては、一向に答えが見つからない。

いいじゃないか、藍川を応援してやれば。あんなに健気《けなげ》に毎日店にやって来て、可乃を一途に想い続けているのだ。苛々する理由がわからない。

「こんにちは」

聞き覚えのある声がして、春馬はぎくりとした。

営業を終了したカフェスペースの片付けをしていた春馬は、咄嗟に戸口に背を向ける。テーブルを拭きながら、落ち着け落ち着けと自分に言い聞かせた。藍川の声に反応して、心拍数が一気に跳ね上がったせいだ。

いつもなら工藤が真っ先に声をかけるのに、店内は静まり返っている。ああ、そうだ。ついさっき、彼女は一足先に上がったのだった。

仕方ない——春馬は深呼吸をして、重たい足取りで販売スペースに戻る。

「いらっしゃ……」

「いらっしゃいませ」

ところが、春馬よりも先に藍川に声をかけた人物がいた。

なぜか厨房から出てきた可乃が藍川の接客にあたっている。閉店間際とはいえ、いつもなら明日の仕込みをしていて店には滅多に顔を出さない彼だ。

相手が藍川だからだろうか。

冷静に考えれば、工藤が上がり、春馬は奥まったカフェスペースにいたせいで店員が見当たらず、急遽可乃が出て来てくれたのだろうと察することができたかもしれない。

「可乃先輩！　珍しいですね、接客してくれるなんて」

「人手が足りないんだ。今日はまだエクレアが残ってるぞ」

「俺が好きだって言ったの、覚えていてくれたんですか」

「お前が寄る時間にはいつも売り切れていてなかなか買えないって、ブツブツ文句を言うからだろ。確かに売れ筋だからな。少し数を増やしたんだ」

嬉しそうに笑う藍川の横顔がきらきらしていた。全身で可乃のことが好きだとアピールしているみたいだ。こんなあからさまな好意を向けられて、可乃は気づかないのだろうか。

苛々する。

春馬とは依然気まずいままなのに、藍川が相手だと冗談を言って笑い合っている可乃を見ていると、言いようのない苛立ちと焦燥感が胃の底から一気に迫り上がってきた。

何だろう、この感情は。

とにかく、可乃が藍川と仲良くするのが気に入らなかった。可乃の隣にいるのは自分だったはずで、藍川にその場所を渡したくないというドロドロとした感情が込み上げてくる。

子どもじみた独占欲なのかもしれなかった。

理屈ではなく、大事な友人を後輩にとられるのがきっと嫌でしょうがなかったのだろう。

「俺がやるから！」

気づくと、春馬は可乃に駆け寄り、横から強引に箱を奪っていた。

突然割り込んできた春馬に、可乃が虚を衝《つ》かれたみたいに一瞬動きを止める。その隙にただでさえ狭い通路に無理やり体を捩《ね》じ込んで、可乃を脇に押し退《の》けた。エクレアを摑もうとして――焦った手が滑る。

「あ！」と声を上げた時には、もうエクレアは床の上に落ちて、横倒しになっていた。

「……おい」

可乃の地を這《は》うような低い声に、春馬はびくっと背筋を伸ばして固まった。

客の藍川を前にして怒りを抑えた声は、怒鳴られるよりも一層深く、重く春馬の胸を突き刺す。一瞬、頭の中が真っ白になった。

「邪魔だ。どいてろ」

茫然《ぼうぜん》と床を見つめていると、可乃に肩を強く摑まれた。そのまま押しやられて、春馬はよろよろと数歩後退《あとじさ》る。

「藍川、悪いな。エクレアを二個の注文だったのに、一つダメになってしまった」

「別に構いませんよ」

騒動の一部始終を見ていた藍川が、笑って首を横に振る。

「他の商品で何かいいのがあれば、取り替えさせてくれないか。もう閉店だし、いくつでもいいぞ。もちろん、代金はいらないから」

「いいんですか？　それじゃ、お言葉に甘えて。こっちのミルフィーユと、あとレアチーズも。先輩のケーキ、どれも美味しいからむしろラッキーですよ」

軽い口調で藍川が言い、可乃が「ありがとう」と礼を返す。

二人のやりとりを脇で茫然と聞いていた春馬は、心の底からいたたまれなかった。可乃を謝らせ、藍川には気を遣わせてしまった。情けない自分が本気で嫌になる。

ご機嫌な様子の藍川を外まで見送った可乃が、店に戻ってきた。

落としてしまったエクレアの後始末をしていると、さっと頭上に影が差す。

「おい」

びくっと全身を硬直させた。

「……ごめん。代金は、俺のバイト代から引いてくれ」

「そういう話じゃないだろ」

可乃が苛立ちを押し殺すようにして、低く訊いてくる。

「何で、あんな無茶なことをした」

「それは……」

春馬は一瞬言い澱《よど》み、蚊の鳴くような声で「俺の仕事だから」と答えた。

嘘だ。本当は、一刻も早く可乃を藍川から離したかったからだ。これ以上、二人が楽しそうに話す様子を遠くから見続けるのは、耐えられなかったのだ。

春馬はぐっと奥歯を噛《か》み締める。可乃が聞こえよがしのため息をついた。

「横からあんなふうに強引に割り込んできたら、ああなるって予想がつくだろ。交代するならするで、まずきちんと断ってから行動に移せ。さっきのは藍川だったから笑って許してくれたんだ。客の前でプロ意識の欠けたみっともない真似をするな」

「……みっともない？」

当然だろう。責められても何も文句は言えない失敗をしてしまったのだ。毎日可乃が心を込めて作り上げるケーキを、自分の身勝手な行動のせいで廃棄処分にしなくてはいけない。

そして、更にみっともないことに、春馬は藍川に嫉妬《しっと》していた。

「おい、佐久間？」

ハッと我に返る。可乃が怪訝そうに見下ろしてくる。ぼんやりと見上げながら、春馬は自分の頭に浮かんだ嫉妬という言葉に愕然《がくぜん》とした。

「……え？」

「お前、顔色が悪いぞ。また昨日も徹夜をしたのか」

「……いや、違う。何でもないから」

「ウソつけ！　忙しいなら、何でバイトの時間を延長したいだなんて言い出したんだ」

だってそれは、藍川が毎日閉店間際を狙って通い詰めるから。自分の知らない間に二人が会っているのかと思うと、家にいても仕事が手につかない。可乃は普段は自分の外見を気にしているくせに、客が藍川だと気を許して店に顔を出す。二人をなるべく引き合わせないようにするには、閉店まで店に残って、自分が藍川の接客をする他ないじゃないか。

「明日からはシフトを元に戻せ。そんな赤い目をして店に立たれても迷惑だ。そのうち倒れでもしたら……」

「嫌だ！　大体、誰のせいでこんな……っ」

子どもみたいに喚《わめ》いた瞬間、強烈な眩暈《めまい》に襲われた。ぐらりと視界が歪《ゆが》んで、やわらかい粘土みたいによじれた世界が引っくり返る。

「佐久間？　おい佐久間!?」

ぷつっと、意識の糸が唐突に途切れた。

目が覚めると、春馬はバックヤードのソファの上に寝かされていた。

「気がついたか」

声がして視線を向けると、パイプ椅子に座った可乃が雑誌を脇に置いて立ち上がる。

「……俺」

「急に倒れたんだよ。寝不足からくる貧血だろうって、松田《まつだ》さんが」

「……松田さん？」

人の良さそうな年上の女性スタッフの顔を思い浮かべる。

「あの人は元看護士なんだ。脈拍も安定しているし、気を失ってそのまま眠ってしまったみたいだって言うから、起きるまで寝させておいた。いびきをかいてたしな」

「え！　……っつ」

「バカ、いきなり起きるヤツがあるか。もうしばらく横になってろ」

撥ね退けてしまった上掛けを、可乃がぶつくさ言いながら掛け直してくれる。よく見るとそれは、可乃が愛用している上着だった。彼はすでにコックコートを脱いで着替えていた。

「……お店は？」

「もうとっくに閉めた。他のみんなも帰ったぞ」

「え……今、何時？」

可乃がちらっと自分の腕時計を確認して、「十時すぎだ」と答える。

ぎょっとした。閉店間際だったので、あれから三時間以上も寝ていたことになる。

「ご、ごめん。俺のせいで可乃も帰れなかったよな」

「おい、まだ起きるな。いいから寝てろ」

大きな手のひらで春馬の額を押さえつけてきた可乃が、ぶっきら棒に言った。

「この前は悪かったな」

「え？」

「お前のことを、別に疑っていたわけじゃないんだ」

バツの悪そうに顔を歪める。「深瀬も深瀬だ。あんな意味深なことを言われたら、誰だって気になるだろうが。お前もあっさりあいつと帰ろうとするし」

先に謝られてしまったら、些細《ささい》なことで腹を立てていた自分が無性に恥ずかしくなった。

「俺もごめん。カッとして、変な意地を張ったから」

「お互い様だな」

可乃がふっと笑って「いい年して、ガキみたいなケンカをしてるな」と呆れたように言った。体温低めの手のひらがそっと春馬の頭を撫でる。どきっとした。

「忙しいのもわかるが、倒れたら元も子もないだろ。散々言ってるのに、バカだな」

頭上から降ってくる言葉は相変わらずきついけれど、頭を撫でる手つきは正反対に優しくて、胸が締め付けられるみたいに苦しくなった。

「……ごめん」

「あんまり、心配させるなよ」

少し熱っぽい声音に、どうしようもなく切なくなる。

胸を占める圧倒的な想いに、もう誤魔化せないと観念するしかなかった。

「どうした？」

目が合って、可乃が心配そうに問いかけてきた。それだけで、心臓が底から突き上げられたみたいに大きく跳ねて、瞬《また》く間にカアッと首筋から熱が上ってくる。

「……何でも、ない」

焦って上掛けを口元まで引き上げた。途端に可乃の匂いが濃くなる。ケーキの甘い匂いではなくて、可乃自身の匂い。胸の高鳴りが一層激しくなって、体中からこの想いが溢《あふ》れ出してしまわないかと怖くなる。——気づいてしまった。

可乃のことが、好きだ。

■10■

友情と恋情の境目はどこだろうか。

どこまでなら友人と付き合う範囲として認められるのだろう。

男女なら、人それぞれ意見は分かれるだろうけれど、なんとなく段階がわかる。でも男同士だと、たとえば二人きりで食事をするぐらいならまったく問題ないだろうし、一緒に遊びに行ったり、互いの家に寝泊りしたり、場合によってはふざけて股間にタッチぐらいはよくある話だ。春馬は男子校だったけれど、体育の着替えなどでは真っ裸になっているヤツもいたくらいだ。でもそれを見たからといって、いちいちドキドキなんてするわけがない。

ようは、いつも通りにしていればいいのだ。

そうすれば、よっぽどのことがない限り、春馬が可乃に好意を持っていると気づかれることはない。二人は高校時代の同級生なのだと周囲はみんな知っている。多少親しくしていても、それは普通のことだ。

可乃のことが好きだと自覚したその日の夜、春馬は一人きりで考えて、結論を出した。

――この気持ちは絶対に誰にも言わず、自分一人の中だけに留めておこう。

怖いのは本人にバレることと、もう一人、藍川に知られてしまうことだった。

藍川の前で大失態をおかしてしまった件は、深く反省している。あの時の春馬は我ながらおかしかった。今となっては原因がはっきりして、春馬自身はかえってすっきりしたのだけれど、そのせいで藍川に変に勘繰られては困る。

藍川は相変わらず【プリムヴェール】の常連だ。可乃も手があくと店に出てきて、彼と親しげに喋っている様子を見るのは、春馬にとって辛いことだった。

見てはいけないと思いつつ、楽しそうな二人についチラチラと視線を送ってしまう。

藍川と目が合ってしまった時が、一番恐ろしかった。

後ろめたさと罪悪感が一気に押し寄せてきて、心臓が潰れてしまいそうになるのだ。せめて彼の気持ちを知らなければ、ここまで気まずい思いを抱えることはなかったのに。堂々と春馬の前で可乃への想いを宣言した彼を少し恨んだ。

藍川の気持ちを知っていながら、可乃を好きになってしまった自分が途轍《とてつ》もなく悪者のように思えた。本人に知られでもしたら、きっとひどく責められるだろう。

可乃にだってバレれば距離をおかれるかもしれない。

せっかく高校当時のような関係に戻れたと思っていたのに、春馬が彼を意識していると知ったら、一気に引かれてしまうのではないか。人付き合いの極端に下手な春馬にとって唯一親友と呼べる相手なのに、その彼を裏切ってしまうような気がして、自分が許せなかった。

だから、春馬の可乃への恋情はなかったことにしなければいけない。

そして、藍川のことを見守るのが自分の役割だろうと思った。つい最近芽生えたばかりの小さな恋心が、彼の一途《いちず》な想いに勝てるはずもない。

「何をそんなに一生懸命に読んでいるんだ」

ふいに声をかけられて、物思いに耽《ふけ》っていた春馬はびくっと顔を跳ね上げた。

一人きりだったはずのバックヤードに、いつの間にか可乃がいた。

「び、びっくりした」

まさに今、可乃のことを考えていたので、春馬は目を白黒させる。平常心、平常心――と必死に自分に言い聞かせた。

「そんなに驚くことないだろ。何だよ、ヤラシイ本でも見てたのか？　ムッツリめ」

にやにやとしながら可乃が歩み寄ってきた。

「そ、そんなんじゃない」

「なになに……何だ、ただのファッション誌じゃねェか。つまんねーヤツだな」

「こんなところでそんな本を読むわけないだろ。可乃じゃあるまいし」

「……おい。俺だって読まねェよ。工藤さんや松田さんに見つかったら怒られるからな。お前が漫画以外を読んでるのも珍しい」

「小泉くんにもらったんだ。もう読み終わったって言うから」

「漫画の参考にでもするのか？」

「それもあるんだけど……」

言葉尻を濁すと、可乃が「何だよ」と訊いてくる。

「俺の服、地味だって言われたから」

可乃が一瞬、ぽかんとしてみせた。春馬は恥ずかしくて思わず俯《うつむ》く。

「誰に」

「……工藤さん。いつも俺を見ると黒かグレーか茶色だって。これから夏になるのにいつ衣替えをするんだって揶揄《からか》われた」

しかも、この話題のきっかけになったのは藍川だった。すっかり顔見知りになった彼の恰好を見た工藤が、『オシャレだよねえ』と言い出したのが始まりだ。

——それに比べて、佐久間くんは地味すぎる。シックじゃないのよ、ただただ地味！

「ハハッ、工藤さんも相変わらずハッキリ言うなあ。容赦ない」

可乃に大笑いされて、春馬はガーンと自分の頭の上に描き文字が落ちてきた気分だった。工藤に揶揄われてこっそり傷つき、密《ひそ》かに藍川に対抗意識を燃やしてしまったのだけれど、可乃にまで笑われたら本気で落ち込む。

「……どうせ俺、センスないし」

「いじけんなよ。地味は地味なりにいいところがあるんだって。俺はお前の恰好、気に入ってるし。どうせなら丸メガネに戻してもいいぞ」

「バカにしすぎだぞ」

ムッとすると、可乃がニヤッと唇を引き上げた。

「似合ってるって言ってるのに、なかなかネガティブ思考が抜けねェなあ」

ふっと目尻を下げて仕方ないヤツだと笑う。その顔がいつもの人を食ったような笑い顔とは全然違って見えて、途端に胸がぎゅっと鷲摑《わしづか》みにでもされたように苦しくなった。ドキドキする自分を必死に隠そうとして、かえって顔が強張ってしまう。

「漫画の仕事はどうだ？　明日は大丈夫か？　バーベキューはできそうかよ」

ぱらぱらと繰っていた雑誌を置いて、可乃が訊いてきた。

「もちろん」と春馬は頷く。

そのためにこの一週間は体調に特に気を配りつつ、必死になって作業を終わらせたのだ。担当の十河《そごう》からはこれで入稿すると連絡があったので、あとは雑誌として出来上がってくるまで待つしかない。一方、少女漫画のネームは完全に行き詰っていたけれど、明日だけは一日仕事を忘れて楽しみたかった。

半月も前から約束していたのだ。まだ可乃が好きだと自覚する前。これは友人として遊ぶ範囲だ。

「俺、思い切って新しいデジカメを買ったんだよ」

「へえ、張り切ってるな。遠足に行く前のガキみてェ」

可乃が笑って、春馬の頭を手のひらでぽんぽんとした。いつもの小気味いい音を鳴らしてはたくわけでもなく、じょりじょりと短髪の感触を確かめるそれでもない。

最近、可乃はよくこんなふうに触れてくる。寝不足で倒れてからというもの、どうにも接し方が妙なのだ。優しくなったと感じるのは気のせいだろうか。

少々乱暴なくらいが可乃はちょうどいいのに、こんなことをされたら勘違いしてしまいそうだった。諦めるどころか、ますます好きになりそうで困惑する。

「そうだこれ、試作品を作ってみたから味見してみろよ。食後のデザートだ」

可乃が小さな容器を差し出してきた。ヨーグルトのブランマンジェの上にグレープフルーツのジュレを砕いて乗せたものだと説明してくれる。底にも黄色いソースが敷いてあって、キラキラとしたジュレの上には爽やかなミントの葉が飾ってあった。可愛らしく、涼しげな見た目は夏にぴったりだ。

「……おいしい。さっぱりしてて、暑い時期はこういうのがあったら嬉しいかも」

「だろ？」と満足そうに胸を張る可乃。

その自信に満ちた笑顔が、まだふらついている春馬の心を更に大きく揺さぶってくる。

明日の予定はもともと決まっていたものだ。だから後ろめたいことなんか一切ない。

甘酸っぱいジュレを口の中で溶かしながら、必死に自分に言い訳をする。

だが、何かを察した藍川の怒りを買ってしまったのかもしれない。

その日の夜遅くから、しとしとと雨が降り始めた。

○

翌朝、カーテンを開けて窓の外を見た春馬は、がっくりと項垂れた。

これでは野外でバーベキューなんてとてもじゃないができそうにない。

春馬は昨夜わくわくと読み耽っていた『インドアのぼくたちへ　はじめてのＢＢＱ編』を胸に抱き締めながら、ため息をついた。

中止かなと半ば諦めていると、ケータイが鳴った。可乃からだった。

『今日は無理っぽいな、バーベキューは延期だ。行き先を変更する』

てっきり中止かと思っていたので、別の日に延期になったのは素直に嬉しかった。

それにしても行き先を変更するとはどういう意味だろう。

疑問に思っていると、可乃は一方的に待ち合わせの時間と場所を告げてきたのだった。

二時間後。

早めに家を出て言われた通りの場所に立っていると、傘を差した可乃が現れた。

「よう、早いな」

「遅れたらマズイと思って」

「いい心がけだ。バイト初日の遅刻ギリギリだったお前に聞かせてやりたいくらいだな」

いつも通りの厭味を言いながら、可乃が「行くぞ」と促してくる。

「行くって、どこへ？」

そういえば、春馬はまだ何も聞かされていない。急に呼び出された目的も不明だ。

すたすたと一人先に歩き出していた可乃が、首だけ振り返って言った。

「雑誌を見ながらいじけてただろうが。地味ってバカにされないような服を探しに行くぞ」

可乃に連れられて入った店は、春馬一人ではとてもじゃないが足を踏み入れる勇気の持てない別世界だった。

今のアパートに越して来て数年が経ったが、春馬の生活圏は極端に狭い。自転車で十分もかからない駅前ですら、ほとんど探索をしたことがなかった。

こんなところにメンズショップが連なるオシャレ通りがあったとは。

可乃や小泉も普段はこういうところで買い物をしているのだろうか。春馬が熟知しているのは町内にある書店の場所と、画材を取り扱っている文房具店ぐらいである。

月曜なので、思ったほど人通りは多くなかったが、それでも人混みが苦手な春馬にとっては歩くのに苦労した。対して可乃はずんずんと一人で行ってしまう。傘を差していると余計に遅れを取ってしまい、距離がひらいて焦った。人の波に攫《さら》われそうになる。

「か、可乃。ちょっと、待って……」

「何やってんだよ」

そのたびに、振り返った可乃に腕を摑んでもらい、引き戻された。

「お前は満足に歩くこともできないのかよ」

呆れたように言われて、ペチッと頭をはたかれる。

あれ、と春馬は思うのだ。頭をぽんぽんとされるのもそうだが、最近の可乃は春馬の頭をはたく手の動きにいつものキレが見られない。これまでの漫才のツッコミ並みに鋭かったそれが、拍子抜けするほど甘いのだ。一体どうしたのだろうかと思わず心配になってしまう。

学生風のカップルと擦《す》れ違った。

彼女の方が何かを言って、彼氏が笑いながら彼女の頭を小突《こづ》いている。彼らのじゃれあう様子を眺めながら、春馬はどうにも恥ずかしくなってしまった。最近の可乃は、まさにあんな感じなのだ。

だからといって、あのカップルみたいに自分たちの間に恋人同士の甘ったるい感情がないことはわかっている。一瞬、妄想してみただけだ。職業柄、無駄に想像力が豊かな自分は、暇があると好き勝手妄想を繰り広げてしまうのが欠点だった。

実物がすぐ傍《そば》にいるにもかかわらず、脳内で都合よく動かしてしまったことに罪悪感を覚える。当然、可乃はそんなことを知るはずもない。妄想するだけなら春馬の自由だけれど、さすがに後ろめたくて、こんなことはもうやめなければいけないと反省した。

「おい、次はあの店に入るぞ」

可乃とはぐれないように、挙動不審の春馬は金魚の糞《ふん》よろしく必死に彼の後ろについて回る。可乃が見立てた服をいくつか試着させられ、可乃自ら判定を下した。

間に食事休憩を挟み、またぶらぶらと街中を歩いて回る。

何件か店をハシゴし、ぐったりした春馬が手に入れたのは、これから夏に向けて活躍しそうな麻素材のシャツとブルーのハーフパンツだ。少し細身のハーフパンツはバックの赤と黄色のジップがオシャレだと店員も勧めてきた。春馬自身は内心派手じゃないかと心配したけれど、可乃が大きく頷いたのでこれに決めた。

ふいに可乃がＣＤショップの前で立ち止まる。

好きなアーティストの新譜が出ていると言うので、春馬も付き合って中に入った。レンタルばかりでここ何年もＣＤを購入していないから、新鮮な気分でキョロキョロと辺りを見て回る。可乃は迷わず洋楽コーナーに向かった。初めて彼の好みを知って驚く。春馬はあまり洋楽を聴かないけれど、可乃の好きなものには興味があった。ＣＤを手に取るところをじっと観察して、アーティスト名を暗記しながら今度自分も聴いてみようと思う。

ああ、そうだ――春馬はふと高校時代を思い出した。

人を好きになると、その人の好みにまで興味が湧《わ》いて、自分も同じものを好きになりたいと思ってしまう。そういう心理が当時の自分にも確かにあったことを、今思い出した。

食べ物だったり、音楽だったり。あの頃はとにかく深瀬の好きなものを出来る限り知りたくて、よく可乃に情報提供を頼んだものだ。そのせいで頻繁に彼と顔を合わせていたはずだが、春馬はやはり可乃のことに関してはほとんど何も知らなかった。深瀬にばっかり夢中で可乃のことまで知ろうとしなかったからだ。

無関心というわけでは決してなかったのだけれど、それだけ当時の自分は深瀬しか見えてなかったのだろう。可乃は卵焼きの味まで覚えていてくれたのに。

ふと、脳裏に藍川の顔が浮かんだ。

きっと、藍川なら辞書のように可乃のあれこれを知っているのだろう。こっそり掻き集めた一つ一つを大切に記憶に留めてきたに違いない。人を好きになるって、そういうことだ。

今の春馬には徹底的にそれが足りない。けれども、逆にこのことが可乃への想いをすっぱりと断ち切るいいきっかけになると思った。彼のことをいろいろと知ってしまった後では、なかなか諦めがつかなくなるだろうから。

棚からCDを引き出して見ている可乃をぼんやりと眺めていると、なぜだかふいに行き詰っていた漫画のアイデアが浮かんできた。

春馬は急いで鞄の中身をあさり、いつも持ち歩いているメモ帳とボールペンを取り出す。いそいそとメモ帳を開いて、思いついたばかりのアイデアをせっせと書き始めた。

しかし、二ページ目が埋まったところでインクが掠《かす》れて、ついには出なくなる。

何か書く物を置いてないかキョロキョロと周辺を探していると、ちょうど会計を済ませた可乃が「どうしたんだ」と戻ってきた。

「ボールペンのインクがなくなって。可乃、何か書く物を持ってないか？」

「書く物？　いや、持ってない」

可乃が首を横に振ったので、春馬は「そうか」とそこで続きを書き留めるのを諦めた。ケータイに打ち込んでおこうかと思ったが、あいにく充電が切れそうだ。仕方ない。忘れないように覚えておくしかない。

「そろそろ帰るか」

唐突に可乃が切り出した。「目的は果たしたしな」

「え？　でもこれからお茶をしに、カフェに入るんじゃなかったのか。行ってみたいお店があるって言ってたじゃないか」

「そんなそわそわしながら飲み食いしても、どうせ味なんかわからないだろ。それにお前、漫画のネタを思いついたんじゃないのかよ」

春馬は目をぱちくりとさせた。

「……すごい。何でわかったんだ」

「あれでわからない方がおかしいだろ。お前、いつもそのメモ帳に何か書き付けてるし」

ペチッと甘く頭をはたかれて、「ほら、行くぞ」と可乃が歩き出した。可乃に触れられた場所が熱を持っているみたいに熱い。またドキドキしてきて、春馬は戸惑ってしまう。

店を出て、すぐに別れるのかと思いきや、可乃は春馬と同じ方向に歩を進めた。

「駅じゃないのか？」

「わざわざ戻るよりも、こっちから回った方が早いだろ」

「でも、可乃の家は駅の向こう側だろ？」

純粋な疑問を持つと、可乃が一瞬押し黙った後、ぶっきら棒に言った。

「せっかくだから、お前んちを回った後、店に寄って帰る」

「店に行くなら、あっちの信号を渡った方が近い……」

指を差した途端、ペシッと手をはたかれた。久しぶりにちょっと痛かったので、カンが戻ったのかと可乃を見れば、ギロッとなぜか苛ついた目で睨まれる。

「ぎゃーぎゃー言ってないで、さっさと行くぞ」

朝から降り続く雨は、午後になってもまったく止《や》みそうにない。

大通りを渡って人混みを抜けると、急に静かになった。ばらばらと傘を叩く雨音だけが大きく響き、水分にまみれた視界が白くけぶる。

会話はなく、黙って肩を並べて歩いた。

時折、可乃の傘と春馬の傘がぶつかって、二人の間で水滴が跳ねる。

不思議と気詰まりというものを感じなかった。可乃の歩幅に合わせて歩く一歩一歩が、とても愛しく感じられた。そうして気づく。可乃の長い足に無理せずついていけるということは、彼の方が春馬の歩幅に合わせてくれているのだ。知ってしまうと、可乃の優しさが嬉しくて、このまま永遠にアパートに辿《たど》り着かなければいいのにとまで思ってしまった。こんなふうに少女趣味なことを考えるのも、今日だけだ。明日からは、今までと変わらず可乃を友人として見るように努力する。

幸せな時間はあっという間に終わりを告げた。さあさあと降りしきる雨の中、おんぼろアパートが近付いてくる。

「じゃあな」可乃が言った。「バーベキューはまた今度、仕切り直しだな。改めて計画を立て直すか」

「うん。あ、可乃」

背中を向けかけた彼を、春馬は咄嗟に引きとめていた。

「何だよ」

「あ、えっと、あのさ。よかったら、ちょっとだけ寄って行かないか？」

可乃がきょとんとしたような顔をする。

「あ、ほら、俺のせいでカフェに行けなかったし。歩き回ったから、喉が乾いただろ？　俺も飲みたいし、淹《い》れるからさ……インスタントだけど」

一瞬、戸惑うような間をあけて、可乃が「いいのか？」と言った。

「うん！　俺の買い物に付き合ってもらったし、店に行く前にうちで少し休憩していけばいいよ。昨日、貰《もら》って帰ったマドレーヌがまだ残ってるから、一緒に食べ……うわっ」

舞い上がった足が雨で濡《ぬ》れた地面をずるんと滑った。バランスを崩《くず》して尻から転びそうになった寸前、「危ない！」と可乃に助けられる。

ころん、と傘が二つ、花が開いたみたいに地面に転がった。さあさあと雨が頭上に降り注ぐ。

「……ご、ごめん！」

春馬はしがみついていた腕から慌てて手を離し、傘を投げ出して自分を支えてくれた可乃に謝った。がっしりした彼の腕がみるみるうちにしっとりと濡れていく。

「そうだ、傘」

急いで紺色のそれを拾おうとした時だった。背後からぎゅっと抱き締められたような気がして、春馬は咄嗟にびくっと全身を硬直させた。

動きを封じるように春馬の体を腕ごと拘束しているのは、可乃の両腕だ。

更にぎゅっと腕に力がこめられて、春馬は思わずひゅっと息を飲む。

これは一体、どういう状況なのだろうか。鼓動が高鳴り、体がぶるりと震える。

「……このバカ」

ふいに、雨に混じって可乃の低い声が静かに言った。

「なんで——何もないところで転ぶんだ。手を怪我でもしたらどうするんだよ、大事な商売道具だろうが」

ぐっと可乃の腕に力が入ったのがわかった。春馬の体の肋骨《ろっこつ》辺りに圧が掛かる。頭の天辺《てっぺん》から引き上げられるような感覚があって、ピンと背筋が伸び切った。足の裏がきちんと地面について、気づくと一人で立っている。

そこでようやく、自分が途轍もなく恥ずかしい勘違いをしていたのだと思い知らされた。可乃はただ支えてくれていただけなのに、彼に抱き締められたと都合よく解釈してしまった自分のおめでたい頭が信じられなかった。

「あ」春馬は俯いたまま伝えた。「ありがとう。助かった」

「気をつけろよ」とぶっきら棒に言った可乃が、傘を拾って春馬に渡してくれる。

「悪い、やっぱりコーヒーは遠慮しとくわ。ちょっと用を思い出した」

「え、そうなのか?」

「ああ、また明日な。びしょ濡れだぞ、早く部屋に入って着替えろよ」

自分の傘を拾って差した可乃が、「そうだ、佐久間」と水の滴《したた》る前髪を掻き上げて言った。

「今、取り掛かっているネームにOKが出たら、打ち上げがてらに何かうまいもんでも食いに行くか。何が食いたい?」

唐突な誘いに、春馬は面食らった。しかし食べたい物を問われて、ふとあるものが思い浮かぶ。

「それだったら、チョコレートケーキはダメかな」

「は？」

「可乃に、チョコレートケーキを焼いて欲しいんだ」

春馬のリクエストに、可乃が珍しく目をぱちくりとさせた。想定外だったのだろう。相当驚いたようだったが、僅《わず》かな沈黙を挟んで「わかった」と頷いた。

「作ってやるよ、腕によりをかけてとびっきりのヤツをな。だからお前も、仕事頑張れよ」

そう言って、見たこともないくらい優しげに目を細めた可乃が、また春馬の頭をぽんぽんとする。心臓が、まるで小動物の鳴き声みたいな奇妙で切ない音を立てた。

春馬にとってのチョコレートケーキは、失恋の象徴みたいなものだ。

可乃が作ったケーキで終われるのなら、それもいいかなと思う。少しほろ苦い、上品な甘さが熱い舌の上でとろけるのを想像して、思わずごくりと喉が鳴った。

去って行く可乃の後ろ姿を見送りながら、今すぐ走ってあの背中に抱きついたとしたらどうなるのだろうと、つい不毛な妄想を膨らませる。

しかし藍川の顔がちらついた瞬間、猛烈な罪悪感に襲われて、強制的に打ち切った。

11

「いよいよヤバそうですよ、深瀬先輩」

ちゃっかり対面に座った藍川が、テーブルに身を乗り出して、潜めた声で言った。

午後七時を回ったファミレスの店内は、学生や家族連れで賑《にぎ》わっている。

バイト帰りの春馬は、書店で購入したばかりの本を捲りながら食事をしていた。結局、シフトは元の時間帯に戻され、漫画の仕事に一区切りついた場合には工藤と交代できるよう時間を調整してもらうことにした。今日は五時上がりだ。

そこになぜ藍川が同席しているのかというと、偶然通りかかった彼が目敏《めざと》く店内の春馬を見つけ、勝手に座りこんでしまったからである。

今日は珍しく【プリムヴェール】に顔を出さなかったのでホッと一安心していたのに、まさかこんなところで出くわすとはついてない。気を抜いたところに嘲笑《あざわら》うかのごとくひょいと現れる、ババ抜きのジョーカーみたいだと思う。

早く会社に戻ればいいのにと内心で毒づきながら、春馬は仕方なく訊き返した。

「ヤバイって、何が？」

「だから」藍川が言った。「深瀬先輩が彼女と別れたかもしれないって話ですよ。今日の先輩は、朝からずっとため息ばかりついてて——あれは、もしかしたらもう完全に終わったのかもしれないなー。シャツも皺《しわ》だらけだし、寝癖もついたまんまだし。何というかもう、背中が悲しすぎました。無駄に大きいじゃないですか、先輩の背中って。その人がしゅんと肩を落としてる姿なんて見てられないですよ。ケンカ別れかもなー。時々思い出したように見せるカラ元気がまた痛々しくって」

「本人から直接そうだって聞いたわけじゃないんでしょ」

「本人は、今週がヤマだって深刻そうな顔で言ってましたけどね」

藍川がドリンクバーのジンジャーエールを飲み干して、氷をガリガリと噛み砕く。

「越えられなかったのかもしれません。何かパーッと先輩の気晴らしになるようなことはないかなー。まあ、失恋の傷を癒《いや》す一番の薬は、新しい恋だっていいますけど」

そこで意味深に春馬をちらっと見てくるので、いい加減うんざりを通り越して苛々する。

「今日は、可乃先輩は一緒じゃないんですか」

「……別に、約束してるわけじゃないから」

「ふうん。仲がいいから、てっきりここで先輩と待ち合わせでもしてるのかと思った」

藍川が、予想が外れたというみたいにぼやいた。

「二人って、タイプが違いすぎて友達になるようには思えないのに、何でか昔からよくつるんでましたよね。俺、佐久間さんのことが羨《うらや》ましかったなー」

大きな目でじっと見つめたかと思うと、ガリッと氷を噛み砕く。背筋が凍るような冷たい音に、春馬はぎくりとした。

「……可乃は、深瀬とも仲が良かったし」

「あ、そっか。可乃先輩経由で深瀬先輩のことをチェックしてたんですね。その気持ち、わかります」

自分だけが仲良かったわけじゃないという意味だったのに、藍川には深読みをされてしまった。しかもいいところをついているから、これ以上余計なことを喋るとますます墓穴《ぼけつ》を掘ってしまいそうで焦る。

「可乃なら、まだ店にいると思うよ」

目的はそれだろうと、春馬は彼に教えた。「時間があるなら、店に行ってみたら？」

藍川が「そうですねー」とのんびり答える。

「今日は忙しくてお店に行けなかったからなー。可乃先輩のケーキを知っちゃうと、ファミレスのスイーツは食べられないですね。夏に向けて新作を出すみたいだし、楽しみだな」

言いながら、ふと彼はテーブルの脇に目線を転じた。

「佐久間さんって、どんな本を読むんですか？　ああ、これって最近出たヤツですよね。ネットでも話題になってた。あれ？　こっちは何ですか」と図々《ずうずう》しくも勝手に人の物を触り、目敏《めざと》い藍川が隠していたそれを見つけてしまう。

「あっ、それは」

「はじめてのＢＢＱ……？」

藍川がすっと目を細めた。「へえ、バーベキューをするんですか」

「……まだ、予定だけど」

「いいですね。可乃先輩と一緒に？」

あっさり言い当てられて、ぎょっとした。心拍数が急に上がり、春馬は落ち着けと自分に言い聞かせる。別におかしなことではないはずだ。友人同士でバーベキューに出かけるくらい、世間ではごく普通に行われていることだ。下手に否定すると余計に怪しまれてしまう。

「……う、うん。あ、でも、これは漫画の資料集めも兼ねているから。俺、アウトドア系はうといし、可乃には前から付き合ってもらう約束をしてて」

声が上擦り、言い訳じみていると自分でも思ったが、肝心の藍川は「ああ、なるほど」とすんなり納得したようだった。ぱらぱらと興味深そうに紙面を繰っている。

それっきり黙り込んでしまった藍川が、かえって不気味だった。

◯

可乃と二人きりで出かけるのは、これで最後にしようと心に決めていた。

すっぱり自分の気持ちにケリをつけて、それ以降は一歩引いたところから藍川の恋愛を応援しよう――そう、思っていたのに、まさかの大誤算だ。

「……おい」

当日の日曜は、梅雨《つゆ》の間の晴れ間になり朝から快晴だった。しかし駅前のロータリーに車を横付けした可乃は、顔を合わせるなり頭上に雷雲を呼び寄せる。

「佐久間、どういうことだよ。何でこいつらまでいるんだ」

「あ、えっと、それはその……」

春馬はしどろもどろに事情を説明する。何でなのかはこっちが知りたい。まさか藍川と深瀬がくっついてくるとは、家を出るまで予想もしていなかったのだ。

春馬が誘ったわけではないし、藍川に何かを訊かれたわけでもなかった。

しかし、藍川は二人がバーベキューに出かける日にちを知っていたのである。どうやって入手したかといえば、これがマヌケなことにガイドブックの表紙にでかでかと記入してあったのだと、ついさっき知った。はしゃいだ春馬が無意識に自分で書き込んだものだった。

また、その日が日曜だというのも悪かった。【プリムヴェール】の定休日は月曜だが、前日にスタッフの私用が重なったため、作業に支障をきたすと判断した可乃が二連休を決めたのだ。そして、出版社も基本的に土日は休みなのである。これが月曜だったなら彼らも諦めたかもしれないが、迂闊《うかつ》だった。

――佐久間さーん、おはようございまーす！

さすがに待ち合わせ場所まではわからなかったのか、ジョーカー藍川は車持ちの深瀬を引き連れて、朝から春馬のアパート前で待ち伏せをしていたのである。図々しいを通り越していっそ尊敬するほどの行動力だ。手を振ってみせる藍川を前にして、春馬は釘《くぎ》を刺されたような気分だった。可乃を横取りしようなんて気は更々なかったが、心の底ではひそかに浮かれていた自分を炙《あぶ》り出されたような、何とも言えないいたたまれなさが込み上げてきた。

「可乃先輩！」と、藍川がはちきれんばかりの笑顔で車内を覗き込んだ。

「おはようございます。いい天気になってよかったですね。楽しみにしてたんですよ。食材も準備してきたので、今日はお願いします。俺、こっちに乗ってもいいですか」

無邪気のふりをしてしたたかな藍川に、可乃も諦めたように「ああ」と頷く。

後ろに立っていた深瀬が、トントンと春馬の肩を叩いた。

「それじゃあ、佐久間はこっちに乗ってよ。俺も一人じゃ寂しいし」

「おい」と可乃がシートベルトを無理やり引き伸ばし、運転席から乗り出すようにしてなぜか春馬を睨みつけてきた。

「あ、えっと……」

「佐久間さん。すみません、どいてもらえますか。可乃先輩、後ろ車が混んできましたよ」

春馬を押し退けて、藍川がさっさと助手席に乗り込む。

「俺たちも行こうか」と深瀬が春馬を促す。「佐久間から場所は聞くけど、俺は可乃についていくから。案内よろしく」

「おい、ちょっと待て」

「じゃあ、また後でな」

爽やかに白い歯を見せて笑った深瀬が、藍川の座る助手席のドアを閉めた。

何でこんなおかしな展開になってしまったのだろう。

春馬は深瀬の隣に座りながら、前方を走る車を複雑な思いで見つめる他なかった。

可乃が行き先を決めたバーベキュー施設は、河原傍《かわらばた》に併設された広い公園内にあった。スペースごとに番号がふってあり、道具もすべて貸し出してくれるので食材だけを持ち込めばいいというお手軽なバーベキュー場だ。子どもが遊べるようなアスレチック施設もあって家族連れが目立つ。

駐車場に車を止めて、受付で番号札を受け取り、手分けして荷物を運び込む。

到着した頃には、可乃の機嫌もだいぶ回復していた。ホッとしたけれど、一方で藍川と車内でどんな会話を交わしたのか気になってしまう。今も当たり前のように可乃の隣には藍川がくっついていて、楽しそうに笑っていた。

ダメだな――春馬は荷物を運びながら、小さくため息をついた。これでは藍川に嫉妬しているだけだ。友人として可乃と付き合っていくと決めたのに、藍川を気にするあまり、無理やり押さえ込んだ自分の想いが何かの拍子で漏れてしまいかねない。

一日分、日がずれただけだ。どのみち自分が可乃とこの先どうかなることはないのだし、明日と言わず今日から一生懸命で一途な藍川を応援してやればいいではないか。

積極的な彼をすごいなと思った。仮に藍川が可乃を好きではなく、ライバルが一人もいなかったとしても、春馬はあんなふうに可乃に近付くことができるだろうか。好きだとうじうじ心の中で思うだけで、結局何も行動に移せないまま終わってしまうのかもしれない。そうして深瀬の時のように、いずれ可乃に恋人ができたと知って、こっそり泣くのだろう。

根本的な考え方からして、春馬は藍川に負けているのだ。

――だいたい、両想いなんて奇跡みたいなもんだろ。

いつかの可乃の言葉が脳裏に蘇る。奇跡を起こせるとしたら、藍川のような努力家で健気な、一度振られたぐらいじゃ絶対に諦めない心の強い男なのかもしれない。

「佐久間、どうした？　重いなら代わろうか」

後ろから歩いてきた深瀬が、クーラーボックスを肩に掛けながら声をかけてきた。

「ううん、大丈夫。そっちの方が重いだろ」

「ペットボトルが入ってるけど、酒は買ってないし。そんなに重くはないよ」

深瀬が笑う。藍川の話だと彼はプライベートが上手くいっていないようだったが、春馬が見る限りでは落ち込んでいる様子はない。行きの車内でもいつも通りだったように思う。

「佐久間は今日が初バーベキューなんだって？」

「うん。深瀬は、こういうところはよく来るのか？」

「最近は少なくなったけど、学生の頃はサークル仲間とよく来たよ。一回、高校のバスケ部のＯＢでバーベキューパーティーをやったこともあったな。可乃はいなかったけど」

「そうなのか。可乃も慣れているのかな」

「さあ、どうだろ。そういえば、可乃っていえば、俺はバスケをやってるアイツしか知らないんだよな。あとは、佐久間と仲良しだってことぐらい」

「え？」と春馬は思わず深瀬を見やった。

「三年間一緒の部活で過ごしたし、俺は仲も良かった方だと思うんだけど、あまり自分のことを話さないヤツだったからさ。だからかな。可乃が今も佐久間と一緒にいるって知って、何か嬉しかったんだよ」

「それって、どういう意味……」

その時、前方を歩いていた二人から笑い声が聞こえてきた。ほとんど藍川のものだったけれど、可乃も楽しそうに何やら話している。

「あいつはわかりやすいなあ」と深瀬が言った。「昔から可乃のことが大好きだったもんな。俺とはえらい違いだよ。最近、ますます藍川の俺への扱いが雑になった気がするんだけど」

「仕事は忙しいの？」

つい言葉尻に被せるようにして訊ねてしまい、深瀬が「ん？」と首を傾げた。

「あ、いや。ここ何日か、藍川くんがお店に顔を見せなかったから。毎日のように来てたのに、忙しいのかなって思って」

「ああ、校了だったからな。昨日はさすがに眠そうにしてたし、まっすぐ家に帰ったんじゃないかな。今日のこれを楽しみにして先週は頑張ってたみたいだし」

「そうだったんだ」

可乃と二人きりだったらもっと嬉しかったんだろうなと、卑屈なことを思ってしまった。もとは春馬と可乃の約束だったのに、なぜだか自分がお邪魔虫のような気分になってくる。

「あ、そうだ」深瀬が言った。「昨日、受け取ったネーム。あれ、面白かったよ」

「え、本当に？」

「うん。細かいところで直してもらいたい点はいくつかあるけど、大筋はあれでＯＫかな」

「そっか。よかった」

春馬はホッと一安心した。

「まあ、仕事の話はまた今度にして。今日は初バーベキューを思う存分楽しまないと。それでちゃんと漫画にも活かしてくれよ。佐久間のためにいい肉を買ってきたんだぞ」

深瀬が春馬の頭をぽんぽんとした。背の高い人は皆、ちょうどいい位置にある頭をこうしたいものなのだろうか。だけどやっぱり、可乃にそうされる時みたいに甘酸っぱくてくすぐったい感情にはならない。

ネームにOKが出たことを、早く可乃にも報告したい——春馬はそう思って、ふと前を見た途端、びくっと硬直した。

怖い顔をした可乃とにこにこ笑顔の藍川が、先に到着して二人を待ち構えていた。


可乃の機嫌がまた急降下している。

手馴れた様子でコンロに着火剤を置き、木炭を並べていく様子を、春馬は傍に立って黙って見つめていた。作業の邪魔をしてはいけないと思いつつ、初めて目にするバーベキューの下準備にじっと見入ってしまう。自分と同世代の人たちは、普段から友達とこんなことをやっているんだなと、興味深く思った。

「……おい」

ハッと顔を上げると、可乃がこっちを見ていた。春馬は慌てて一歩後退る。

「ごめん、邪魔だったか」

「違う。お前、写真を撮らなくていいのかよ」

「写真……あ、そうだ」

春馬は急いで鞄から新品のデジカメを取り出すと、コンロの様子を写真に収めた。背後では焼きそばも作ろうと言い出した深瀬が、燃料を運んでいた藍川を捕まえて、一緒に野菜を切っている。何か言い合いながら包丁を動かしている二人の様子もカメラに収めた。

「お前もやってみるか」と、可乃が軍手を差し出してきた。

「いいのか？」

「何のために来たんだよ。そこの炭を並べていくだけだから、そんなに緊張すんな。空気の通り道を作りながら、そうそう、あんまりぎゅうぎゅう詰めにならないようにな」

指示に従って慎重に木炭を並べていく。可乃にデジカメを渡すと、真剣に炭を並べる姿を何枚か撮られた。

「その服、この前買ったヤツか」

「うん。新しい服って、何だか恥ずかしいよな。けど、着心地はすごくいいよ」

「ふうん」と可乃が素っ気無く言う。今の相槌の打ち方で、可乃の機嫌が少し回復したように感じられた。この服は彼が見立ててくれたものだから、悪い気はしないのだろう。

どこかに燃えそうな枝が落ちてないかと訊かれて、春馬は小枝を拾って可乃に渡した。十分に乾燥しているか可乃がチェックし、火をつける。炭の中に落とした。

「よし。これで頑張って煽《あお》げ」

ウチワを渡される。煽ぐといってもどうすればいいのかわからない。戸惑っていると、可乃が春馬の手を取って、「こうやるんだよ」と一緒に煽いでくれた。

「わ、わかった。自分でやってみる」

春馬は焦って、密着する可乃の体から急いで離れた。掴まれた手がまるで可乃の体温まで吸い取ったみたいにじくじくと熱い。意識しないよう一生懸命努力しているのに、肝心の可乃に気紛《きまぐ》れを起こされてしまえばどうしようもなかった。

「ガイドブックを読んでいるところを、藍川に見られたんだって？」

火の調子を見ながら、可乃が言った。

「……うん」

「ガイドブックなんて読むなよ。その金でうちのケーキを買え」

「だって、少しは知識がないと困るだろ。可乃にばっかり任せるわけにはいかないし」

「……そのわりには、全然役に立ってるようには見えねェけどな」

うっと痛いところを衝かれて、春馬は軽く落ち込む。

「あ、そうだ。さっき、深瀬からネームにOKをもらったんだ」

「へえ」可乃が軽く目を瞠《みは》った。「よかったな」

ふっと次の瞬間、可乃が笑った。間近に微笑みかけられて、ドキッと心臓が跳ね上がる。

春馬は咄嗟に視線をコンロに落とした。白い煙が立ち昇って、顔を隠してくれたのは幸いだった。自分の頬《ほお》が今、真っ赤に染まっている自覚があった。こんな顔を見られたら変に思われるに違いない。

「佐久間、明日のことだけど……」

「ちょっと深瀬先輩、何をやってるんですか！」

可乃が何か言いかけたその時、まな板班から藍川の悲鳴が聞こえてきた。

「いやでもこれ、なかなか切れないぞ」

「使い方が悪いんですよ。もー、全然切れてない！　佐久間さんとチェンジ！」

急に名前を呼ばれて、春馬は伏せていた顔を上げた。すぐに深瀬が「追い出された」と笑いながら寄って来て、有無も言わさずに交代を告げられる。

一方的なバトンタッチだったが、正直言うと、春馬にはありがたかった。これ以上、可乃と二人きりでいるとドキドキしっぱなしで、そのうち倒れてしまいそうだった。

「佐久間さん、やっぱり上手いですね」

深瀬の後始末でニンジンを千切りにしていると、横から藍川に感心したように言われた。

「自炊してるんですか？」

「ううん、最近は全然。藍川くんこそ、料理するの？」

「まあ、俺も一人暮らしですし。最近ちょっと目覚めて」

あらかじめ大きめにカットしてあったタマネギを、焼きそば用にトントントンとリズミカルに切っていく。ふいに「高校時代の佐久間さんは」と藍川が訊いてきた。

「深瀬先輩のどういうところを好きになったんですか？」

「……二年の時って、調理実習があっただろ？　たまたま深瀬と同じグループになって、俺が作った料理をうまいって褒めてくれたんだ。それが、すごく嬉しかった」

「へえ、それがきっかけですか。性格的には？」

「……優しいところとか」

「確かに深瀬先輩は優しいですもんね。後輩にも人気がありました。でも、みんなに対して平等に優しいって感じかな？　その点、可乃先輩ははっきりしてたけど」

「可乃？」

藍川の口から名前を聞くと、必要以上にドギマギしてしまう。

「佐久間さんが深瀬先輩を追いかけていたみたいに、俺は可乃先輩をずっと見ていたから」

「え？」

「俺」藍川が手を動かしながら、言った。「高校に入学してすぐの頃、他校生にからまれたことがあったんですよ。その時に、たまたま通りかかった可乃先輩が助けてくれたんです。あの時の先輩、かっこよかったな」

春馬は思わず包丁を握った手を止めて、藍川の横顔を見つめた。

「同じ学校の先輩だと知って、すぐに探しました。友達にバスケ部にそれっぽい先輩がいるって聞いて、放課後に体育館を覗いて――次の日には、入部届を出してました。バスケは体育の授業ぐらいでしかやったことなかったけど、運動神経はいい方だったから」

過去を懐かしむように話して聞かせた藍川に、春馬はどう返していいのかわからない。

牽制《けんせい》のつもりだろうか。いや、まさかな——春馬はすぐにその考えを打ち消す。彼が自分相手にそんな真似をする必要がないからだ。こちらの気持ちがバレているとも考えにくい。

コンロ班から「そろそろ肉を焼くぞ」と声がかかった。

「行きましょう、佐久間さん。それ、あとでいいですよ。あー、おなか減った」

包丁を置いて移動しようとした時、藍川の尻ポケットから何かが落ちかけているのに気づいた。ハンカチだ。風に飛ばされる前に、春馬は急いで掴む。

「藍川くん。これ、落ちそうになってたよ」

「え？　ああ、すみません。さっき手を拭いて適当に突っ込んだから。どうかしました？」

「いや」春馬は不思議に思いつつ、かぶりを振った。「このハンカチ、藍川くんのイメージとはちょっと違うから。珍しいなと思って」

どちらかというと元気な原色系のイメージがある彼にしては、随分とシックな色柄だ。

藍川がハンカチを畳み直しながら、「ああ」と笑った。

「貰い物なんですよ。社会人になった時、弟が身だしなみをきちんとしろって、くれたんです。生意気でしょ？　一応ブランド物ですけど、地味ですよね」

「そんなことないよ、素敵だと思う」

一瞬、面食らったみたいな顔をした藍川が「ありがとうございます」と少し照れたように言った。「佐久間さんも今日の服装、素敵ですよ、特にそのブルーのハーフパンツ。いつもとはイメージが違いますけど、そういう色も似合いますよね」

にっこりと無邪気な笑顔をむけられた途端、春馬はわけもわからず罪悪感に襲われた。

初めてのバーベキューは想像以上に楽しかった。

たまには野外でみんなとわいわい騒ぎながら食事をするのも悪くないと思う。引きこもってばかりいては体験できない心境の変化だ。

可乃はああ見えて意外と几帳面《きちょうめん》で、逆に深瀬は思った以上に大雑把《おおざっぱ》だった。肉を焼くだけでもそれぞれの個性が現れて面白い。一方、藍川は体育会系の上下関係が染み付いているのか、周囲への気配りが抜群だった。世話焼きな面は可乃と少しかぶるところがある。世話好き同士が付き合うと、どうなるのだろうか。どちらもしっかりしているから、いい関係を築けそうだなと思った。案外お似合いかもしれない。

実は自分で市販のソースを調合したという深瀬特製の焼きそばは絶品で、食べながらバカバカしいことを言っては皆で大笑いする。まるで高校時代に戻ったかのようだった。火力の問題で野菜は生焼けだったり黒焦げになったりしたけれど、それも含めて楽しかった。

公共の流し台で食器を洗っていると、藍川が残りの洗い物を持ってやって来た。春馬は場所をあけて、可乃が用意したスポンジと食器用洗剤を渡す。

「どうも」と受け取った藍川が、スポンジに洗剤を含ませながら訊いてきた。

「深瀬先輩とはどんな感じですか？」

春馬はどうしようかと迷ったが、先ほど本人から聞いたままを伝えた。

「深瀬、結婚するんだって」

「え!?」藍川が驚いたように春馬を見た。「聞いてないですよ、俺」

「俺もさっき聞いたんだ。藍川くんが心配していた通り、彼女と大ゲンカして別れ話まで出たらしいけど、それから持ち直して、一気に結婚話にまで発展したんだって」

「ええー、マジですか。もう終わりだー別れるーって、散々愚痴ってたくせに」

「幸せそうだったよ、深瀬」

藍川がふと申し訳なさそうに春馬を見てきた。

「すみません。俺が先走ったばかりに、佐久間さんには嫌な思いをさせちゃいましたよね」

「あのさ、藍川くん。ずっと言おうと思ってたんだけど」

「はい？」

「俺はもう、深瀬のことは何とも思ってないよ。だから、変に気を回さなくてもいいから。さっきも、本当に心の底から深瀬におめでとうって言ったんだ」

大きな目で春馬を見つめてくる藍川が、一瞬押し黙る。

「……そうですか。余計な口出しをしてすみませんでした」

「ううん、こっちもいろいろと誤解をさせたみたいで、ごめんね」

少しの間、沈黙が落ちた。お互いに黙々と洗い物を片付けていく。

ハンカチで手を拭いていた藍川が、ふいに「佐久間さんは」と口を開いた。

「可乃先輩のことは、どう思っているんですか？」

「え？」

友人だと答えるつもりが、なぜか次の言葉が出てこなかった。焦って、視線が揺らぐ。じっと見つめてくる藍川の目が怖い。

バーベキュー場に強い風が吹きつけたのは、その時だ。

「あ」と藍川が声を上げた。ひらひらと風に攫われたハンカチが河原の方へ流されていく。

「まずい、川に落ちる！」

春馬は咄嗟に走った。背後から「え、ちょっと佐久間さん⁉」と藍川が叫ぶ。

流し台を含むバーベキュー場は河原よりも少し高い場所にある。土手に作られた短い階段を駆け下りると、更に風が強くなった。

幸い、ハンカチは河原の石の上に落ちていた。

拾おうとした途端、また風が吹きつける。薄いハンカチはあっけなくひるがえり、春馬の指先から逃げるようにして川に入っていく。

しまった――責任を感じた春馬は、迷わず川に踏み込んだ。ハンカチはすぐそこに浮かんでいる。流される前に捕まえなければ。

膝下《ひざした》ほどの深さの川をバシャバシャと水を蹴《け》って進み、無事にハンカチを拾い上げた。しかしホッとしたのも束《つか》の間《ま》、気を抜いた拍子に川底に足を滑らせ、転びそうになる。

ずぶ濡れになる覚悟をした次の瞬間、ぐっと腕を掴まれて力強く引き上げられた。

「このバカ、何やってんだ！」

恐る恐る目を開けると、怖い顔をした可乃が春馬を見下ろしていた。

「……あ、可乃。そうだ、ハンカチ！」

「お前が握り締めてるだろうが！　まったく、危なっかしい。そのハンカチと一緒にお前まで流されたらどうするんだ。川の深さがどれぐらいあるかわからないんだぞ！」

「……ご、ごめん。俺、ハンカチを追いかけるのに夢中で、そこまで考えてなかった」

「このバカが。もっとしっかりしろよ」

可乃に叱られて、春馬は子どものように反省する。項垂れる自分が情けなかった。

「佐久間さん！」「佐久間、大丈夫か」遅れて藍川と深瀬も駆けつけて、ちょっとした騒動だ。土手の上から様子を窺っている人たちもたくさんいて、恥ずかしくて顔も上げられない。

「ごめん、濡れちゃって」

水を含んですっかり色が変わってしまったハンカチを、藍川に返した。

「もう、ムチャしないで下さい！　こんなの、わざわざ追いかけなくてもよかったのに」

「でも、弟さんにもらった大事なハンカチだろ？」

藍川がハッとしたように目を瞠る。事情を察した深瀬が、「よかったな」と藍川の肩をぽんと叩いた。「とりあえず、佐久間が無事でよかった。二人とも足が濡れてるな。早くタオルで拭かないと」

「天気もいいし、すぐに乾くだろ。佐久間が怪我をしたみたいだ。俺の車に救急箱が積んであるから、手当てしてくる」

先を行く二人の後ろから水音を立ててとぼとぼと歩いていると、隣にいた藍川が今にも泣き出しそうな顔をして「ありがとうございました」と言った。

どこで擦《す》り剝《む》いたのか自分でもまったく気がつかなかったが、腕と膝に血が滲《にじ》んでいた。可乃に連れられて駐車場に向かおうとすると、なぜか藍川がその役を自ら買って出た。たいした傷でもないのに、彼が責任を感じているのはひしひしと伝わってきて、かえって春馬の方が申し訳ない気持ちになる。だが今、可乃と二人きりになるよりは藍川の方がマシだと考えて、春馬からもお願いした。

気まずい沈黙の中、手際よく傷口の消毒をしながら、藍川がぼそっと言った。

「佐久間さんって、変な人ですよね」

「え？」

春馬はびくっとして訊き返す。「変って、どこらへんが？」

しかし藍川はそれをさらっと無視して、まったく別の話を持ち出した。

「俺、高校の頃も、実は佐久間さんに助けてもらったことがあるんですよ」

覚えていますかと訊ねられて、春馬は思わず首を捻った。

藍川が苦笑する。

「部活の先輩に頼まれて横断幕を片付けている最中に、中庭で転んだことがあったんです」

雨降りの日の放課後のことだったそうだ。藍川は転んだ拍子に運悪く、泥水の中に横断幕を落としてしまったらしい。

「泥まみれになって、シミまでできちゃって。もうどうしようかと思っていたところに、佐久間さんが通りかかったんです」

――泣かなくても大丈夫だよ。これくらいだったら、何とかなるから。

「あ」春馬の脳裏で唐突に閃《ひらめ》くものがあった。「あれ、藍川くんだったのか」

「はい」と藍川が笑って頷く。

確か、春馬が二年生の頃の話だから、藍川は当時一年だ。週番だった春馬は、職員室に日誌を届けて教室に戻る途中だった。渡り廊下から中庭の様子が見えたのは偶然だった。見覚えのあるバスケ部の横断幕だったから、他人事《ひとごと》じゃないような気がしたのだ。

「あの後、佐久間さんは空いていた家庭科室に忍び込んで、一緒に横断幕を洗ってくれたんですよ。シミになった部分は、どこかからマジックをいっぱい掻き集めてきてくれて、それで器用に修正してくれました。おかげで誰にもバレなかったし、俺も怒られずに済んだんです。俺、あの時の佐久間さんが神様みたいに見えたんですよ。細かいところまですごく丁寧に、しかも作業が早くて、この人スゴイなって」

「そんなことないよ。大袈裟《おおげさ》に言いすぎだって」

春馬は慌てて首を横に振ると、藍川が消毒を終えた傷口に絆創膏《ばんそうこう》を貼《は》りながら、どこか怒ったみたいに言った。

「佐久間さんは、もう少し自分に自信を持ってもいいんじゃないですか?」

藍川がその大きな目で春馬を真っ直《まっす》ぐに見つめてくる。どうしていいかわからず、春馬はたじたじとなった。

「……あの、藍川くん?」

「じれったいなあ、ホント」

「え?」

「俺のせいで、可乃先輩と距離を置くとか、やめて下さいね」

「――!」

思わず藍川を凝視した。彼は軽く唇を引き上げて、「俺、こっち方面には結構カンが働くんですよ」と言った。

「なんだか俺が佐久間さんにその気持ちを気づかせちゃったみたいで、悔しいんですけど。佐久間さんは、佐久間さんが取るべき行動を取って下さい。それで俺は恨んだりしませんから。むしろ、遠慮される方が腹が立つ」

二つ目の絆創膏を貼り終わると、藍川は「さて」と救急箱を片付けて車の外に出た。春馬も後に続いて降りる。

「おーい、終わったか？」と、手を振る深瀬と仏頂面の可乃がクーラーボックスを抱えてちょうど歩いてくるところだった。

帰りは、春馬の方から率先して深瀬の車に乗り込んだ。

可乃と藍川がそれぞれ何か物言いたげな目で見てきたが、気づかないふりを決め込む。

バーベキュー場には思った以上に長い時間滞在していたらしく、出発して間もなくすると徐々に空が薄墨色《うすずみいろ》に変化してきた。

春馬は助手席に座って、藍川の言葉の意味を考えていた。

あれは、完全に春馬の気持ちを知っていると言われたのも同然だった。自分では完璧に隠したつもりだったのに、藍川にはあっさり見破られていたということだ。

春馬が取るべき行動？　それを考えたからこそ、春馬はこれまで自分の気持ちを隠そうと必死になっていたんじゃなかったのか——頭が混乱する。

「もしかして」

信号に引っかかり、ブレーキを踏んだ深瀬がおもむろに口を開いた。

「今日は、俺たち邪魔しちゃったかな」

「え？」

「せっかくのデートを、俺たちが勝手にくっついてきて邪魔したんじゃないかと思ってさ。だって佐久間と可乃って、付き合っているんだろ？」

あまりに突拍子もないことを訊かれて、春馬は思わず言葉を失ってしまった。

「……ち、違うよ！　ぜ、全然、そんなこと、まったくないって！」

「別に隠さなくてもいいじゃないか」と深瀬がのんきに笑って言った。

「昔から仲良かったんだし。何なら俺、高校の時も二人は付き合ってるんじゃないかって、疑っていたくらいだから。今日だって、可乃がやたらと牽制してくるから、もうおかしいのなんのって」

「……気のせいだよ、そんなのは」

春馬も笑ってしまった。深瀬とは別の意味でおかしかったのだ。高校の頃、春馬が好きだった相手は他でもない深瀬だ。あれだけあからさまに差し入れを繰り返し、可乃や藍川にはバレバレだったというのに、肝心の深瀬には何一つ春馬の想いは伝わっていなかったらしい。その上、まさか可乃との仲を疑われていたとは。

深瀬には、今も昔も春馬と可乃がそんなふうに見えていたのだなと思うと、不思議な気持ちだった。傍《はた》から見れば、自分たちは一緒にいるのが当たり前な関係を築けていたのか。

「気のせいって、そんなことはないだろ。さっきも、ハンカチを追いかけるお前を見つけた途端、アイツは血相を変えて川に向かって駆け下りて行ったんだぞ。あんな可乃を見たの初めてだったな。お前にも見せてやりたかったよ」

「…………」

可乃に力任せに腕を摑まれたことを思い出した。まだ少し指の痕《あと》が残っている。

「昔から、佐久間は可乃の特別枠だったもんな」

「可乃には、今も昔も世話になりっぱなしだから。迷惑もいっぱいかけてて、さっきだって怒られたし。いい年して、ホント情けない。年下の藍川くんの方がよほどしっかりしてる」

「佐久間は危なっかしいところがあるからな。心配してるんだよ。まあ、アイツが好きでやってることなんだし、いいんじゃないの？」

「可乃は、面倒見がいいから。俺みたいなどんくさいヤツを見ると、放っておけないんだと思う」

「んー、その辺は俺から見てもはっきりわかるくらい、特別とその他大勢を区別していたと思うけど」

「でも俺たち、本当にそういうんじゃないよ。誤解しないでくれ。可乃も、迷惑だろうし」

「……アイツはお前のことを迷惑だとか、そんなふうには思わないんじゃないかなあ」

ハンドルを握りながら、深瀬がまだどこか納得していないみたいに首を捻った。

「深瀬は、高校の時に付き合っている彼女がいたんだよな」

一瞬、車内に沈黙が落ちる。

「ハハッ、また唐突だな。可乃から聞いたのか？　隠しているつもりだったんだけど、何でか可乃にはバレてたみたいなんだよな。忘れもしない、高三のバレンタインデーの夜！」

「バレンタインデー？」

思わず繰り返すと、深瀬が「そう」と頷いて続けた。

「可乃から物凄い剣幕で電話がかかってきてさ。何を言い出すかと思えば、『彼女がいるならもっと早く言え！』だって。なあ、理不尽だと思わないか？　何でそんなことまでアイツに怒られなくちゃいけないんだよ」

その言葉を聞いた瞬間、ハッとした。その日は春馬にとっても忘れられない魔の一日だったからだ。途中からプッツリと記憶が途切れているが、可乃はあの夜、深瀬にわざわざ電話をかけてまでそんなことを言い放ったのか。確かに笑ってしまうくらい理不尽な話だ。けれども、きっと彼も承知の上で、あえてそう言ってくれたのだろうなと思うと、胸の奥がぎゅっと詰まったみたいに苦しくなった。

もしも、と考える。仮に、可乃が事前に深瀬に彼女がいることを知っていたとしたら、彼はどうしただろうか。告白すると一大決心した春馬を止めただろうか。それとも、振られるとわかっていても、彼女とバッティングしないよう別の形で深瀬に告白する方法を考えてくれただろうか。

想像して、春馬は可乃に頼りきりな自分に嫌気が差した。昔から何か困ったことがあると可乃を頼ってきた。可乃も、何だかんだ言いながらもこんな自分に愛想を尽かすことなく付き合ってくれて、今の春馬には、彼のいない人生なんて考えられないくらい大切な存在だ。

「お」深瀬がちらっと横目に春馬を見て言った。「何かいいネタでも思いついたか?」

「え?」

「可乃が言ってたんだ」と、なぜか深瀬がくっくと笑い出す。

「佐久間は漫画のネタを思いつくと急にそわそわしだすんだってさ。だから今日は仕事の話はするなって、怖い顔をした可乃に言われたよ。もう帰るだけなんだから、別にいいよな」

道が混んできて、車の進み具合が鈍くなる。

「今回の漫画の中に、『好きな人と両想いになるなんて、奇跡みたいなものだ』っていうセリフがあっただろ」

「……うん」

「あれを読んで、俺、なんかちょっと泣けてきたんだよね」

春馬は思わず「え?」と訊き返してしまった。

「俺も奇跡を一つ拾ってたんだなって、今の彼女と出会った時のことを思い出したんだよ」

深瀬が照れ臭そうに笑った。「それを考えたら、少し冷静になれて、そしたらケンカ中の彼女との思い出が走馬灯のようにぶわっと蘇ってきてさ。実はプロポーズをしようって決めたの、佐久間のあのネームを読んだ後なんだよね」

話を聞いて、春馬は目から鱗《うろこ》が落ちたような気分になった。自分の知らないところで、自分の描いた漫画が他人の人生に少なからず影響を与えている。それって、実はすごいことなんじゃないだろうか。

「あの漫画って、日常のさりげない奇跡がテーマになっているよな。人の生死にかかわる奇跡は、それこそ神がかっていそうだけど、恋愛の奇跡って、実は人の力で起こせるものなんじゃないかなって思わされたよ。一途で一生懸命な主人公を見ていると特に」

そこで深瀬がなぜか可笑しそうに笑った。

「そうそう。主人公が恋する相手の男の子って、あれってもしかして、可乃がモデル？」

「え⁉」春馬は素《す》っ頓狂《とんきょう》な声を上げる。「ううん、全然違うよ」

「違うの？　ツリ目とか口が悪いとか態度がでかいとかさ。今日のアイツを見てたら、あのキャラとかぶって笑いを堪《こら》えるのに必死だったんだけど」

深瀬がゲラゲラと笑う。

出発する頃はまだ明るかった空はゆっくりと夜の色に寄せてきて、もう可乃の運転する車がどこを走っているのかわからなかった。車に乗り込む前に解散したので、きっとそのまま藍川を送って行くのだろう。彼のことを考えたせいで、また例の言葉が脳裏に蘇る。

――佐久間さんは、佐久間さんが取るべき行動を取って下さい。

今の自分が取るべき行動――自分は一体どうしたいのか。

「ああ、そうそう。もう一つ、俺が背中を押されたセリフがあったんだ」

ようやく駅まで戻ってきて、もう間もなく春馬の住むおんぼろアパートが見えてくる通りに差し掛かったところだった。

「え？　何」

にやっと笑った深瀬が、少し気取った調子でそのセリフを口にする。

「『お前が今、一番諦めたくないものは何だ？』」


送ってくれた深瀬に礼を言って、家に戻った途端、春馬は一直線に作業机に向かった。かさばっている紙類の中から、ネームノートをコピーしたものを引っ張り出す。

パラパラと読み返して、深瀬が挙げてくれたセリフを一つ一つチェックした。そうして気づく。どれもこれも、春馬がかつて可乃から言われたそれらがベースになっているのだ。

「……このキャラのどこが可乃に似てるんだよ」

深瀬が指摘した例のキャラクターを見つめて、春馬は眉根を寄せる。

「アイツはもっとこう、目つきが悪い」ノートの新しいページを開いて、シャーペンを手に取った。「いつも怒ってるような顔をしていて、無愛想だし、なんか怖いし。背が無駄に高いから、見せつけるようにやたらと上から睨んで脅《おど》してくるんだよな。すぐ怒鳴るし。でも」

本当はすごく優しいことを、自分はよく知っている。

シャーペンの芯が勝手に紙面を走り始めた。

自分が取るべき行動は何だろう。自分は一体どうしたいのだろうか。自分にとって今一番諦めたくないものは何だ？

言われてすぐにはそれが何かわからなかったけれど、考えるうちにだんだんと自分の本心が見えてくるような気がした。

ふいに、いつかの可乃が呟いた言葉が耳に蘇る。

——何て言うか、奇跡って現実だろ？　滅多にないし、確率は物凄く低いかもしれないけど、実際に起こるから奇跡っていうんじゃねェのかよ？　俺はそう思うけど。

まるでペンが体の一部にでもなったみたいにすらすらと線を引いていく。頭に浮かんだシーンがそのままシャーペンに乗り移ったかのように、ページがどんどん埋まっていった。

かつてないくらいの集中力だったかもしれない。

もし奇跡が起きるとすれば、それは今夢中で動かしているこの自分の腕にかかっている。

気がつくと、窓の外はすでに白み始めていた。

「――で、できた……!」

最後まで描き上げたノートを見て、春馬は思わず力が抜けて笑ってしまった。

もうすっかり日が昇っている。時計を見るとすでに八時を回っていた。昨夜、家に戻ったのが七時になるかならないかぐらいだったので、十二時間以上も集中して机に向かっていたことになる。自分でもびっくりだ。

脳がアドレナリンを大量に分泌しているのか、徹夜明けの割にまったく眠くなかった。

「よし、これを持って早く行かなきゃ」

今のこのテンションじゃないと、ダメなような気がする。時間をおいてしまったら、自分の中ではちきれんばかりに膨らんでいる感情が萎《しぼ》んでしまうのではないか。それでは意味がない。伝えたいことが伝えられなくなってしまう。

今日は従来通りの定休日だ。可乃はまだ寝ているだろうか。うずうずしながらケータイを探し、そういえば昨日の鞄の中に入れっぱなしだったことを思い出した。

マナーモードにしておいたケータイに、着信が入っていることに気づいたのはその時だ。

「あれ?」

春馬は急いで履歴をチェックする。そして——驚いた。可乃から何度も電話がかかってきていたのだ。最初は昨日の十九時十八分。最後は二十二時五十三分。特に最初の三十分間に着信が集中している。

間に深瀬からの着信も一件入っていた。こちらはすぐにメールに切り替えたのだろう。

【可乃が心配してるぞ。俺によからぬ疑いがかけられてるから、早めに連絡してやってくれ】

冗談交じりのメールを読んで、春馬は焦った。鞄の中とはいえ、これだけ何度もバイブが鳴っていてまったく気がつかなかった。無視をしたと怒っているだろうか。

慌てて可乃に電話をかけた。

『……もしもし？』

「可乃？　あの、昨日は、ごめん！　俺、全然気がつかなくて。ケータイ、鞄の中に入れっぱなしで、今見たら、着信いっぱいなの、気づいて、それでそれで……」

『ああ、わかったから。少し落ち着け』

可乃に制止される。春馬は一旦口を閉ざして、逸《はや》る気持ちを落ち着かせる。

「昨日は、どうしてもやらなきゃいけないことがあって、そっちに集中してたから」

『ああ』可乃が言った。『そうだろうな。どうせ漫画のネタでも思いついたんだろ？　深瀬から何となく聞いてるから、気にするな。で？　やらなきゃいけないことってのは、もう終わったのか』

「うん」

耳元で可乃の声を聞きながら、胸が一気に高鳴っていくのを感じる。

「可乃、今から会えないかな。会って、見てもらいたいものがあるんだ」

『……ちょうどよかった。俺もお前をここに呼び出そうと思ってたんだ。今、店にいる』

「店？　家じゃないのか」

『ちょっと用があってな。しばらくここにいるから、好きな時に来いよ。待ってるから』

「うん」春馬は大きく頷いた。「すぐに行く！」


自転車に跨《また》がり、ペダルを思いっきり踏み込む。

大通りに架《か》かる横断歩道を渡り、風を切って、すっかり馴染んだ通勤路を走り抜けた。

到着した店の戸口には【定休日】のプレートが掛かっていた。春馬は自転車を止めて、裏口に回る。

路地を歩いていると、どこかからいい匂いがしてきた。甘い匂いだ。可乃が何か作っているのかもしれない。新商品を試作しているのだろうか。

そっとドアを開けた瞬間、一気に濃厚な香りが溢れ出てきて、全身を包み込まれた。さすがの春馬でも、その『何か』の正体にはすぐに思い当る。

このうっとりするほどに甘くてふくよかな香りは——チョコレートだ。

「おう、来たのか。早かったな」

作業台にもたれるようにして立っていたコックコート姿の可乃が気づいて、戸口に立ち尽くす春馬を視線で呼び寄せた。

その何でもない仕草が妙に色っぽく感じられて、どきっとする。ねっとりと全身を搦《から》め捕《と》るかのように纏《まと》わりつく甘い香りに、酔ってしまいそうだった。軽い眩暈に一種の浮遊感を覚えながら、ゆっくりと歩を進める。どくんどくんと心臓の音が聞こえるようだった。

「……チョコレートケーキを、作ってるのか？」

訊ねると、可乃がちらっとこちらを向いて言った。

「さっき焼けたところだ。約束しただろ、ネームにOKが出たら作ってやるって」

「……うん」

「どうした、ぼーっとして」可乃がふと眉根を寄せる。「その服、昨日と一緒だろ。着替えもせずに帰ってからずっと机に向かってたのか」

「あ、これは」

「まったく、しょうがねえヤツだな。また倒れたらどうするんだよ。立ってないで座れ」

椅子を勧められて、春馬はおとなしく腰を下ろした。「服がバーベキューくせーよ」と可乃が目を細めておかしそうに笑う。意味もなく頭をぽんぽんとされて、腹の底から何とも言えない熱の塊《かたまり》みたいな感情がぐっと迫り上がってきた。

「せっかくだから焼きたてを食べてみるか」

準備をしだす可乃の後ろ姿を眺めながら、春馬は胸が詰まる思いだった。

休日なのに、彼が朝早くから店で作業していたのはこのためだったのかと知ると、何だかもう堪《たま》らなくなる。

——お前が今、一番諦めたくないものは何だ？

春馬の漫画に出てくるキャラクターが放ったセリフの一部だった。

春馬はペンを握りながら、一晩考えた。答えは鞄の中に入っている。

このタイミングでチョコレートケーキを食べるのは縁起が悪いような気もしたけれど、覚悟はもう決めてきた。同じ失恋をするにしても、自分の気持ちを伝えてから振られる方がよほどいいことを、経験上知っている。

ケーキクーラーに乗ったガトーショコラが春馬の目の前に置かれた。

ビターな生地の上に純白のパウダーシュガーを振りかけたシンプルなケーキ。見るだけで気分が悪くなった以前と比べて、もう吐き気は込み上げてこない。それよりも、いますぐにこれを食べてみたいと思った。

可乃がケーキナイフを手に取り、すっと刃先を滑らせる。鮮やかな手つきだ。

春馬は痛々しい火傷《やけど》の痕がいくつも残る職人の腕をじっと見つめる。かっこいい腕だと思った。ペンダコのある自分の手は不恰好で、あまり人に見せられるものじゃないと隠すのがクセになっていたけれど、可乃と一緒に働くうちにその考え方も変わった。それがあって今があるのだから、むしろ誇るべきものだ。

「ほら」と可乃が、切り分けたガトーショコラの皿を春馬の前に置いた。

「ワンホール全部お前のもんだ。好きなだけ食え」

「そんなにいっぺんには食べられないよ。もったいない」

にやついていた可乃が軽く目を瞠る。

「俺に見せたいものって何なんだ?」

春馬は鞄からノートを取り出して、可乃に渡した。

「読んで欲しいんだ」

「……何だよこれ」一ページ捲って、可乃が怪訝そうに顔を上げる。「漫画の下書きじゃねェか。おいこれ、俺じゃなくて深瀬に渡すヤツだろ」

春馬はかぶりを振った。

「違うんだ。それは、可乃に読んでもらいたくて描いたものだから」

「俺に?」

「うん。俺の言葉だときちんと伝わらないかもしれないから、だから一番うまく俺の気持ちを伝える方法は何だろうって考えて、やっぱりこれだって思いついたんだ。ペン入れをする時間がなくて、汚くて読みづらいかもしれないんだけど」

「……いや。この三白眼が俺で、メガネザルの方がお前だろ？　読めないことはねェよ」

一ページ目を見て指で弾きながら、可乃が言った。

「俺がこれを読んでる間、お前はそれを食っとけ」

「うん」春馬はフォークを手に取る。「いただきます」

尖《とが》った先っぽにそっとフォークをあてる。少し力を入れると、さくっと表面が割れた。

あれだけ早く食べたいと思ったのに、いざ口に近づけると、なかなか頬張ることができなかった。胸がいっぱいで、喉元に熱いものが迫り上がってくる。

静かな厨房に、しゃらっとノートの捲れる音が響き渡る。

ようやくケーキをひとかけら口に含んだ。頬張った途端、舌の上で繊細なチョコレートの風味がほろっと解《ほど》ける。香りは甘ったるいほどだったが、口の中に広がる味はむしろ甘さがおさえられていて少しほろ苦く、なぜだか急激に涙腺《るいせん》を刺激された。

チョコレートケーキを一口頬張るたびに、可乃と一緒に過ごした思い出がランダムに蘇ってくる。

高校時代にまで遡ると、一気に目の前がぼやけて喉の奥に熱い痛みが突き刺さった。

今思うと、深瀬よりもずっと可乃と一緒にいた時間の方が長いことに気づく。春馬が何かに躓《つまず》いて落ち込んでいると、必ずと言っていいほど可乃に気づかれた。一見横暴で態度も口調も鬼のようにきついけれど、その実、彼にどれだけ助けられたか知れない。

可乃は、優しい。優しいからきっと、曖昧にせず、はっきりと告げてくれるはずだ。

春馬は濃厚でコクのあるケーキを黙々と咀嚼《そしゃく》する。嗚咽《おえつ》を懸命に堪えるせいで、なかなかケーキが喉を通ってくれなかった。

ノートを読めば、少なくとも春馬が可乃のことをどういう目で見ているかを気づいてもらえるだろう。それは同時に、今のこの関係が崩れてしまうかもしれないことを意味しているが、後悔はしていなかった。

自分のことを、可乃にも同じくらいの熱量で好きになってほしいとは言わない。ただ、知ってもらいたかったのだ。自分自身のための一方的な告白は、単なるワガママかもしれないけれど、このまま気持ちを偽り続ける方が卑怯《ひきょう》だと思った。深瀬にも藍川にも背中を押してもらって、誰より可乃にここぞという時の勇気をもらってきたのに、今それを発揮しなければ、それこそこの先ずっと後悔することになる。

可乃が好きだ。

好きで好きで、胸が苦しくて、でもこんな時でも可乃の作ったチョコレートケーキは甘くて胸にじんわりと優しく染み入るほどにおいしくて、おいしすぎて泣けてくる。

しゃらっとページを繰る音。鼻を啜《すす》る声。甘くて蠱惑的《こわくてき》なチョコレートの香り。ほろ苦くてしょっぱいケーキの味——可乃が作ったケーキの味。

「……泣きながら食うなよ」

ふいに可乃が口を開いた。

何の前触れもなかったので、涙を拭く暇もなかった。

「ご、ごめん」

「泣くほど美味《うま》いかよ」

「……おいしいのに、ごめん、あんまり味がわかんない」

盛大に鼻を啜り上げると、可乃が「何だそりゃ」と呆れたようにティッシュケースを渡してくれた。ざくざくと引き抜いた中に涙と鼻水でぐしゃぐしゃになった顔を埋める。

「全部、読んだぞ」

「……うん」

いよいよだなと無意識に背筋を伸ばす。どんな返事がきても覚悟はできているつもりだ。

「まずはこのページ」

「？」

可乃がおもむろにノートを開いて、ある箇所を指先でとんとんとついてみせた。

「まさか、八年も経ってこんな形でお前が現れるとは思いもしなくて、一瞬夢でも見てるのかと自分の目を疑った」

涙を拭いた視界に飛び込んできたのは、二人が【プリムヴェール】で再会するシーンだ。

「慌てて厨房から飛び出して、他のスタッフに怪しまれたくらいだ。お前がもう二度とあの店に行くもんかと誓っている裏側で、俺はどうにかしてお前にまた会う方法を考えてた」

「え？」と春馬が戸惑っていると、可乃は更にページを捲って「次はここ」と指を差す。販売のアルバイトはむいてないと、散々言い訳したあげくに逃げ出そうとするシーン。

「お前が自分のことをあまりにも過小評価するから腹が立った。けど翌日、髪を切って現れた時には、正直ホッとした。あれでまたお前が俺の前から消えたらどうしようかと、これでもメチャクチャ後悔したんだ。その日はまったく眠れなかった。だからお前が戻ってきて底意地を見せた時、惚《ほ》れ直《なお》したよ」

春馬は思わず可乃を見つめた。可乃はノートを眺めたまま、ぶっきら棒に続ける。

「それからは、焦らずゆっくりいこうと決めたんだ。あれだな、お前が俺しか友達がいないみたいなことを言い出すから、ブレーキがかかったんだよ。まあ、高校みたいに邪魔者はいないし、お前は俺の傍にいるし。時間をかけて距離を縮めていくつもりだったのに……」

パラパラと捲りとあるページを開いたかと思うと、なぜかドンと拳《こぶし》を叩きつけた。

「こいつらが現れたんだ。おかげで俺の計画は丸つぶれだ」

「……あ。深瀬と藍川くん」

可乃が複雑そうに頷き、「でもまあ」と思い直したように言った。

「こいつらには感謝もしてるけどな。深瀬はどうでもいいが、藍川のおかげでお前はようやく俺を意識しだして、嫉妬までしてくれたんだから」

「！」

思わずカアッと顔が熱くなった。確かに自分で描いたことだけれど、言葉にして言われると途轍もなく恥ずかしい。

「ちょ、ちょっと待ってよ。あのさ、可乃の話を聞いてると、何かその」

「何だよ」

「お、俺の勘違いだったら悪いんだけど、可乃がまるで高校の時から、その、お、俺のことをどうにか思ってたみたいに、聞こえるんだけど」

言いながら、心臓が早鐘《はやがね》を打つように鳴っているのがわかる。

可乃が何か含みがあるようなため息をついた。反射的にごくりと生唾《なまつば》を飲み込む。

「――いまごろ気づいたのかよ」

「え？」

「お前のこの物語はたった数ヶ月前に始まったばかりだけど、俺からしてみればもう十年近くも続いている長期連載なんだよ。それなのに一向に話が進まない。だいたい、このセリフだってな」

可乃がパラパラとページ数を戻した。春馬がいじけていた頃のシーンで、あるセリフが目に飛び込んでくる。

――一生懸命なお前は、思わずこっちが応援してやりたくなるほど人を巻き込む力があって、そういうところが好きだったんだけどな。

「俺が投げやりになっているお前にハッパかけてるみたいに描いてあるけど、別にそんなつもりで言ったわけじゃねェよ。文字通り好きだったんだよ、お前のことが」

ぶっきら棒な告白に、春馬は思わず自分の耳を疑った。

「まあ、お前の目には深瀬しか見えてなかったけどな。前に言った両想いうんぬんっていうのは、俺のただの愚痴だ。深瀬も大概だけど、鈍さで言ったらお前も負けてねェよ」

可乃が珍しく照れたみたいにそっぽを向いて、バツの悪そうに頭を掻《か》き毟《むし》る。

「もしかして、藍川くんも知ってた？」

「藍川？　ああ、あいつは勘がいいからな。昔から気づいてただろ」

「……そうだったのか」

「本人だけがまったく気づかずに、勝手におかしな勘違いをして姿を消すわ、連絡も一切取れなくなるわ。ホント、あんなに振り回されたのはお前ぐらいだよ」

どうしていいのかわからず、春馬は咄嗟に「ごめん」と謝った。混乱した頭がまだ上手く整理しきれていない。過去の記憶がぐるぐる廻《まわ》る。何も知らなかった自分の行動は、可乃の視点から見るとただただ愚かだった。

可乃が困ったように小さく息をついた。

「バカ、泣くなよ」

「お、俺、本当に何も知らなくて、自分のことばっかで、可乃のそんな気持ち、考えたこともなかった」

「まあ、お前に見破られてたら、それはそれで嫌だけどな」

いつになく優しく頭をぽんぽんとされて、涙が止まらなくなる。

「前にさ」可乃がティッシュをざくざくと引き抜きながら言った。「何でパティシエになったのかって訊いただろ。きっかけの一つは、お前が作ったチョコレートケーキだよ」

「……ひ……うっく……え？」

汚いなと軽口を叩きながら、可乃がティッシュの束で乱暴に春馬の顔を拭《ぬぐ》う。ぐちゃぐちゃの顔で問いかけると、彼はフハッと笑って、「バレンタインのヤツだ」と言った。

「ほとんどお前が自分で食べて吐いてたけどな。でもあれが、俺には今まで食べたチョコレートケーキの中で一番美味く感じられたんだよ。だから余計に悔しかった。何せ、深瀬のために作ったケーキだったからな。隣で号泣してるお前を見て、絶対にこれより美味いケーキを作ってお前に食べさせてやるって、あの時の俺は思ったんだ。まあ、それが今ようやく、実現しているわけだけれども」

可乃がふっと目尻を下げた。

「どうだ？　味は」

「……おいしい」

「本当かよ。鼻水と一緒に食ってるくせに」

「でも、おいしい。おいしすぎて、何かこの辺が苦しくて、なかなか喉を通らないけど」

「何だよそれ」と可笑《おか》しそうに笑った可乃が、また目の縁《ふち》に盛り上がってきた涙をそっと指先で掬《すく》い取った。何を思ったのか、それを赤い舌先でぺろっと舐《な》めて「しょっぱ」と呟く。

「なあ」可乃がぐっと首を傾け、春馬の顔を覗き込むようにして言った。「この漫画の最後のセリフ、お前の口から言ってくれよ」

「え？」

「漫画で告白って、これはこれで一風変わったラブレターみたいでいいんだけど。本人を前にして筆談はないだろ」

言いながら椅子から身を乗り出すようにして、春馬の濡れた頬を両手で包み込む。至近距離で見つめられて、思わず涙も引っ込んでしまった。真面目な顔をした可乃が、熱っぽく声を掠れさせて言ってくる。

「ちゃんと、お前の口から聞きたい」

ボッと顔が一気に火を噴いたみたいに、みるみるうちに熱くなった。漫画を描いた張本人だ。セリフならもちろん覚えている。

「あ……う……」

「あ？　どうした、ほら言ってくれよ」

可乃の口調が急に意地悪なものに変化した。じっと見つめられるのがいたたまれなくて、咄嗟に目を逸らすと、「ちゃんとこっちを見ろ」とムッとされる。

「す……」

「す？」

「……す、好き…だ」

「……うん」

可乃が嬉しそうに頷く。その表情がこれ以上ないというくらい酷《ひど》く幸せそうで、瞬間、春馬の中で何かが弾けた。

「お、俺は、可乃のことが、すごく好きなんだ」

ありったけの想いを込めて伝えた。

「俺と、付き合ってもらえませんか」

途端に腕が伸びてきて、春馬は可乃にきつく抱き締められていた。咄嗟に理解が追いつかず、時間差で胸が切ないくらいに高鳴り始める。長い腕に力がこもり、耳元で「もう絶対に離さねェからな」と熱っぽく囁《ささや》かれた。

「うん。俺も離れたくない」

「……さっきまでビービー泣いてたくせに」

春馬の首に腕を回したまま、可乃が複雑そうに顔を歪めた。しかし、すぐにふっと頬を緩めたかと思うと、冗談交じりに呟く。

「十年越しの奇跡だな」

チュッと頬にキスをされた。びっくりすると、すぐさま反対側の頬にもチュッとされる。

額にも目尻にも鼻にも、思った以上にやわらかくて弾力のある唇で触れてくる。

「か、可乃？」

「お前、一体どういう食べ方してるんだよ。顔全体からチョコレートの味がするぞ」

「え、そんなこと……んんっ」

最後は声ごと奪うみたいにして、可乃の唇にきつく塞《ふさ》がれた。

じっくりと隅々まで味わい尽くそうとする貪欲《どんよく》で濃密なキスに戸惑う。

箍《たが》が外れた可乃の貪《むさぼ》るような愛撫《あいぶ》に、春馬はぎこちない動きで必死に応えながら、まるで自分が本当にチョコレートケーキにでもなってしまったかのような甘ったるい錯覚に陥った。

□■□

「こんにちは」

振り返った春馬は、思わず「あ」と固まってしまった。

「い、いらっしゃい、藍川くん」

常連客を笑顔で迎えようとしたが、あえなく失敗した。頬がぴくぴくと引《ひ》き攣《つ》り、目がどうにも宙を泳いでしまう。二人の間に、気まずい空気が横たわる。

「さすがにわかりやすすぎでしょ、佐久間さん」

藍川が呆れたような目で見てきて、次の瞬間、ぶっと思いっきり噴き出した。

「変な顔！」

「……藍川くん、あんまりだ」

「褒め言葉ですよー。可乃先輩とうまくいったみたいですね」

レジカウンターに焼き菓子をいくつか置いた藍川が、さらりとそんなことを口にした。あまりに自然な流れだったので、一瞬、言葉の意味を理解するのに手間取ってしまう。

「よかったじゃないですか」と、藍川がさっぱりとした表情で言った。

「ようやくって感じですね。収まるところに収まってくれて、俺もすっきりしたかも」

「藍川くんは、その、もう可乃のことは、いいのか?」

「いいもなにも、俺、可乃先輩には二回フラれてますから。それも同じ理由で」

「え、二回?」

春馬が聞いた話とは違う。その二回目はいつのことだろうとつい不審な眼差《まなざ》しで見つめてしまうと、藍川が丸い大きな目を意味深に細めてにやにやと笑った。

「何て言って断られたか知りたいですか?」

「べ、別に……」

「好きな人がいるからって、フラれたんですよ」

春馬が返事をする前に、彼はあっけらかんと言ってのけた。

「昔も今も、まったく同じセリフでした。ホント、腹が立つくらいじれったくて迷惑な二人ですよねえ。純愛もいいですけど、あんまり引っ張ると読者に飽きられますよ」

「うっ」

厭味に対して何も言い返せず、春馬は顔を引き攣らせる。

「藍川くんは、その、前から可乃が俺のこと……知ってたのか?」

藍川が春馬をちらっと上目遣いに見て、「前にも言ったでしょ」と言った。

「佐久間さんが深瀬先輩を追いかけている間、俺は可乃先輩を追いかけていたんですよ?ずっと見ていたら、そりゃ知りたくなくてもいろいろわかっちゃいますよ。先輩が誰のことを見ていたのかなんて、特にあからさまでしたから」

「……そ、そっか」

無性に恥ずかしくなって、急いで商品を袋に詰める。

「そういえば、今月号の『SIGNAL』を読みました。次が最終回なんですね。面白かったし、いいところで終わってたから、どうやって締《し》め括《くく》るのか今から楽しみですよ」

「読んでくれたんだ。ありがとう」

「とりあえず、お疲れさまでした。今後はうちでも頑張って下さいね。期待してますんで」

「うん、頑張るよ」

「この【ぷりむんクッキー】って、佐久間さんのデザインなんでしょ？　小野先生が最近妙にハマってるんですよね。今日もご機嫌取りに使わせてもらいます」

「行ってらっしゃい。あと、ありがとう」

踵を返そうとした藍川が、「え？」と立ち止まった。

「自分の取るべき行動を取れって、藍川くんが言ってくれただろ。あの言葉のおかげで、俺は可乃に自分の伝えたいことをちゃんと伝えることができたから」

一瞬、きょとんとした彼が、弱ったような顔をして笑った。

「それじゃあ、お祝いついでに、佐久間さんにいいことを教えてあげますよ」

「いいこと？」

藍川がいたずらっ子みたいに目を輝かせて、耳を貸せと春馬を招き寄せる。

「実は――」

「駅前に新しいパティスリーができるらしいな」

雑誌をペラペラと捲りながら、可乃が思い出したように言った。

「フランスで修行した若いシェフらしいぞ。松田さんと工藤さんが騒いでた。小泉までイケメンイケメンって、あいつら俺に対する厭味かよ……おい、佐久間」

ページを繰る手を止めて、ギロッと眼光鋭く睨《ね》めつけられる。

「何だよ、さっきから。じっと人の顔を見て。言いたいことがあるなら言えよ」

ハッと我に返って瞬くと、可乃が益々《ますます》訝《いぶか》しむ目つきで睨《にら》んできた。

「まさか、お前もフランス帰りのイケメンシェフ派だとか言い出すんじゃないだろうな」

「え？　な、何それ。知らないよ。俺はただ、高校の頃の話について、知りたいだけで」

「は？」

「あ」と春馬が慌てて口を噤むと、すかさず可乃が「おい」と凄んでくる。

「何だよ、高校の頃の話って」

「何でもない」

「嘘つけ。言わないとこの場で押し倒すぞ」

「わっ、ここ店の中だぞ。変なことするなよ！」

すでに他のスタッフは帰った後のバックヤードだったが、神聖な仕事場である。だのに一番気を遣うべきシェフの可乃が、「変なことって？」と悪い顔をしながら訊いてくるのだ。

ソファの上で一気に距離を詰めてこようとする彼に必死で抵抗しながら、春馬は言った。

「お、俺のファーストキスって、高校の時だったたって本当か？」

ぎくりと可乃が動きを止めた。

「居眠りしてる俺に、可乃はその、キ、キス――したのか？」

「……誰から聞いた」

「あ、藍川くんが偶然見たんだって」

「ちっ、またアイツかよ」

「てことは、やっぱり本当なのか！」

藍川に話を聞いた時は正直半信半疑だったけれど、一気に興奮してきた。形勢逆転してにじり寄る春馬に、じりじりとソファの端まで後退った可乃が観念したように言った。

「……だったらどうするんだよ」

「俺、知らないうちにファーストキスを済ませてたのか。何か、ちょっとショックだ」

「どっちにしろ、俺が最初なんだからいいだろ別に」

「うん、まあそうなんだけど」

「……そこで納得するなよ」

可乃が眉間に皺を寄せて、バツの悪そうに目を逸らした。そっぽを向いた目元が赤い。

「だって俺、可乃としかしたことないし」

「だから、そういうことを俺の腰に跨りながら言うなよ。本気で押し倒すぞ」

「え？　わ！　ご、ごめん。気づかなかった」

いつの間にか春馬が可乃を押し倒した体勢になっていて、慌てて彼の上から下りる。

「なんだ、結局下りるのかよ。そのまま襲ってくれてもよかったのに」

「し、しないよ。そんなこと」

「そりゃ残念」と体を起こした可乃が、「そろそろ帰るか」とソファから腰を上げた。

大きく伸び上がった可乃は、もう少しで天井に届いてしまいそうだ。相変わらずでかいなと見上げていると、ふっと脳裏に藍川の言葉が蘇った。

――ずっと見ていたら、知りたくなくてもわかっちゃいますよ。先輩が誰のことを見ていたのかなんて。

「可乃は、本当にずっと俺のことを好きでいてくれたんだな」

しみじみと言うと、可乃が怪訝そうに振り返った。

「……何だよ、急に。藍川にまた余計なことでも吹き込まれたか？」

「そんなんじゃないけど。ただ、俺の場合は可乃と比べると片想いの時間が短すぎて、こんなにあっさり上手くいっていいのかなって思う」

「お前が延々と片想いしてたら、俺だっていつまでたっても両想いにはなれねェだろうが」

「あ、そうか」

「バカめ」と鼻を鳴らした可乃に、ペチッと頭をはたかれた。

「そんな余裕こいていられるのも今のうちだけだぞ。言っとくけど、俺の十年越しの想いはお前が考えてるのよりずっと重くて面倒くさいぞ。自分でいうのもなんだが、俺の頭の中を覗いたら、お前は逃げ出すかもしれねェな」

わざとらしく含みを持たせた口調に、春馬はぎょっとして思わず数歩後退ってしまった。

「な、何を考えているんだよ」

「さあ？」可乃がにやりと唇の端を引き上げる。「当ててみろよ」

「……可乃、すごくいやらしい顔してるぞ」

「へえ、冴《さ》えてるな。正解、いやらしいことを考えている真っ最中だ」

「え、あっ」

とん、と軽く肩を突き飛ばされて、春馬は再びソファに転がった。驚く暇もなく、頭上でさっと影が差す。可乃がソファの背に両手をつき、春馬を囲い込むようにして立っていた。

「……こ、ここ、まだ店だから」

「キスぐらいはいいだろ？」

ガラにもなくねだるように言われて、春馬は思わずうっと押し黙る。

「十年も我慢してきたから、最近はお前の顔を見るだけで触れたくてうずうずするんだよ」

「……っ」

耳元で熱っぽく囁かれて、びくっと身を竦《すく》めた。可乃はまるで獣《けもの》のように鼻先を春馬の首筋に擦《こす》りつけ、くんくんと匂いを嗅《か》いでくる。いつもは店を仕切る立場にいる男が、春馬の前では甘えるみたいな態度を取るから、なんだかどうしようもなくかわいく思えてしまって困った。きっとこんな姿は他の誰にも見せたことがないに違いない。そう思うと余計に嬉しくなって――気づくと春馬は腕を伸ばして、可乃の背中を抱き締めていた。

「俺、可乃のことが好きだよ」

それまで散々春馬を煽っていた彼が、ふいにびくっと全身を硬直させた。

「……お前は、本当に昔からずるいヤツだな」

「何だよいきなり、俺のどこがずるい……んんっ」

突然、可乃が貪るようなキスをしかけてきた。強引に歯列を割って入ってきた肉厚の舌に春馬は激しく翻弄《ほんろう》される。

「――結局」ようやく長いキスを解いて、可乃が吐息混じりに言った。「俺は何年経っても、お前には勝てないんだろうな。先に惚れた者の弱みだ」

言葉こそ自虐《じぎゃく》めいてみせるものの、可乃の顔は幸せそうに笑っていた。けれども一瞬、泣き出すのかと不安になるほど表情を歪めた彼が、息を弾ませる春馬の頬をそっと、まるで繊細な飴細工《あめざいく》を扱うみたいな手つきで触れてくる。

「好きだよ、佐久間。他の何よりも、俺はお前が一番好きなんだ」

十年分の情を込めた愛の言葉は、春馬の胸を切ないほどに震わせた。

弱みなんて、そんなふうに思って欲しくない。できれば彼の強みになりたい。

きっとこの先、可乃と歩んでゆく人生において、様々な困難が立ちはだかるだろう。時には言い争って大ゲンカをするかもしれない。けれども可乃とならその一つ一つを共に乗り越えていく自信があった。お互いを高めあっていけるような、そんな関係になれたらいい。

春馬は彼を見つめて微笑んだ。軽く目を瞠った可乃が、言葉もなくただくしゃりと目尻に皺を寄せて笑う。

心が通い合うというのは、きっとこういう瞬間のことをいうのだろう。

十年先も、更にその先も、俺の傍にはずっと可乃がいて欲しい。

そんな心の声が伝わったのだろうか。

可乃がふっと愛しげに目を細める。

一瞬見つめあって、どちらからともなく相手を求めるようにキスをした。

手に入れた小さな奇跡を二人で大切に育てていきたいと思う。

■四ヶ月後■

佐久間春馬《さくまはるま》は今、人生最大の壁にぶち当たっていた。

十月も中旬を過ぎ、町の風景もだいぶ落ち着きをみせていた。

ぎらぎらと殺人的な光線を地上に撒《ま》き散《ち》らしていた太陽が、この二週間ほどですっかり丸くなり、今日は陽だまりでひなたぼっこをするネコのようにのんびりとしている。

きらきらと眩《まぶ》しいほどに輝きを放っていた街路樹も、ずいぶんと大人びた緑に衣替えをすませ、目の前に迫ってくるようだった濃い夏色の空は、日に日にゆっくりと、着実に遠退《とおの》いていた。しばらくすればもっと目にもわかりやすい変化が訪れるだろう。

本を捲《めく》る手を止めて、静かにコーヒーカップを傾ける。

秋になるのだなと、窓の外を眺めながら春馬はほうとセンチメンタルなため息をついた。

「そんな色っぽいため息なんかついちゃって、何を読んでるんです？　なになに……『臆《おく》病《びょう》なぼくたちへ　DTからの脱却編』。……佐久間さん、なんてモノを読んでるんですか」

「うわっ」

咄嗟《とっさ》に振り返ると、軽蔑《けいべつ》の眼差《まなざ》しを向けて藍川《あいかわ》が立っていた。うわー、と大きな目を細めて明らかに引いている。

「ち」春馬は焦《あせ》って本を両手で隠した。「違う、これは違うよ！　ま、漫画の資料用に」

「今の連載にそんな展開ありましたっけ？」

藍川が疑いの目を崩《くず》さずに、なぜか当たり前のように対面に座った。店員に「ホットコーヒー一つ」と頼む図々《ずうずう》しさは健在だ。

「……藍川くん、何やってるの？　サボり？」

「小野《おの》先生のところに寄った帰りです。歩いてたらちょうど佐久間さんが見えたので。でも何かお邪魔しちゃったみたいですね。せっかくの勉強中に」

「べ、勉強なんかじゃ」

「ていうか、びっくりですよ。佐久間さんたちって、まだヤッてなかったんですか」

「！」

咄嗟に押し黙ると、藍川が憐《あわ》れみの眼差しで見てきた。無言で指折り数え、「……そろそろ四ヶ月か。可乃《かの》先輩もお気の毒に」と同情めいた声で言う。

「な、何の話だよ」

「そんな本を昼間のファミレスで堂々と読んでいる人が今更照れないでくださいよ」

「だからブックカバーをちゃんとつけてるじゃないか」

「後ろからは丸見えですー。そういえば、もうすぐ可乃先輩の誕生日ですよね」

ぎくりとした。

「ああ、なるほど」藍川が無駄に勘を働かせて、にやっと悪魔のような笑いを浮かべる。「これが先輩への誕生日プレゼントなんだ？」

「な、なな何のことだよ！　可乃のプレゼントはこれから買いに行くんだよ。今日、店も休みで、可乃も用があってどっかに出かけてるから、今のうちに買っておこうと……まままさか、おお俺《おれ》自身が誕生日プレゼント——なんて、そんなベタなことしないって！」

「……顔、真っ赤ですよ。見てるこっちがいたたまれないんで、少し落ち着きましょうね」

ちょうど店員がコーヒーを運んでくる。気まずい空気をものともせず、藍川は呑気《のんき》にカップに口をつけながら「ところで」と言った。

「いい話があるんですけど」

「いい話？　何、仕事のことで？　深瀬《ふかせ》からは特に何も聞いてないんだけど」

「いや、仕事は関係ないです。個人的にお勧めしたいものが」

そう言うと、藍川は鞄《かばん》から一枚のチラシを取り出した。インターネットサイトをプリントアウトしたものだ。「温泉宿です。ある人が予約したらしいんですけど、仕事の都合でどう考えてもこの日程は無理だと思うんですよね。前日に慌ててもキャンセル料をとられますし、もったいないじゃないですか。ここからならそんなに遠くないですし、食事も美味《おい》しくて人気の宿らしいですよ。離れの個室で、なんと露天風呂付き。ちょっと値は張りますけど、どうです？　二泊三日で予約してますけど、一泊分でもいいですよ。お譲《ゆず》りしましょうか」

「え……値が張るって、どれくらい」

ごにょごにょと藍川が身を乗り出して、耳打ちしてくる。春馬は目が点になった。

「た、高い」

「でも、すごくいいところみたいですよ。なかなか予約も取れないらしくて。せっかくですし、いっそこれを誕生日プレゼントにするのはどうですか？　いつもの生活環境からちょっと離れて場所を変えてみたら——案外、佐久間さんの悩みも解決したりして」

「！」

ハッとチラシから顔を跳ね上げると、目の合った藍川が無言でこっくりと頷《うなず》く。

ジョーカー藍川が「これはチャンスですよ、佐久間さん」と神妙な面持《おもも》ちで告げてきた。

「ちなみに、読む本を間違えてます。佐久間さんの場合、ＤＴじゃなくてＳＪですから」


可乃と恋人として付き合い始めてから、もう少しで丸四ヶ月になる。

ダメモトで告白して、想いが通じ合ったその日にキスはすませた。てっきりこれが自分のファーストキスになるのだと感慨深く思っていたら、どうやらそうではなかったらしい。高校の頃《ころ》、知らない間にすでに経験済みだったと知らされて、ちょっとだけショックだった。初めてなのに、記憶がないというのは寂しい。

キスは可乃のおかげですんなりといった。もうこの四ヶ月で幾度となく交わしているので、自分でも少しは慣れたつもりでいる。なにしろ二十六にもなってぴかぴかの初心者マーク。世間一般の恋人同士にとっては当たり前のことが、春馬にはいちいち戸惑いの対象となってしまうのだ。興味は大いにあるのだけれど、なかなか頭と体が嚙《か》み合わない。

その最たるものがセックスだった。

キスはもう大丈夫。互いのものを触り合いもした。春馬にいたっては可乃の口であれこれされたし、自分で触れたことのない場所までいじり倒されたこともある。

問題はその先だ。今日こそは――と覚悟を決めるのだけれど、いざという場面で、春馬はいつも尻込みしてしまうのだ。可乃の立派にそそり立ったものを見ると、どうしても体が逃げを打ってしまう。あんな大きなものが自分の小さな後ろに入るのだろうかと考えると、恐怖さえ覚える。

――気にするな。お前がしたいと思うまで、無理強《むりじ》いするつもりはないから。

可乃はそんなふうに言って、自己嫌悪に陥る春馬をいつも優しく慰めてくれる。

違う。

本当は春馬だってしたいと思っているのだ。可乃とちゃんとセックスをしたい。

男同士がどうやってするのかは、すでに学習済みだった。自分に足りないのは精神面の問題なのではないか。童貞というコンプレックスが初体験の邪魔をしているに違いないと、その手のハウツー本を何冊か読み込んでみたけれど、いまだに解決の糸口が見つからない。

藍川の言うように、環境を変えてみるのも一つの手かもしれない。

可乃は辛抱強く待ってくれてはいるけれど、それもいつまで我慢がきくだろう。可乃も男だ。拒み続けていたら、そのうち愛想をつかされてしまうのではないか——。

それが何より怖い。


「すごいな」

案内してくれた女将が部屋を出て行った後、二間続きの広い客室を見回しながら可乃が言った。

「露天風呂までついているのか。よくこんなところを知ってたな。前にもここに来たことがあるのかよ」

「え」春馬は咄嗟にかぶりを振る。「俺も、こういうところはよく知らないし、いろいろと調べたんだ」

「せっかくならもう少し早く来たかったな。もう外は真っ暗だから景色が見えない」

可乃が窓辺に立ちながら残念そうに言った。

土、日、月のうち都合のいい予定でどうぞと藍川が言ってくれたので、春馬は店の定休日を入れた日、月の一泊二日旅行に決めたのだった。少し早めの誕生日プレゼントだが、どうだろう。可乃に提案してみたところ、彼の独断でその週日曜の営業時間はいつもより二時間半短縮の五時で終了が決まった。急な変更だったけれど、スタッフはみんな大喜びしていたのでよしとする。

そうして、今日の仕事を終えた後、可乃の運転する車で温泉宿までやって来たのだ。

「すぐに食事だって言ってたな。腹減ったし、風呂はその後でもいいか」

「うん」

にわかに緊張してきた。温泉に入ってからが勝負。この日のためにネットで購入したちょっと怪しい雑誌を読みあさって勉強してきたのだ。おもてなしの心が大切だ。まずは可乃の背中を流して、それから一緒に温泉につかって、それからそれから……。

「おい、佐久間。さっきから何を一人でぶつぶつ呟《つぶや》いてるんだ」

ハッと我に返ると、目の前に可乃のどアップがあって、びくっと文字通り跳ね上がった。

「な、なな何？」

「何でそんなに驚いてんだよ」可乃が怪訝そうに見てくる。「食事が運ばれてくる前に浴衣《ゆかた》に着替えねェか？　そっちの方がくつろげるだろ」

「ああ、うん。そうだな、着替えようか」

可乃に渡されて、春馬は服を脱いで渋紺《しぶこん》の浴衣を羽織る。あまり着る機会がないので、一瞬左右どちらの前身頃を上にすればいいのかわからなくなって戸惑った。どちらかは死装《しにしょう》束《ぞく》だった気がする。

「おい、貸してみろ」

すでに帯まで締めた可乃が、もたもたしている春馬を手伝ってくれた。左前身頃が上にくるのが正解らしい。結局帯まで締めてもらう。

「ありがとう」

「……案外、似合うな」

「え、そうか？　可乃の方が似合ってるよ。背も高いし、体格がいいからサマになるな。かっこいい」

あらかじめ可乃の身長を伝えておいてよかったと思う。Lサイズではつんつるてんになりそうだったので、特大サイズの浴衣を用意しておいてもらったのだ。

「佐久間」

「ん？」と視線を上げた先、可乃がじっと見下ろしてくる。ふいに手が伸びて、春馬の頬に触れた。体温低めのさらりとした手のひらにそっと撫《な》でられて、びくっと背筋が伸びる。

それまで和《なご》やかだった空気が、一瞬にして濃密なものに変化するのがわかった。

「か、可乃？」

「佐久間……」

ゆっくりと可乃の顔が近付いてくる。何を求められているのか春馬もすぐに察して、思わず目を閉じた。

「失礼致します。お夕食の準備に参りました」

襖《ふすま》の向こう側からまさかの無粋《ぶすい》な声が割り込んできたのはその時だ。

「！」

ぎょっとした二人は静電気に弾かれるかの如《ごと》く、慌てて密着した体を離したのだった。

ボリュームたっぷりの夕食は、新鮮な海と山の幸をふんだんに使った贅沢《ぜいたく》なものだった。今日の主役である可乃も豪華な食事に満足してくれたようだ。

「おい、ちょっと飲みすぎじゃないか？」

二人で瓶《びん》ビールを二本空けた後、さらに日本酒も頂いていると、可乃が口を挟んできた。

「そんなことないよ」春馬はお猪口《ちょこ》になみなみと注《つ》ぎながら答える。「可乃と同じぐらいだ」

「俺は普通だけど、お前は顔が真っ赤だぞ。そんなに強くないだろ。もうやめとけ」

「まだ、大丈夫だって」

ケラケラと笑う半面、本音は飲まないと緊張して黙り込んでしまいそうなのだ。食事が済んだらいよいよ温泉。今夜こそは——と意気込んで、一気に呷《あお》る。

食事もあらかた終わった頃、春馬はいそいそと部屋の隅に移動した。出発する時から可乃が不審がっていたクーラーボックスの中から、ケーキ箱を取り出す。

「これ、俺が作ったんだけど」

可乃の前に差し出し、じゃーんと箱を開ける。現れたのは小ぶりの誕生日ケーキだ。さすがの可乃も目を丸くしてみせた。「これが入ってたのか」

「今朝、みんなに協力してもらって作ったんだ」

「……ああ、道理で今日は揃《そろ》って出勤時間が早かったわけか」

「みんなにも評判がよかったんだよ。似てるって」

チョコレートのスポンジ生地を生クリームとイチゴでデコレーションし、表面にはデコペンで可乃の似顔絵が描いてある。もちろん春馬が描いたものだ。店オリジナルのぷりむんロウソク付き。

「全然似てないだろ。お前らツリ目のイキモノは全部俺だと思ってねェか」

「そっくりだよ。我ながらいい出来だと思ってる。あ、みんなには今日のことは言ってないから安心してくれ。可乃の誕生日の予行練習がしたいって言ったら、みんなうんうんって納得してくれたから。大丈夫、怪しまれてないと思う。三十日の当日にも同じケーキが出てくると思うけど、そこは知らなかったフリをしてくれよな」

「……まあ、あいつらもみんないい大人だから大丈夫だろ」

「あ、ワインもあるんだ。グラスもちゃんと準備してきたから、これも飲もう」

「おい、もうお茶にしておけ。冷蔵庫に入ってただろ。ジュースがいいか？」

「大丈夫だよ、一杯だけ飲んで俺はやめるから。工藤さんからこれがおいしいって教えてもらったんだ。ほら、乾杯しよう」

乾杯して、嫌がる可乃が渋々ロウソクを吹き消したところまでは覚えている。拍手をした記憶があるから間違いない。そこから先は——闇《やみ》の中だ。


ハッと気がつくと、なぜか春馬は布団の中で寝ていた。

視界はぼやけていたが、明らかに自分の部屋ではない。と気づいた瞬間、

「しまった!」

春馬は飛び起きた。少し頭が痛んだけれど、そんなことはどうでもいい。慌てて隣の布団を確認する。しかし可乃の姿はなく、春馬はきょろきょろと薄暗い室内に目を凝《こ》らすのだけれど、どこにも人影らしきものは見当たらない。

枕の頭上に眼鏡《めがね》がきちんと折り畳んで置いてあった。横にミネラルウォーターのペットボトルまで置いてある。そういえば喉《のど》がカラカラだ。春馬は急いで眼鏡を装着し、ペットボトルの水を一気に半分ほど胃に流し込むと、寝乱れた浴衣も構わず襖を開けた。先ほどまで食事をしていたはずの部屋だが、シンと静まり返って電気は消えている。

先ほどといっても、自分がどれくらい寝ていたのか見当もつかない。とりあえずまだ夜が明けていないことだけは窓の外の様子から確認できて、少しホッとする。

可乃は一人でどこに行ってしまったのだろう。

おろおろとしていると、どこからか水音が聞こえてきた。

——そうか、温泉！

急いで窓辺に出て、短い廊下の突き当たりにある引き戸を開けた。檜のいい香りがするこじんまりとした脱衣所に、可乃の浴衣を発見する。

春馬も急いで浴衣を脱ぎ捨てて、露天風呂につながるドアを開けた。

「可乃！」

湯けむりの向こう側で、びくっと人影が動いた。

「……佐久間、目が覚めたのか」

「ごめん！」春馬は曇《くも》った眼鏡のレンズを拭《ぬぐ》いながら謝った。「俺、一人で寝てたんだな。せっかく可乃の誕生日を祝うつもりで来たのに」

白い湯気越しに、声もなく笑う様子が伝わってくる。

「別にいいって、もう十分祝ってもらったから。それより大丈夫か？　結構飲んでただろ」

「平気だ、さっき水を飲んだから。可乃が置いておいてくれたんだろ？　ありがとう」

返事の代わりにぴちゃんと水音がした。

「可乃、あの、よかったら背中を流そうか？」

湯気の先に向けて話しかけると、少し間があって、「俺はいいから、自分の体を流してこいよ」と断られた。練りに練った計画は初っ端《しょぱな》から大失敗だ。何でこんな大事な時に寝てしまったんだろう――自分の愚かさに呆《あき》れて物も言えない。

春馬は落ち込んで、とぼとぼと自分の体を流しに向かった。だが、まだ全部が失敗に終わったわけではない。むしろ勝負はここからなのだ。せっかく最適なシチュエーションを用意したのだから、これで何も起こさなければそれこそ男が廃る。

出だしで盛大に躓《つまず》いたせいか、妙に腹が据わったような気がした。春馬は念入りに体を洗い終えると、覚悟を決めて温泉に入る。

思ったよりも広さのある露天風呂は、ちょうどよい水温だった。十月の夜風は冷たくて、顔は涼しく、首から下のこの温かさが心地いい。

湯気の中を掻《か》き分《わ》けるようにして進んで行く。

「可乃？」

「おう」夜空を見上げていた可乃が春馬を見た。「すごいぞ、あれ」

視線に釣られて頭上を仰ぐと、満天の星空が広がっていた。

「うわ、本当だ。こんなに星が見えるのか」

「周りが暗いから余計だな。久しぶりにゆっくり夜の空を見た気がする」

「俺もだ。いつも目線の高さの景色しか見てないから。綺麗《きれい》だな」

隣に並んで座り、しばらく星空を眺めた。

「佐久間」ふいに可乃が言った。「今日はありがとうな」

ハッと隣を見ると、こちらを向いていた可乃と目が合う。

「これまでで一番幸せな誕生日だよ。去年は仕事で自分の誕生日も忘れていたぐらいだし、まさか一年後にお前に祝ってもらえるなんて想像もしてなかったからな」

遠い目をしてそんなことを言う可乃が、その瞬間、何だかものすごく愛しくて愛しくて堪《たま》らなくなる。

「か、可乃」

「うん？」

「誕生日、おめでとう」

春馬は言い終わるか終わらないかのうちに、横から強引に伸び上がって可乃の唇に自分のそれを押し当てた。

「──痛っ」

しかし、的が外れてガチッと歯がぶつかってしまう。春馬は小さく悲鳴を上げた。自分で仕掛けておいて何だが、失敗だ。予定ではもっと上手くいくはずだったのだけれど。

「ご、ごめん可乃！　大丈夫か？」

「……平気だ」と答えながら、口元を手で覆っている。痛かったのだ。

こんなつもりじゃなかったのに──春馬は泣きたくなった。可乃を祝うはずがいつの間に

か酔っ払って一人先に寝てしまうし、せっかくの温泉で可乃の背中を流そうとしたら本人に断られ、結局自分の体を洗っただけだし、初めて自分からしたキスも上手くいかなかった。己《おのれ》の情けなさにがっかりする。可乃に喜んでもらいたかったのに、これではいつも通り彼が春馬の世話を焼いて終わるパターンだ。

「何をそんなに落ち込んでるんだ」

いきなり黙り込んでしまった春馬を不審に思ったのだろう。可乃が訊《き》いてきた。

「ごめん」

「何が」

「いろいろと……上手くできなくて」

理想と現実の激しいギャップに打ちのめされる。自分はこんなにもダメな人間だったのか。

「バカだな」と、可乃がぽつりと言った。「俺はさっきのお前からのキス、すげェ嬉《うれ》しかったんだけど」

「え？」

「お前はいろいろ考えすぎなんだよ。もともとそんなに期待してない。本音を言うと、傍《そば》にいてくれるだけで十分だ。それで俺がどれだけ幸せになるか、お前は全然わかってない。だから、そんなしゅんとした顔をするな」

「っ」

不意打ちのように水面から出てきた手にきゅっと鼻をつままれて、春馬はふがっとブタみたいな悲鳴を上げてしまった。「色気がねェな」と可乃が笑う。ムッとすると、可乃が水《みず》飛沫《しぶき》のかかった春馬の眼鏡をそっと外した。

「落ち込んでるよりは怒ってる顔の方がまだマシだな」

にっと唇を引き上げてみせた可乃が、ゆっくりと近付いてくる。春馬も自然と目を閉じた。衝突事故みたいだった先ほどのキスとは違い、軽く唇に吸い付くようにして優しく口づけられる。その慣れた様子に、春馬は嫉妬《しっと》した。ぎこちない自分と比べて、明らかに彼は場慣れしている。春馬と再会するまでの八年間、もちろん何もなかったとは思わないけれど、やはり本音は少し悔しい。可乃はこれまでどんな経験をしてきたのだろうか。

——もともとそんなに期待してない。

春馬に気を遣っての言葉かもしれないが、そう言い切られるのは癪《しゃく》だった。

「……ふ、っん」

口づけが深くなる。舌を搦《から》め捕られて、じんと脳髄《のうずい》が甘く痺《しび》れた。可乃とのキスは、まるで自分がケーキにでもなったかのような気分になる。最初は素材の具合をたしかめるみたいに優しく丁寧に仕込み、やがて器用な舌を使って全体に甘いクリームをくまなくまぶすようにして繊細な動きでまさぐられたかと思うと、最後は一気に荒々しく食い尽くされる。快楽のツボを的確に刺激してくる巧みなキスに、春馬は今にも溺《おぼ》れてしまいそうだった。

唾液《だえき》を啜《すす》り、貪《むさぼ》るように肉厚の舌を奥深くまで抜《ぬ》き挿《さ》ししてくる可乃の動きは、まるでそれがセックスの代わりだといわんばかりに思えてならない。やはり、相当な我慢をさせてしまっているのだ。

どこまで可乃の期待に応えられるかはわからないけれど——春馬は口で彼の激しい愛撫《あいぶ》を受け止めながら、水面下でそっと手を伸ばした。目標を定め、おずおずと手探《てさぐ》りでその場所に寄せていく。

ふいに、指先が何か硬いものに触れた。

「——!」

パッと、可乃が弾かれたみたいにキスをといた。一瞬、酷《ひど》くバツの悪そうな顔をしてみせた彼は、咄嗟に身を引こうとする。春馬は思わずその逞《たくま》しい腕を摑んで言った。

「可乃……俺、したい」

縋《すが》るように見つめた先、可乃が珍しく動揺するみたいにびくっと体を震わせた。

「俺、ちゃんと可乃としたいんだ。この温泉旅行、実は俺の下心もあったんだよ。本当はずっと、可乃とそうなりたいって思ってるのに、いつも俺のせいでなかなか最後までできなくて。俺、自分でも歯痒《はがゆ》くて、それで場所を変えたら、案外すんなりできるんじゃないかって思ったんだ」

「……いいのかよ?」可乃がごくりと喉仏を大きく上下させたのがわかった。「俺も、もう結構限界に近い。今日は途中でやめろって言われても、聞いてやれないかもしれないぞ」

「そんなこと言わないよ。俺は可乃が好きだから、今ここで可乃としたいんだ。その、初めてだから上手くできるかどうかはわからないけど」

可乃が複雑そうに眉根を寄せた。

「お前、天然も大概にしとけよ。そんなに俺を煽《あお》るんじゃねェよ、バカ。こっちは十年間お預け食らってるような状態なんだからな」

「え？　俺、別に天然じゃない……」

「ああ、もういいから喋《しゃべ》るな」

手のひらで口元を塞《ふさ》がれる。可乃が上気した頬《ほお》を弛《ゆる》ませて、言った。

「これ以上、『待て』はしてやらない。覚悟しろよ」


浴槽を囲むつるりと丸い一番大きな石に、春馬は懸命にしがみついていた。

「……っふ……ぅン、あっ」

湯につかった股《また》の間からずるんと突き上げてきた可乃の剝《む》き出《だ》しの欲望が、春馬の昂《たか》ぶりを強く擦り上げた。背後に立つ彼に尻を差し出すようにして、必死に両足に力を入れる。

しかし、敏感な裏側を逞しく張り出したもので何度も擦《こす》られてはたまらない。可乃の硬くそそり立ったそれは春馬のよりも確実に一回りは大きく、背後から突き入れられてもこちらの先端にまで届きそうなほど長かった。太腿をしっかり閉じるように言われたけれど、やわらかい肉の間を駆け抜けてゆく熱い摩擦の刺激は相当なもので、今にも膝《ひざ》から頽《くずお》れてしまいそうになる。踏ん張る傍から力がどんどん抜けてゆき、足の裏から温泉の湯に溶け出しているようだ。

滑らかで冷たい石の上に上半身を乗り上げ、石と自分の体重に挟まれた胸の小さな突起がじくじく疼《うず》く。

ここはすでに何度か可乃にいじられたことがあるので、男でも快感を得ることができる場所なのだと知っていた。さっきも可乃に少し強めにつねられただけで、あやうく達してしまいそうになって焦ったのだ。あともうちょっとでも乱暴にされていたら確実だったと思う。

ぬるぬると股の間で動いているものを意識しただけで、血流が一気に下肢《かし》に集中した。

「あ、可乃……ふっ……ぁもう、イキそ……っ」

可乃が背後から両手で春馬の太腿をぐっと押さえつけた。内腿に挟み込んだ硬いそれが敏感な肉に食い込むのがわかる。激しく腰をつき入れ、一気に引いた勢いで尻の窄《すぼ》まりを掠めた先端が、今にもぐちゅぐちゅと熟《う》れた音を立てて中にまで入り込んできそうだった。

「やっ……はあっ、可乃、もう、無理…っく、もたないって」

「ああ、俺も、一回、出したい……うっ」

「ふっ、あ、ああ！」

一際力強く擦り上げられた瞬間、目の前に閃光《せんこう》が走った。

背後で可乃の低い呻《うめ》き声が聞こえる。春馬は構わず痙攣《けいれん》する内股に力を入れて、背中を弓《ゆみ》形《なり》に反らす。半ば無意識のうちに可乃を締め上げながら、あっけなく吐精した。

ぱた、ぱた、と黒く磨き抜かれた石に二人分の白濁が飛び散る。

後ろから春馬に覆い被さるようにもたれた可乃の、乱れた呼吸が聞こえてくる。

少したって、可乃がゆらりと体を起こした。その途端、水面下で密着した彼の下半身の変化に春馬はびくっとする。早くも可乃の股間《こかん》は熱く猛《たけ》っていたからだ。

すごい——春馬は思わずごくりと喉を鳴らした。一旦、股の間から引いていく彼の欲望に圧倒される。さっきのでも十分刺激が強かったのに、この凶器みたいな昂ぶりを後ろに受け入れたら、一体どうなってしまうのだろうか。

「あっ」

おもむろに胸の突起をいじられて、春馬は甲高い声を上げた。もどかしくて自ら石の表面に擦りつけていたそこは、色白の体にパッと赤い花が散ったみたいに濃く色付いている。

何かぬるっと粘り気のある物が触れて、春馬は喘《あえ》ぎながら自分の胸元を見下ろした。可乃が右胸に円を描くように塗りたくっているそれは、先ほど二人が放った体液だと気づく。

白い粘液が卑猥《ひわい》な水音を鳴らしながら春馬の体に絡みつく。石の上で掻き混ぜられた白濁は、もう自分の物なのかそれとも可乃の物なのか区別がつかなかった。たっぷり掬《すく》い取《と》り、可乃がわざと春馬に見せ付けるみたいにして、指先をねっとりと動かしくちゅくちゅ捏《こ》ねる。それを、今度は左の乳首に塗るのだろうか——欲情した春馬は期待したが、しかし可乃の指は前には触れず、いきなり後ろの窄まりをもみこんできた。

「か、可乃……?」

「ここでするんだろ？　力を抜けよ」

くちゅ、といやらしい水音を鳴らして長い指が後ろをくじる。胸ほどではないが、そこも何度か可乃にいじってもらったことがあった。念のためにと通販で購入した潤滑剤を鞄に忍ばせてきたけれど、どうやら必要ないらしい。代わりに、精液を丹念に塗り込まれる。いざという時は、こういうものでも代用できることを初めて知った。

軽い異物感があって、ぬめりと共に指が中に滑り込んでくる。温泉に浸かって筋肉がゆるんでいたのと粘着質な体液のおかげで、痛みはなかった。

「……うっ、はあ……うン」

ゆるゆると指を抜き挿しされて、思わず鼻にかかった甘ったるい声が漏れた。

いつの間にか粘膜を擦る指は二本に増え、揃えたそれらを中でぐっと開かれる。「あっ」圧迫感が強くなり、春馬は堪らず石にしがみついた。「三本入りそうだな」と背後で可乃がどこか楽しげに言い、すぐにそれほど引っかかりもなく指がもう一本中に入ってきた。

節の高い三本の指が内側でばらばらと動いているのがわかる。

まだ触られていない秘所の存在を思い出して、春馬は思わずぶるりと体を震わせた。あそこを指で強く押されてしまったら、またすぐに達してしまいそうだ。

「か、可乃……もう、指は、いい。大丈夫だから……早く、可乃のを入れてくれ」

首だけで振り返って、懇願する。生理的な涙なのか汗なのか水滴なのか、何だかよくわからないものが頬をつうっと滑って落ちた。返事がない。不安になって「可乃？」と問いかけるのとほぼ同時に、ずるっと後孔から一気に指が引き抜かれた。

「——あうっ」

「天然も大概にしとけって言っただろ」可乃が春馬の腰をぐっと摑む。「初めてのくせに、そんなエロい誘い方してんじゃねェよ」

散々ほぐされてやわらかくなった後ろに、熱い切っ先が宛《あて》がわれたのはその時だった。あまりの熱さに火傷《やけど》するのではないかと本能が焦る。一瞬、逃げを打った腰が可乃によってぐいっと引き戻された。

「入れるぞ」と背後で可乃が言った。

春馬は覚悟を決めて頷き、次の瞬間、ずずっと鋼《はがね》のように硬く猛った可乃が力強く内壁を押し広げるみたいにして入ってきた。

その圧倒的な熱と質量に絶句し、声にならない悲鳴を上げる。内臓を押し上げるようにして異物を捩じ込まれる苦しさに、春馬は懸命に喘ぎながら耐《た》えた。

「……っ、やっぱりキツイな。大丈夫か？」

「ぜ、全部、入った……？」

もう随分と奥深くまで受け入れた気がして、春馬は獣《けもの》みたいに荒い息遣いを繰り返しつつ問いかける。しかし、可乃からは「いや、まだ半分ほどだ」と申し訳なさそうな声が返ってきて、ぎょっとした。まだこれで半分しか埋まっていないなんて——春馬は必死に石にしがみつきながら、恐怖さえ覚える。硬くそそり立った可乃のそれは、見た目よりも遥《はる》かに圧迫感が凄くて、すでにかなり辛《つら》い。その一点でのみ支えられ、水面の底で踏ん張る踵《かかと》が浮き上がる。痛みはほとんどなかったが、粘膜を限界まで引き伸ばされている感覚が苦しかった。

「一度、抜くか」

熱っぽい息を吐き出して、可乃がずるっと腰を引いた。その瞬間、ビリッと電流が走ったかのような強烈な快感に襲われて、春馬は大きく背中を反らす。

「ぅあっ！」

咄嗟に下肢に力を入れ、可乃をきつく締め付けてしまった。

「っ」

低く呻いた可乃がある角度で腰の動きを止める。張り出した傘の部分がまた絶妙な位置をひっかけるように当たり、春馬は「あ、そこ」と息を乱しながらわけもわからないままに頼んでいた。「可乃、今のとこ……もう一回……ぬ、抜かないでくれ」

「……ここか？」

「あっ、うん、ぁあっ、そこ、ダメだ……んんっ」

「ダメじゃないだろ。ここがいいんだろ？」

春馬が求める場所を完全に把握したのか、可乃は狙いを定めた動きでその一点を集中的に突き始めた。内側の浅い位置にあるそれは前立腺だ。男はここを擦られると気持ちいいのだと、そう教えてくれたのは可乃だった。

いつものように指で揉まれるのとはまた違う。太くて硬いそれがぐいぐいと捏ねるように何度もそこを攻め立ててくる快感は強烈で、言いようのないものだった。

「そんなに腰を振って、気持ちいいか？　ほら、わかるだろ。奥に入っていくのが」

情欲に掠《かす》れた声が楽しそうに伝えてくる。可乃の言う通り、ぴくぴくと震える腹の奥底でまだひっそりと閉じた肉壁が、熱の塊によってゆっくりと押し開かれていくのがわかる。

「もうちょっとだ。苦しいか？」

春馬は懸命に息を吐きながら、かぶりを振った。

「大丈夫だから、最後まで、入れて……ああっ！」

一気に可乃が腰を突き入れてきた。尻に肌の感触がぶつかり、敏感な最奥を強く突き上げられた途端、目の前に赤い火花が散った。

「……っ、悪い、俺もこれ以上は我慢がききそうにない」

「が、我慢なんてしなくていい、から……はあ…俺、可乃の、好きなように、してほしい」

「だから、そういうことを簡単に言うんじゃねェよ。……くっ、お前は、そんなに俺の理性をぶっ飛ばしたいのかよ」

ぐりぐりと硬い先端を奥に押し付けたまま、可乃が乱暴に腰を大きく回してきた。可乃の動きによって、串刺しにされた春馬の体も揺れ動く。足の裏が完全に浮いてしまいそうになって、必死に石の表面に指をかける。

「——動くぞ」

言い終わるより先に、可乃がぐっと腰を引いた。内臓ごと引きずり出されてしまうのではないかと思うほど強烈な排泄感《はいせつかん》に襲われる。ぞくぞくと全身が総毛立ち、しかしそうかと思った次の瞬間、ぎりぎりまで引き抜いたそれを今度は一息に奥まで捩じ込まれた。

肌と肌がぶつかり合う。

神経まで焼き切れてしまいそうな快感が脳天まで突き抜けた。強い快楽のうねりに放り込まれる。

欲にまみれた声で喘ぐ可乃が、箍《たが》が外れたみたいに激しく腰を打ちつけ始めた。

波立つ水面で湯がぱしゃぱしゃと飛び跳ねる。可乃の動きに振り落とされないようにと、春馬も必死に石にしがみつく。互いが貪るようにただただ本能に従い、まるで獣の情交みたいだと思った。欲望の赴くまま腰を振り続ける。

これが初めての経験だというのに、内側を擦り上げられる感覚が溺れてしまいそうになるほど気持ちよすぎて、自分を見失いそうになる。

限界が近い。

高みにむかって、可乃の揺さぶりが一層激しくなった。最奥を幾度も突き上げられて、閉じることを忘れた春馬の口からはひっきりなしに嬌声《きょうせい》が上がる。

「……佐久間っ」

可乃がふいに春馬を呼んだ。

返事をしたかったが、喘ぐばかりでまともに言葉が出てこない。背後で可乃がまるでそれしか言葉を知らないみたいに何度も春馬の名前を呼び続ける。合わせて執拗《しつよう》に攻めてくる。

「佐久間——好きだ」

壮絶に色気を纏《まと》った掠れ声が囁いた瞬間、ぶるりと心臓が震え上がった。突如、狂おしいほどの愛情が体の底から噴《ふ》き上げてきて、切なさに押し潰されそうになる。

「か、可乃……はっ、お、俺も……ぁあ、あ——」

一際強く貫《つらぬ》かれて、びりびりと電流が全身を駆け巡った。痺れた後ろから押し出されるようにして、張り詰めた先端が開き、二度目の精を放出する。

射精の反動でぎゅっと尻の奥に力が入った途端、可乃が喘ぐ。

腰に響く低いそれに、ぞくっとした。春馬は思わず息を飲む。直後、達したばかりでまだびくびくと震えている粘膜に叩《たた》きつけるようにして、可乃が夥《おびただ》しい量の熱い飛沫を放った。

目を開けると、すでに辺りは明るくなっていた。

再び布団に入ったのは何時ぐらいだっただろうか。あまり寝ていないような気もするけれど、頭は妙にすっきりとしていた。

もぞりと寝返りを打つと、すぐ隣に可乃が眠っていた。

そういえば、と昨夜のことを思い出す。彼が当たり前のように春馬と同じ布団にもぐりこんできたのだ。せっかく二組敷いてあるのに、片方は皺《しわ》も寄っていない。

可乃は春馬を抱きしめるようにして眠っていた。

「……本当にしちゃったんだな」

まだ尻の奥に何か挟まっているような違和感があるので、夢ではないだろう。実際に体験してみると、八年前に勘違いしたあの腰の痛みはまったくの別物だとわかる。これが正真正銘の初体験だ。

ふいに笑いが込み上げてきた。

可乃の寝顔を眺めながら、嬉しくて嬉しくて堪らなくなる。付き合い始めてから四ヶ月、ようやく可乃と心身ともに結ばれたのだ。

「可乃、寝顔はかわいいんだな。前髪下ろしてると、ちょっと幼くなってかわいい……」

「お前のかわいさには敵《かな》わねェよ」

いきなりパチッと可乃が目を開けて、春馬はぎょっとした。

「お、起きてたのか」

「朝からニヤニヤ浮かれやがって。かわいいなあ、ホントに佐久間は」

「な！」

「真っ赤な顔して照れるなよ、あんまりかわいいとまたムラムラするだろ」

ぐっと春馬の背中に回した腕を引き寄せられた。無駄な筋肉のついていない均整のとれた逞しい胸元に鼻先が触れて、大いに戸惑う。

「……な、何か、いつもの可乃と違う」

「そうか？」可乃は愛おしそうに目を細めて、いつになく甘ったるく微笑《ほほえ》む。「だとしたら、お前が目の前にいるからだな」

「――――！」

鼓膜まで真っ赤に染まりそうなセリフを口にした彼は、更に「愛してるぞ、佐久間」と愛の言葉なんてものを囁いてみせる。そうしてにやりと笑い、目を丸くする春馬の唇を掠め取るように、チュッと優しいキスを落としたのだった。

■八年と十ヶ月前■

両想いなんてものは、奇跡を手に入れるのと同じだ。

「――あ。やべっ、教室に忘れてきた」

鞄の中をあさって、可乃は顔をしかめた。入れたと思い込んでいた雑誌がない。「あ、別に今日じゃなくてもいいですよ」と、気を遣った後輩が笑顔でかぶりを振ってみせる。

「いや、部室に行く前に教室に寄って取ってくる。藍川、『月刊バスケット』だけでよかったんだよな」

「は、はい！」

ぱあっと顔を明るくした彼は「それでは失礼します」とぺこっと頭を下げて、二年生の集団に戻って行った。いつも元気だなと微笑ましく思う。小柄な上、ほとんど初心者同然の技術力で昨年入部した彼は、なぜだか可乃によく懐いていた。どちらかといえば『怖い先輩』のレッテルを張られがちなので、彼のような後輩は珍しい。以前、他校生に絡まれていたところを偶然通りかかった可乃が助けたこともあって、そのせいで彼には随分と感謝されていた。

ミーティングを終え、視聴覚室から出る際に主将の深瀬に断って、教室へと急ぐ。

放課してから一時間ほどが経《た》っていた。

昼間はあれほど賑《にぎ》やかだった校舎内はシンと静まり返っていて、普段は気にも留めない足音がリノリウムの床に妙に響き渡る。芸術棟から吹奏楽部の演奏が聞こえていた。

誰《だれ》もいない教室に入り、自分の机の中から置き忘れていた雑誌を取り出す。手に持ち、急いで部室に向かおうとした時だった。

カタン、とどこかで小さな物音が鳴った。

振り返るが、廊下に人影は見当たらない。隣の教室にまだ誰か残っているのだろうか。何とはなしに踵《きびす》を返す。数歩戻って、戸口から首を伸ばすようにして中を覗き込む。

「――何だ、お前かよ」

可乃は気の抜けたため息をついた。

窓際の列の一番後ろ、特等席。そういえば先日、席替えのクジ引きで初めてその席を引き当てたと喜んでいた。

「そんなに嬉しいかよ、佐久間。放課後まで座り続けるほどか」

呆れながら幸せそうなアホ面を眺めていると、自然と笑いが込み上げてきた。

窓ガラスに頭を預けて、すやすやと気持ち良さそうに眠っている。センスの欠片《かけら》も無い丸眼鏡がずれて、鼻の頭に引っかかっていた。どれだけ熟睡しているのだと呆れ返る。

足元には雑誌が落ちていた。

先ほどの物音はこれだったのだろう。拾おうとして、思わず手を止める。見覚えがあると思えば、今自分が持っているそれと同じだった。

何でお前がバスケット雑誌なんて読んでいるんだ。ボールもまともに持てないくせにとバカにする細い腕は、教室に差し込む西日に照らされてとろりと杏色《あんずいろ》に輝いていた。

この手は、ボールはつけないけれど、料理ならそこそこ上手く作れる。今日もどうせ、差し入れをするためにこんなところで時間を潰していたのだろう。さほど興味もないバスケット雑誌を捲りながら。

「……お前も、健気だよな」

可乃は彼が密《ひそ》かに想いを寄せている相手をよく知っていた。だからこそ、こいつは自分に恋愛相談なんてものを持ちかけてくるのだ——こっちの気も知らずに。

拾った雑誌を静かに机の上に置いた。

すうすうと気持ちの良さそうな寝息が聞こえてくるだけで、起きる気配はまったくない。呑気《のんき》なヤツだ。

「っとに、腹の立つヤローだ」

口では悪態をついてみせるが、思わず彼の髪に触れた指先は、自分で思ったよりもずっと優しい動きをしていた。額にかかった髪の束を、そっと横に流す。同い年だというのに、まだ丸みの残るやわらかそうな幼い頬。

少し躊躇《ためら》って、慎重に指先を滑らせた。何だこれはと驚く。男のくせに女みたいにすべすべとして気持ちいい。そこに唇を寄せて強く吸い付きたい衝動に駆られて、焦った。

すうすうと規則正しい寝息を聞かせる口元を眺めていると、なぜだか急に胸が詰まった。

どうしてと思う。どうして、こいつの好きな相手が自分ではないのだろう。


「…………」


重ねた唇を名残惜《なごりお》しく引き剝がして、すぐに罪悪感が込み上げてきた。

してはいけないことをしてしまった。だが同時に、これで少しでも歯車が狂えばいいのにと昏《くら》い期待を抱《いだ》いてしまう。彼のあどけない笑顔が脳裏を掠めた。決して願ってはいけないことだとわかっているけれど、それでも願わずにはいられない。

「……ん」

ふいに声がして、可乃はびくっと背筋を伸ばした。まずい、目を覚ましたのか——。

「か」と、彼が言う。ごくりと喉を鳴らした。しかし、次に彼の口から飛び出した言葉を聞いて、可乃は拍子抜けする羽目になった。「カピパラは……もう、禁止……」

「……ハッ。どんな夢を見てるんだよ。まぎらわしいヤツだな」

ホッと胸を撫で下ろして、可乃は隣の机に腰掛けた。ここの席に座っている生徒はどんなヤツだろうか。毎日、こうやって彼を眺めていても文句は言われない。羨《うらや》ましい限りだ。自分にとっては、この場所こそが特等席。せめて同じクラスになりたかったと思う。それでもやっぱり彼は別の男を見ていて、一方通行であることに変わりはないのだけれど。

人生、そうそう上手くはいかない。

恋愛だって、現実は漫画やドラマみたいに思い通りには運ばない。

自分の好きな人に好きになってもらえる確率は、考えているよりもずっとずっと低い。

もし、運良く想いが通じ合ったとしたら、きっとそこには奇跡が起こっているのだ。

あとがき

この度は『臆病な僕らが恋する確率』をお手に取っていただきありがとうございました。片想いが書きたい。というところから始まり、このようなお話になりました。本作では、高校の同級生、先輩後輩、それぞれが報われない片想いをしております。大人になって再会し、さてどうなる……という展開ですが、もうじれったいの一言に尽きます。でも、たぶんこんな感じ、と彼らの高校時代をあれこれ想像しながら楽しく書かせていただきました。

今回もたくさんの方々にお世話になりました。この場をお借りして御礼申し上げます。特にイラストをご担当下さいました、駒城ミチヲ先生。最初に可乃のキャラフを拝見し、グハッとハートがやられました。お店のロゴマークまで考えていただき、本当にどうもありがとうございました！　毎度ご迷惑をおかけします、担当様。プロットの段階から上手く固まらず、ふらふらとしてしまいましたが、ここまで丁寧にご指導いただき本当に感謝しております。ありがとうございました。今後ともよろしくお願いします。

そして読者の皆様。この本を読んで、少しでもドキドキして楽しんでいただけたらこれ以上の悦びはありません。最後までお付き合い下さってどうもありがとうございました！

二〇一四年　七月

榛名　悠

✦初出　臆病な僕らが恋する確率……………書き下ろし

榛名 悠先生、駒城ミチヲ先生へのお便り、本作品に関するご意見、ご感想などは
〒151-0051 東京都渋谷区千駄ヶ谷 4-9-7
幻冬舎コミックス　ルチル文庫「臆病な僕らが恋する確率」係まで。

幻冬舎ルチル文庫

臆病な僕らが恋する確率

2014年8月20日　第1刷発行

✦著者　榛名 悠　はるな ゆう

✦発行人　伊藤嘉彦

✦発行元　株式会社 幻冬舎コミックス
〒151-0051 東京都渋谷区千駄ヶ谷 4-9-7
電話 03(5411)6431[編集]

✦発売元　株式会社 幻冬舎
〒151-0051 東京都渋谷区千駄ヶ谷 4-9-7
電話 03(5411)6222[営業]
振替 00120-8-767643

✦印刷・製本所　中央精版印刷株式会社

ISBN978-4-344-83205-3　C0193　Printed in Japan

「幻冬舎ルチル文庫」
大好評発売中

発行●幻冬舎コミックス　発売●幻冬舎